Carsten Otte

Warum wir

Roman

KLÖPFER&MEYER

I went away alone
With nothing left
But faith.
The Cure

Eins

Langsam tauchte ich auf. Oben angekommen, holte ich Luft, um gleich wieder in die Tiefe des Sees gleiten zu können. Ich warf einen kurzen Blick zur Liegewiese und traute meinen Augen nicht: Saß da wirklich ein Kind auf meinem Badetuch? Ich schwamm zum Ufer, ging zu dem kleinen Handtuchbesetzer. Es war ein Junge mit langen, blonden Locken. Hallo, wer bist denn du? fragte ich, und er strich sich die Haare ins Gesicht, weil er wohl glaubte, sich auf diese Weise vor mir verstecken zu können. Ich wollte ihm erklären, dass ich nicht gekommen sei, um ihn zu vertreiben, aber bevor ich das sagen konnte, sprang er zur Seite, umkreiste das Tuch und ließ sich dann auf den Rasen fallen, direkt neben meine Klamotten. Er musste drei oder vier Jahre alt sein. Hast du keinen Namen? fragte ich, aber er antwortete nicht. Stattdessen quakte er wie ein Frosch und hüpfte umher. Ich legte mich hin und schloss die Augen. Die Sonne schien. Es roch nach Pommes. Wassertropfen liefen über meine Haut. Ich hatte das Gefühl, gestreichelt zu werden. Als ich die Hand des Jungen auf meinem Bauch sah, erschrak ich. Der Junge lachte. Hell und laut. Ich heiße Jan, sagte ich. Und du? Wieder keine Antwort. Ich schaute nach links und rechts; niemand schien ihn zu vermissen. Hier neben mir saß eine ältere Dame mit Sonnenhut, die eine Zeitschrift las. Dort drüben küsste sich ein Pärchen. Kinder liefen umher und spielten am Ufer des Sees. Ein dickliches Mädchen mit Schwimmflügeln sprang ins Wasser, ein hagerer Mann beobachtete sie. Ob das der Vater war? Er sah der Kleinen nicht ähnlich. Plötzlich rief sie: Papa, wann kommst du endlich?

Es zog wieder eine Pommesduftwolke vorbei, und nun machte sich auch der Junge neben mir bemerkbar. Riecht gut, sagte er. Und lachte wieder. Hell und laut. Ich lachte mit. Du suchst wohl jemanden, der dir eine Portion Pommes ausgibt? Wo ist denn dein Papa? fragte ich. Der Junge schüttelte heftig den Kopf, starrte mit heruntergezogenen Mundwinkeln auf die ausgetrocknete Wiese. Seine Bewegungen wurden heftiger, und ich fragte mich, ob ich etwas Falsches gesagt hatte. Ich wollte sowieso zur Pommesbude gehen, behauptete ich. Komm doch mit, ich spendiere dir gerne eine Portion! Der Junge ließ sich aber nicht beruhigen, im Gegenteil, nun schlug er sich mit der flachen Hand auf den Bauch. Tränen liefen ihm über die Wangen, und seine Hand klatschte heftiger und heftiger auf die längst gerötete Haut. Hör auf damit, sagte ich streng, und die Dame mit Sonnenhut schaute mich an, als wollte sie sagen, das kommt davon, wenn man die Kinder nicht richtig erzieht. Ich hielt den Jungen am Arm fest, aber er riss sich los und schlug wieder zu. Wenn er doch wenigstens schreien würde, dachte ich. Sein tonloses Heulen, das die klatschenden Schläge begleitete, machte mich so ratlos, dass ich aufstand und versprach, gleich mit den Pommes zurückzukehren, aber ich hätte ihm wahrscheinlich alles versprechen können, er hätte sich trotzdem nicht beruhigt. Ich schaute auf den See und sagte mir: Soll er sich doch schlagen, ich bin nicht für ihn verantwortlich. Nach einer Weile stand ich auf, kam mir allerdings wie ein Feigling vor, auch weil ich hoffte, er werde nicht mehr da sein, wenn ich zurückkehrte, und so lief ich mit einem schlechten Gewissen zur Pommesbude, reihte mich in die Warteschlange ein, drehte mich nicht um, obwohl ich neugierig war. Er war bestimmt schon abgehauen. Oder doch nicht? Wieder versuchte ich mir einzureden, ich müsse mich nicht um ihn kümmern, weil ich nicht sein Vater sei, doch meine Ausreden kamen mir bald schäbig und verlogen vor, denn so gleichgültig war mir dieses Kind auch wieder nicht, zumal ich mich jetzt fragte, ob es einen Unterschied machte, dass der Junge nicht mein Sohn war.

Ketchup oder Mayo? rief die Frau in der Pommesbude, aber ich wusste keine Antwort. Dass ich nur mit den Schultern zuckte, statt irgendwas zu sagen, lag auch an dem penetranten Geruch des Bratfetts. Ich konnte an nichts anderes mehr denken. Mir wurde übel, und der Typ hinter mir beschwerte sich, ich solle mich doch bitte mal entscheiden. Ketchup oder Mayo? Beides, sagte ich schließlich, reichte der Pommesfrau einen Fünfeuroschein, trat zur Seite, um endlich einen Blick in Richtung des Jungen zu wagen. Doch von hier aus konnte man nicht erkennen, ob er noch da war. Ich hatte ihn im Stich gelassen. Auch wenn ich ihn nicht kannte, hätte ich mich sehr wohl um ihn kümmern müssen, auf jeden Fall hätte ich nicht weggehen dürfen. Mir wurden die Pommes gereicht. Wieder stieg der starke Frittiergeruch in meine Nase. Was hatte der Junge wohl durchgemacht, um sich so zu verhalten? Ihr Wechselgeld, sagte die Pommesfrau, aber da war ich schon auf dem Rückweg, rannte zu meinem Badetuch, und weil der Junge verschwunden war, schaute ich hektisch in alle Richtungen. Auch im Wasser war er nicht. Ich eilte zu den Umkleidekabinen, wo er sich hätte verstecken können, aber das kam mir, kaum war ich dort, vollkommen abwegig vor, also ging ich zu der Dame mit dem Sonnenhut, aber sie verstand mich nicht, und auch ich verstand sie nicht. Sie war wohl Russin. Ich eilte zum nächsten Mülleimer und warf die Pommes weg, was mein schlechtes Gewissen verstärkte, aber ich konnte die Pommes unmöglich essen, so unwohl war mir. Ich kehrte zu meinen Klamotten zurück, legte mich hin und merkte, wie verschwitzt ich war.

Wieder liefen Tropfen über meine Haut, doch dieses Mal war es äußerst unangenehm. Ich fror, obwohl es heiß war, bekam eine Gänsehaut und versuchte, die aufgestellten Haare und vielen kleinen Hauterhebungen glatt zu streichen, was mir aber nicht gelang. Ich dachte an den Jungen, der seine Hand auf meine Haut gelegt hatte, und ich ärgerte mich, dass ich mich kaum erinnern konnte, wie er aussah. Waren seine Locken dunkelblond oder eher hellbraun? Und seine Augen? Blau? Ich hatte keine Ahnung. Er war aus meinem Gedächtnis verschwunden, und doch schien er anwesend zu sein; es kam mir vor, als zerrte er an mir, wie ich an seinem Arm gezerrt hatte, als verfolgte er mich, ohne sich zeigen zu wollen. Ich hörte sein Lachen. Hell und laut. Ich schlenderte zum Badesteg und sprang mit einem weiten Satz ins Wasser. Als ich meinen Körper in die Tiefe sinken ließ und die Augen öffnete, meinte ich auf dem Seegrund das Gesicht des Jungen zu erkennen, ohne Augen und ohne Haare, die Wangen eingefallen; kein Mensch, sondern ein Monster war das. Ich tauchte wieder auf, blickte zum Ufer und sah, dass erneut jemand auf meinem Badetuch saß, aber es war nicht der Junge, sondern Nina.

Ich schwamm zurück, obwohl ich gerne noch im Wasser geblieben wäre, aber Nina hatte mich längst entdeckt und winkte mir zu. Kaum hatte ich das Ufer erreicht, überfiel mich wieder der Fettgestank. Sofort dachte ich an den Jungen; ich schaute mich um, aber er war nicht zu sehen. Zwei Kinder bewarfen sich mit Sand, und als sie einander trafen, brüllten sie los; ich bekam Kopfschmerzen, sodass ich am liebsten nach Hause gegangen wäre, was Nina gleich bemerkte, denn bevor wir uns umarmten, fragte sie mich, was denn los sei, ob ich mich nicht freue, sie zu sehen, und dann erzählte ich von dem Jungen, und sie schien mir nicht zu glauben. Hast du immer noch Angst, Papa zu werden? fragte sie belustigt, was mich ärgerte, denn der Junge hatte ja nichts mit unserem Baby zu tun, und das wollte ich ihr auch sagen, doch dann nahm Nina meine Hand und legte sie auf ihren Bauch. Angst? Es wird vieles anders werden, sagte ich. Nina lachte, und ihr Lachen war so fröhlich, dass ich sie in den Arm nahm. Ich strich über ihre kurzen schwarzen Haare, die in der Sonne wunderbar künstlich aussahen, so seidig und dicht waren sie. Keine graue Strähne störte den akkurat frisierten Bubikopf. Ich küsste sie und sagte: Die Schwangerschaft hat dich noch schöner gemacht. Ach, wirklich? entgegnete sie. Ich wollte meinen Eindruck nicht begründen. Ich saß da und schwieg. Nina sagte nach einer Weile, sie werde sich, wenn das Kind auf der Welt sei, eine Nähmaschine zulegen. Wie kommst du denn darauf? fragte ich. Sie habe, erklärte sie, immer schon mal eigene Hosen und Hemden schneidern wollen, und bald könne sie nicht nur für sich, sondern auch für das Baby etwas nähen, eine bunte Kuscheldecke vielleicht, die es nirgendwo zu kaufen gebe. Ja, flüsterte Nina, ich freue mich auf die Veränderungen. Ihre Stimme wirkte wie ein Beruhigungsmittel. Meine Kopfschmerzen ließen nach, obwohl der Lärm zunahm. In der Nähe des Badesees lag ein Flughafen, den man zwar nicht sehen, aber gut hören konnte, und immer wenn eine größere Maschine startklar war, heulten die Turbinen so laut auf, dass sogar das Kindergeschrei im Flugzeuglärm unterging. Das geschah nicht oft, vielleicht zehnmal am Tag; es war ein kleiner Flughafen, den die Billigflieger nutzten. Ich kannte Eltern, die den Badesee der Abgase wegen mieden, aber mir kam diese Vorsicht übertrieben vor, zumal ich das Schauspiel mochte, wenn wie jetzt am anderen Ende des Sees, über den Büschen und Bäumen, ein Jumbojet in die Höhe schoss.

Das Turbinengeräusch vermischte sich mit dem Badeseelärm, mit dem Kreischen der Kinder und dem Schlagzeug eines Liedes, das aus einem alten Radiorekorder wummerte. Ein Junge mit großer Sonnenbrille nutzte die Gelegenheit des Flugzeugstarts und drehte die Musik noch lauter, und sein Freund schien den Liedtext mitzugrölen. Ich verstand nichts, fühlte mich aber an meine eigene Jugend erinnert, als ich mit Musik in den Ohren am Badesee lag. *Strange day.* The Cure. Das war so ein Badesee-Song. Ich konnte den Text immer noch auswendig. *I remember a song / An impression of sound / Then everything is gone / Forever / A strange day.* Wohin die wohl fliegen? fragte Nina, als der Flugzeuglärm leiser wurde und auch die feixenden Jugendlichen die Lautstärke des Rekorders drosselten. In den Sommerurlaub, sagte ich. Raus aus dem Alltag. Möchtest du, ging sie dazwischen, noch mal verreisen, bevor wir …? Sie stockte, schien nachzudenken. Nach einer Weile sagte sie: Auch ich habe Angst. Erst konnte ich kaum glauben, was ich gehört hatte. Nina und Angst? Sie hatte sich das Kind gewünscht, hatte mich überredet, irgendwie auch überzeugt. Du weißt nicht, was du verpasst, hatte sie erklärt, als ich ihr mal sagte, ich sei damit zufrieden, für Grete und Leonie so etwas Ähnliches wie ein Papa zu sein.

Seit sie schwanger war, redeten wir nicht mehr über meine Ängste. Ihr Glück und ihre Zuversicht machten auch mich glücklich und zuversichtlich. Meistens jedenfalls. Abends saßen wir stundenlang auf dem Sofa. Hand in Hand. Ohne etwas zu sagen. Ich erwähnte nicht mehr den Ärger im Büro, weil ich sie damit nicht belasten wollte, und Nina schien es zu genießen, dass ich mal keine Zweifel anmeldete. Ich nahm das Schweigen mit ins Bett, konnte schlecht einschlafen, wachte in der Nacht mehrmals auf und war am Morgen meistens so müde, dass ich mir kaum eine Meldung merken konnte, die im Radio lief. Die Morgennachrichten hatten mal zu unserem Frühstücksritual gehört: Wir diskutierten die Reihenfolge der Schlagzeilen, griffen eine Meldung heraus und sprachen darüber. Nun war das Radio zwar eingeschaltet, aber wir schwiegen am Frühstückstisch. Mir war schon klar, dass man Glück nicht in Worte zu fassen brauchte. Doch was würde mit uns geschehen, wenn wir im entscheidenden Moment den Mund nicht aufbekämen? Würden wir verschweigen, was uns beschäftigte? Es war gut, dass Nina hier am See von ihren Ängsten erzählte, auch wenn es mich beunruhigte, dass ausgerechnet sie, die immer so zuversichtlich war, nun Angst haben sollte. Als ich sie an mich drückte, überlegte ich, ob das der Moment sei, auch über den Ärger im Büro zu reden, ich entschied mich aber dagegen und sagte, ich würde mich sehr freuen, noch einmal zu verreisen, vielleicht zwei, drei Tage nach London.

Ja, sagte Nina. Am besten nach dem Termin bei Dr. Langenfeld. Ich entgegnete: Welchen Termin meinst du? Nächsten Mittwoch, sagte sie, Babyfernsehen, dieses Mal dreidimensional und in Farbe. Habe ich nicht davon erzählt? Nein, gab ich zurück. Heißt deine Frauenärztin nicht

Pietsch? Doch, doch, sagte Nina. Und sie meint, wir sollten das Baby von einem Spezialisten untersuchen lassen, sie habe nicht das entsprechende Ultraschallgerät. Außerdem würde Langenfeld den neuen Bluttest durchführen. Ich entgegnete: Welchen Bluttest? Und sie schaute mich an, als hätte ich eine vollkommen abwegige Frage gestellt. Den Test, sagte sie, den jetzt alle machen. Willst du nicht wissen, ob unser Baby gesund ist? Ich schaute dem Flugzeug hinterher, das sich immer weiter entfernte, und als es im Himmel verschwand, hatte ich das Gefühl, ich werde so bald nirgendwohin fliegen. In meinem Kopf breiteten sich die Gitarren, das Schlagzeug, die Stimme, der wehmütige Klang von The Cure weiter aus: *An impression of sound / Then everything is gone / Forever / A strange day.* Gibt es einen Grund, warum uns deine Frauenärztin zum Spezialisten schickt? fragte ich. Du musst auch immer vom Schlimmsten ausgehen! beschwerte sich Nina kopfschüttelnd. Sie freue sich aufs Babyfernsehen. Und mit dem Bluttest seien wir auf der sicheren Seite. Übrigens, ergänzte sie mit gedämpfter Stimme, Dr. Langenfeld wird uns bestimmt auch verraten können, ob wir ein Mädchen oder einen Jungen bekommen. Ich wette, und Nina lächelte, als sie das sagte, ich wette, es wird ein Junge.

Die Wände des Wartezimmers waren mit Babyfotos beklebt. Vielen Dank, Herr Dr. Langenfeld, stand auf einer Fotokarte geschrieben. Auf den anderen war meist nur der Name des Kindes zu lesen. Lea und Marie, Paul und Maximilian kamen besonders häufig vor. Es gab sieben Leas, fünf Maries, außerdem zwei Lea-Maries. Die Jungennamen zählte ich nicht mehr. Obwohl nur Nina und ich in dem Raum saßen, fühlte ich mich beobachtet. Ist dir aufgefallen, fragte ich, wie viele hundert Babyaugen uns anglotzen? Unheimlich, oder? Schau einfach nicht hin, sagte Nina, die in einer Elternzeitschrift blätterte, aber die Babygalerie faszinierte mich dermaßen, dass ich zurückglotzte, und irgendwann fiel mir auf, dass ausschließlich Fotos von gesunden Kindern aufgehängt waren, jedenfalls sah ich kein Baby mit deformiertem Kopf oder fehlenden Gliedmaßen. Das wäre natürlich unpassend gewesen, aber die Ansammlung von wohlgeratenen Babygesichtern machte mich misstrauisch. Immerhin saßen wir im Wartezimmer eines Arztes, der sich auf Pränataldiagnostik spezialisiert hatte. Der Mann musste allein aus statistischen Gründen die allerschlimmsten Fehlbildungen aufgespürt haben, aber diese Kinder waren wohl nicht auf die Welt gekommen und selbst wenn, wären sie hier nicht präsentiert worden. Wir hatten einen Termin um drei, und nun warteten wir schon eine Stunde. Ich fragte mich, welchen Grund es für diese Verzögerung gab. Hier tauchte niemand spontan auf, die Termine wurden rechtzeitig vergeben, auch wenn es, wie die Sprechstundenhilfe angedeutet hatte, durchaus Notfälle gab, weil die Schwangerschaft schon weit fortgeschritten war. Bald hatte Nina die ausgelegten Zeitschriften durchgeblättert, und als sie zu den Babyfotos aufsah, fragte ich, ob dort auch unser Kind ausgestellt werde, aber Nina gab keine Antwort. Guck mal, wie süß die ist, sagte sie. Die großen hellblauen Augen und das pausbäckige Gesicht des Babys, das laut Bildunterzeile Paula hieß, waren tatsächlich sehr niedlich, wobei sich dieses Kind nicht sonderlich von Henrike unterschied, die neben Paula platziert war und die ebenfalls dicke Backen und blaue Augen hatte. Endlich betrat die junge Arzthelferin das Wartezimmer und bat uns, ihr zu folgen. Wir gingen durch den langen Flur der Praxis, als uns eine Frau entgegenkam, die so verheult war, dass die Tränen ihre Schminke verschmiert hatten. Die Arzthelferin schob uns etwas unsanft in einen Raum am Ende des Flurs. Nina und ich standen schweigend in dem geräumigen Büro. Die Arzthelferin verschwand wieder, und wir setzten uns auf die beiden Stühle, die vor einem nierenförmigen Schreibtisch standen. Mir kam der weiße Plastiktisch seltsam aufgeräumt vor. Abgesehen von einem schwarzen Kugelschreiber und einem Notizblock lag nichts darauf. Im Sprechzimmer erinnerte nichts daran, dass wir bei einem Pränataldiagnostiker waren. An den Wänden hingen keine Babyfotos, sondern großformatige Ölgemälde, auf denen ich hellgraue und dunkelgraue Nebelschwaden zu erkennen glaubte. Die Praxis muss gut laufen, sagte Nina, als sie die Bilder betrachtete, und ich meinte zu hören, dass sie irgendwelche Summen in sich hineinnuschelte, Zwanzig- oder Dreißigtausend. Nina musste es wissen, immerhin beriet sie zahlreiche Banken beim Ankauf von Kunstwerken, und meistens waren die Arbeiten, die sie für die Firmensammlungen auswählte, nicht billig. Ich traute mich nicht zu fragen, was den Künstler veranlasst hatte, diese düsteren Nebelbilder zu malen, aber ich wunderte mich noch mehr über den Arzt, der sie in seinem Sprechzimmer aufgehängt hatte. Immerhin ließ der Mann uns nicht länger warten, und als er das Büro betrat, war ich überrascht.

Dr. Thomas Langenfeld war kleiner, als ich vermutet hatte, außerdem konnte man seine Gesichtszüge hinter einem dichten schwarzen Vollbart kaum erkennen. Ich kam mir mit meiner Glatze und meinem rasierten Gesicht schrecklich nackt vor. Langenfelds Bart ging in ein lockiges Haupthaar über, und ohne den weißen Arztkittel hätte ich ihn wahrscheinlich für einen Aussteiger gehalten, der gerade von einer einsamen Insel zurückgekehrt war. Seine goldfarbene Nickelbrille erinnerte mich an ein Modell, das ich während meiner Studienzeit getragen hatte. Guten Tag, sagte er, und ich hatte den Eindruck, dass er sich besondere Mühe gab, entspannt aufzutreten, was ihm aber offensichtlich nicht leicht fiel, denn seine Stimme zitterte ein wenig. Er reichte uns die Hand, und sein etwas zu fester Händedruck war mindestens so irritierend wie die zerzausten Haare.

Kaum hatten wir uns gesetzt, bat er um Ninas Mutterpass. Sie sind also in der dreizehnten Woche, sagte er und gab ihr den Pass zurück. Geht es Ihnen gut? Langenfeld lächelte wohl, weil nicht nur Nina, sondern auch *ich* die Frage mit einem kurzen Kopfnicken bejahte. Schwanger ist man doch zu zweit, dachte ich. Ist das Ihre erste Schwangerschaft? erkundigte sich Langenfeld, und als Nina erklärte, dass sie bereits zwei Töchter habe, deutete ich den fragenden Blick des Arztes richtig, denn er wollte wissen, ob ich der Vater der beiden Mädchen sei, und als ich verneinte, schrieb Langenfeld etwas in seinen Notizblock. Ich sah, dass er einen Stammbaum zeichnete, während er sich wieder Nina zuwandte. Wie alt die Kinder seien, fragte er, und Nina begann von Grete zu berichten, die in den Kindergarten ging, und von Leonie, die schon in der zweiten Klasse war. Langenfeld lächelte. Ob die beiden schon wüssten, dass sie ein Geschwisterchen bekämen. Nina schüttelte den Kopf. Grete und Leonie sind derzeit bei Oma und Opa, sagte sie, und ich wunderte mich, warum sie das erzählte. Es sind ja Sommerferien, ergänzte ich, und Langenfeld lenkte das Gespräch wieder auf Ninas Schwangerschaften. Wie die verlaufen seien, ob es während der Geburt Komplikationen gegeben habe und ob bei den

Kindern später irgendwelche Krankheiten, Herzfehler oder Stoffwechselprobleme festgestellt worden seien, möglicherweise genetische Defekte. Kaum hatte Nina eine Frage beantwortet, wurde ihr auch schon die nächste gestellt, und ich hätte mich wohl beschwert, wenn Langenfeld nicht so freundlich gewesen wäre. Mit meinen Töchtern ist alles in Ordnung, sagte Nina bestimmt und nahm meine Hand, sodass ich spürte, wie aufgeregt auch sie war. Langenfeld schien jetzt zu bemerken, wie sein Abfragen auf uns wirkte. Verzeihen Sie, sagte er, um sich dann zu erkundigen, ob es in Ninas Familie auffällige Schwangerschaften gegeben habe, bei den Eltern oder Großeltern. Was verstehen Sie unter einer auffälligen Schwangerschaft, fragte Nina gereizt, und Langenfeld hielt einen Moment lang inne, um dann von erblich bedingten Fehlbildungen zu sprechen, die nicht selten die Schwangerschaft beschwerlich machten und in besonders schweren Fällen eine Frühgeburt verursachen würden. Es gibt, so formulierte er das, folgenschwere Besonderheiten in der Chromosomenanlage. Ich dachte an meine Abiturprüfung in Biologie und an die Aufgabe, Symptome einer Trisomie 21 aufzulisten. Wenn es, sagte er, in Ihren Familien mehrere Früh- oder Fehlgeburten gegeben hat, kann das ein Indiz dafür sein, dass eine genetische Besonderheit vererbt wird. Ich weiß nicht, ob meine Mutter mir das erzählt hätte, ging Nina dazwischen, und Langenfeld vermerkte in seinem Notizblock einige Fragezeichen, die mich daran erinnerten, dass auch ich nicht viel wusste über Ninas Eltern. Gerade mal die Namen kannte ich: Elke und Heinrich. Kennengelernt hatte ich die beiden nie. Nina hatte den Kontakt zu ihnen abgebrochen. Ich nehme an, sagte Langenfeld, es gab bei den ersten beiden Schwangerschaften keine pränataldiagnostischen Untersuchungen. Ich war damals noch jung, flüsterte Nina, und Langenfeld bestätigte freundlich, ja, das Alter sei ein wichtiger Faktor, aber nicht entscheidend.

Jetzt war ich an der Reihe, und als ich sagte, meine Mutter habe tatsächlich drei Fehlgeburten erlebt, die damals niemand erklären konnte und, als ich gesund auf die Welt gekommen war, auch niemand erklären wollte, sah ich, wie Langenfeld ein großes T und noch ein größeres Fragezeichen neben meinen Namen schrieb, und wieder erinnerte ich mich an meinen Leistungskurs Biologie und nahm an, dass dieses T wohl für Translokation stand, aber ich wusste nicht mehr genau, was das bedeutete. Langenfeld erklärte es uns. Sachlich. Als zitierte er ein Medizinlexikon. Ich verstand nicht alle Fachbegriffe, aber worauf es ankam, begriff ich durchaus, dass ich nämlich, ähnlich wie mein Vater, Überträger einer Erbkrankheit sein konnte, ohne an den Symptomen der Krankheit zu leiden. In diesem Fall hätte sich ein Chromosom an ein anderes geheftet, ohne dass eine genetische Information weggefallen oder beschädigt worden wäre. Nina schaute desinteressiert zu den Bildern an den Wänden. Ich achtete auf jedes Wort, das Langenfeld sagte, weil ich den Eindruck hatte, mich gut auszukennen in dem Thema, als hätte ich mich mit genetischen Fragen schon oft beschäftigt, nicht nur in der Schule, als wäre ich immer mal wieder von einer inneren Stimme gewarnt worden, bloß keine Kinder in die Welt zu setzen; vor allem als Langenfeld über die Folgen einer balancierten Translokation sprach, über kranke Genotypen und gesunde Phänotypen, kam ich mir wie ein Betrüger vor, der seine Frau mit einem verführerischen Phänotyp getäuscht hatte. Ich bin doch nicht deine Mutter, sagte Nina, und ich war froh, dass sie so gelassen reagierte, wobei ich eigentlich nicht kapierte, was sie mir sagen wollte, denn auf ihre genetische Gesundheit kam es in diesem Fall gar nicht an. Nina wusste von den Fehlgeburten meiner Mutter, die oft darüber sprach.

Für meine Mutter gehörten diese Erlebnisse zum unergründlichen Lauf der Natur. Für mich waren sie vor allem Geschichten aus der Vergangenheit, nun aber fragte ich mich, wie es gekommen war, dass ich mich mit diesen Geschichten nicht mehr beschäftigt hatte. Haben Sie Ihre Chromosomen mal analysieren lassen? fragte Langenfeld. Wenn man sich gesund fühlt, geht man ja nicht zum Arzt, antwortete ich und meinte zu erkennen, dass Langenfeld Blickkontakt mied, auf jeden Fall schaute er zur Seitenwand, wo das größte seiner Nebelbilder hing. Ich folgte seinem Blick, und es kam mir vor, als würde sich der Nebel auf dem Bild verziehen, als sähe ich nun ein engelähnliches Wesen, das durch die Wolken schwebte. Weinte der Engel? Ich vernahm unwirkliche Klagelaute, hohe und zugleich tiefe Summtöne, und ich hatte das Gefühl, diese unwirklichen Klänge würden mich, wenn ich sie noch länger hören müsste, um den Verstand bringen. Aber was sollte ich tun? Ich erinnerte mich an die Ängste und Albträume, die mich in Jugendzeiten gequält hatten, und mir fiel ein, wie ich damals den Horror bekämpft hatte, und zwar mit dieser schwermütigen Badeseemusik, und da waren sie auch schon in meinem Kopf, die Gitarren, das Schlagzeug und die Stimme des Sängers, die sich anhörte, als würde er von ganz ähnlichen Ängsten und Albträumen verfolgt. *An impression of sound / Then everything is gone.* Es war grotesk, aber der weinende Engel verschwand tatsächlich. The Cure war die Medizin, die mir immer noch half. Wie früher, wenn meine Mutter auf mich einredete, weil ich in der Schule dies oder das falsch gemacht hatte, weil ich mich etwa, was in ihren Augen besonders schlimm war, auf dem Pausenhof von einem der vielen Schlägertypen ohne Gegenwehr hatte verprügeln lassen. Du bist doch eine Kämpfernatur, pflegte sie zu sagen, du hast überlebt, obwohl dir die Ärzte keine Chance gegeben haben. Wenn sie damit anfing, summte ich die Songs meiner Lieblingsband. Mit *Boys don't cry* oder dem immer passenden *Other voices* übertönte ich Mutters Stimme. Ihre Vorwürfe, die mich furchtbar bedrückten, waren mit dieser Musik vorübergehend aus der Welt geschafft.

Ist was? fragte Nina. Kopfschmerzen, murmelte ich. Und Langenfeld räusperte sich. Meine Kollegin Dr. Pietsch hat Ihnen empfohlen, zu mir zu kommen, nicht wahr? Wir nickten. Das ist sehr vernünftig, sagte er. Ich hätte gerne gewusst, wen er für vernünftig hielt. Dr. Pietsch oder uns. Sehr vernünftig, wiederholte Langenfeld. In meinem Schädel steckt wahrscheinlich wenig Vernunft und viel Gefühl, dachte ich einen Moment lang, um mich dann zu fragen, welche Ängste unvernünftig wären. Bevor ich Nina vorschlagen konnte, auf die Untersuchungen zu verzichten, riss mich ein einziges Wort, das Langenfeld leise, fast sanft aussprach, aus meinen Gedanken: Nackentransparenz. Ich kam mir kindisch vor, aber ich griff mir tatsächlich an den Nacken, der sich verspannt anfühlte. Wissen Sie, was das ist, die Nackentransparenz? fragte Langenfeld. Mehr oder weniger, antwortete Nina. Frau Dr. Pietsch hat ein paar Mal darüber gesprochen. Langenfeld schaute auf seinen Notizblock und erklärte, dass er, wenn wir einverstanden seien, den Nackenbereich unseres Babys ausmessen werde, denn dieser Wert könne auf eventuelle Krankheiten hinweisen. Das ist keine Diagnose, sondern ein Suchtest, betonte er. Wenn ich auf meinem Bildschirm also irgendwelche Auffälligkeiten erkenne, heißt das nicht, dass Ihr Kind krank ist, und wenn die Messung einen günstigen Wert ergeben sollte, bedeutet das nicht zwangsläufig, dass Ihr Kind gesund ist.

Warum machen wir dann diese Untersuchung? hakte Nina ein. Mit dem Ergebnis, antwortete der Arzt, haben wir einen so genannten Softmarker für diverse Krankheitsbilder, die das Herz oder die Lunge betreffen. Eine verdickte Nackenfalte zeigt auch eine erhöhte Wahrscheinlichkeit für eine Chromosomenbesonderheit an, und dann können Sie entscheiden, ob weitere Untersuchungen durchgeführt werden sollen. Mich interessieren aber keine Wahrscheinlichkeiten, sagte Nina. Das kann ich gut verstehen, gab Langenfeld zurück. Jetzt lächelte er wieder. Sie haben ja bestimmt schon von der Methode gehört, im Blut der Mutter die Erbinformationen des Kindes nachzuweisen. Wir nennen das DNA-Sequenzierung, sagte er. Damit können wir zum Beispiel die Trisomien 13, 18 und 21 ausschließen. Nina nickte. Ich dachte an das Gespräch mit ihr am See. Das war also der Bluttest, den jetzt alle Schwangeren machten.

Vor ein paar Jahren habe er noch, fuhr Langenfeld fort, immer erst eine Nadel in die Fruchtblase pieksen müssen, um aus der Wahrscheinlichkeitsrechnung eine Wahrheit zu machen, ja, die Sequenzierung sei viel sicherer für das Kind. Langenfeld atmete tief ein und sein Blick schweifte wieder zu den Nebelbildern. Plötzlich verfinsterte sich seine Miene, als sähe er in den Bildern die Vergangenheit, in der er viel zu oft mit der Nadel in die Fruchtblase stechen, den Tod auch gesunder Babys in Kauf nehmen musste, nur um schlimme und noch schlimmere Krankheiten auszuschließen. Langenfeld stand auf und lächelte bemüht. Der Gesetzgeber habe festgelegt, dass der Fötus vor einem solchen Bluttest zunächst von Kopf bis Fuß angeschaut werden müsse, um herauszubekommen, ob es überhaupt Anzeichen für irgendwelche Auffälligkeiten gebe und wie hoch die Wahrscheinlichkeit sei, dass solche Besonderheiten vorlägen. Langenfeld ging umher und sah uns nicht an, während er sprach: Ich würde die Untersuchung auch vorschlagen, wenn die Gesetze in diesem Bereich erneut geändert werden. Das passiert regelmäßig, weil sich nicht nur die technischen Möglichkeiten, sondern auch die öffentliche Meinung oft ändert.

Nina stöhnte, und ich hatte das Gefühl, dass diese unbestimmten und in ihrer Unbestimmtheit schrecklich bedrohlich wirkenden Formulierungen mir die Luft zum Atmen nahmen: Anzeichen. Auffälligkeiten. Wahrscheinlichkeiten. Besonderheiten. Diese Wörter kamen mir wie bittersüße Watte vor, in die wir eingepackt werden sollten, um uns nicht zu fest an der harten Realität zu stoßen, die mit kalten medizinischen Fachbegriffen umschrieben wurde: Nackentransparenz, Sequenzierung, Trisomie. Ich hatte Angst. Da halfen keine Wattewörter. Ich nahm an, dass es Nina ähnlich erging. Schweigend saß sie da. Was sollen wir tun? schien ihr Blick zu sagen, und ich dachte, wenn es den Teufel gibt, treibt er in diesem Raum sein Unwesen. Ich stellte mir vor, wie Langenfeld in einem schwarzen Kittel aussähe, aber so richtig teuflisch würde der Mann auch nach einem solchen Kleidungswechsel nicht wirken, eher wie ein in die Jahre gekommener Cure-Fan, und das machte ihn mir wieder sympathisch.

Können wir eine Ausnahme machen? fragte Nina und blickte zu Langenfeld. Können wir nicht die Messung der Nackenfalte auslassen und gleich mein Blut testen? Wieder erinnerte ich mich an unser Gespräch am See. Was hatte

Nina gesagt? Babyfernsehen, dreidimensional und in Farbe? Das hörte sich lustig an, wie ein kleiner Freizeitspaß. Statt Fitnessstudio heute mal Babyfernsehen. Unsere Ahnungslosigkeit ärgerte mich. Warum hatte ich mich nicht damit beschäftigt, was uns beim Pränataldiagnostiker erwartete. Natürlich hatten wir eine Ahnung. Wie man eben eine Ahnung hat, wenn man die Zeitung liest und die Morgennachrichten hört. Aber vor dem Gefühl der Ohnmacht, das wohl jeden beschlich, der hier saß, hätte man uns warnen sollen, sagte ich mir, auch wenn ich natürlich wusste, dass dies eine Illusion war. Denn wer hätte uns denn warnen sollen? Wir wollten alles für unser Baby tun, wussten aber nicht, was das eigentlich bedeutete.

Sie dürfen nicht vergessen, sagte Langenfeld, dass die meisten Entwicklungsstörungen keinen genetischen Hintergrund haben. Durch einen Bluttest würden wir solche Fehlbildungen etwa am Herzen oder an der Lunge nicht aufspüren. Eine Ultraschalluntersuchung sei in jedem Fall sinnvoll. Ich dachte: Wenn der Kerl noch einmal Entwicklungsstörung oder Fehlbildung sagt, werde ich handgreiflich. Langenfeld fuhr fort: Je früher wir eine Besonderheit erkennen, desto besser kann man sie behandeln. Ich fasste mir an den Kopf und wunderte mich, warum ich plötzlich so aggressiv war. Ich und handgreiflich? War ich vielleicht doch eine *Kämpfernatur*? Unmöglich. Aber selbst wenn, was konnte der Arzt dafür, dass wir uns auf die Pränataldiagnostik eingelassen hatten? Langenfeld war kein Unmensch. Er merkte wohl, wie wir haderten. Sie müssen nichts überstürzen, sagte er. Wenn Sie jetzt nach Hause gehen wollen, um über alles in Ruhe nachzudenken, habe ich dafür Verständnis. Jeder Mensch …, sagte er, zögerte und beendete den Satz schließlich mit brüchiger Stimme, als zweifelte er an seinen eigenen Worten: … hat ein *Anrecht auf Nichtwissen.* Langenfeld klappte den Notizblock zu.

Auf keinen Fall, entschied Nina. Ich will jetzt Bescheid wissen. Daheim werde ich garantiert nicht schlauer. Anrecht auf Nichtwissen. Das hörte sich gut an. Aber was nutzte einem das Anrecht, wenn die Neugierde, wenn die Angst größer war. Folgen Sie mir bitte, sagte Langenfeld. Er führte uns in den Raum, aus dem die Frau mit dem verheulten Gesicht und der verschmierten Schminke gekommen war.

Ein fensterloser Raum, Dämmerlicht. Die graue Untersuchungsliege füllte den kleinen, klimatisierten Raum fast vollständig aus. Hier können Sie gleich Ihr Baby sehen, und zwar dreidimensional, sagte Langenfeld und deutete auf einen Bildschirm, der am Fußende der Liege befestigt war. Der Arzt schaltete einen zweiten, größeren Bildschirm ein, der auf einem Beistellwagen stand. Hier lag auch der faustgroße Ultraschallkopf. Ob sie ihre Jeans ausziehen solle, fragte Nina, und Langenfeld meinte, ein vaginaler Ultraschall sei meistens nicht nötig. Sie müsse nur ihren Bauch frei machen. Kaum hatte sich Nina hingelegt, begann die Untersuchung.

Das ist Ihr Kind, sagte Langenfeld, und ich war erstaunt, was ich alles sehen konnte. Arme und Beine, kleine Finger, und als Langenfeld den Ultraschallkopf etwas bewegte, war sogar ein kleines, rundes Gesicht zu erkennen. Lächelt er? fragte ich mich und merkte sogleich, dass ich davon ausging, einen Jungen zu bekommen. Das Baby hat ja abstehende Ohren, bemerkte ich, und Langenfeld lachte. Ja, bestätigte er, die hat sie wohl. Nina hakte sofort nach. Ein Mädchen? Sagen wir mal zu 99 Prozent, sagte Langenfeld. Hätten Sie lieber einen Jungen? Nina runzelte die Stirn. Darauf komme es jetzt nicht an, meinte sie und sah gebannt auf den Bildschirm. Langenfeld vermaß den Kopfdurchmesser des Kindes. Die abstehenden Ohren hat sie von dir, sagte Nina. Ich dachte an das erste Ultraschallbild, das uns Dr. Pietsch gegeben hatte und ein wurmähnliches Wesen zeigte, nun aber sah ich einen Menschen, ein Baby, unser Baby. Die abstehenden Ohren gefielen mir. Hier ist das Herz, sagte Langenfeld, und wir konnten den schnellen Herzschlag beobachten. Langenfeld schaute sich das Organ aus den unterschiedlichsten Perspektiven an. Die Zahlen, die er in den Computer eingab, kommentierte er nicht. Hier ist die Leber, sagte er nach einer Weile, hier die Lunge.

Die Kleine bewegte sich so heftig, dass Langenfeld oft neu ansetzen musste. Offenbar fühlte sich das Baby durch den Ultraschall gestört, aber es hatte keine Chance, der Kontrolle zu entkommen. Alle wichtigen Körperteile wurden vermessen. Für jeden Wert gab es eine Abkürzung. SSL für Scheitel-Steiß-Länge oder AU für Abdomenumfang.

Jetzt setzte Langenfeld auf einem Standbild elektronische Markierungen, um die Länge des Oberschenkels festzustellen, und das Ergebnis schien ihn zu irritieren. Er wiederholte die Messung, aber der Wert änderte sich nicht. Grete und Leonie habe ich nicht gesehen, als sie in meinem Bauch waren, sagte Nina. Lächelte Langenfeld? Ich versuchte, seine Eingaben zu entschlüsseln, als Nina flüsterte: meine Tochter! Ich sagte: *unsere* Tochter. Langenfeld schaute noch einmal in den Mutterpass. Er gab Ninas Alter in die Maske des Computerprogramms ein, und auf Langenfelds Bildschirm war eine Kurve zu sehen, die steil nach oben anstieg. Das war wohl die Wahrscheinlichkeitskurve. Nun fehlte nur noch der

Wert der Nackenfalte, und es sah aus, als würde der Arzt das Ergebnis schon kennen.

Langenfeld beobachtete den Fötus und verzog keine Miene, als er aus dem Babyfilm ein Bild herausnahm. Ich schaute mir das Profil unseres Mädchens an und überlegte, ob es mir wirklich ähnlich sah, da hörte ich, wie schwer Nina atmete. Sie weinte. Was ist denn? fragte ich, und sie zeigte auf den Bildschirm. Siehst du das denn nicht? rief sie, aber erst als Langenfeld einen dunklen Bereich im Nacken unseres Babys mit den digitalen Markierungen absteckte, sah ich etwas, was ich im Gegensatz zu Nina nicht zu deuten wusste. Das kann doch gar nicht wahr sein, schrie Nina, und ich kam mir wie ein Vollidiot vor, und so bat ich Langenfeld, mir endlich zu erklären, was Nina so aufregte. Langenfeld wurde leise. Die Nackentransparenz würde 3,4 Millimeter betragen, aber mit dieser Zahl konnte ich immer noch nichts anfangen. Drei … Komma … vier, wiederholte Nina niedergeschlagen, und es kam mir vor, als würde sie hier keine Zahl, sondern ein Todesurteil in drei Worten vortragen.

Was heißt das? fragte ich. Langenfeld erklärte, die erhöhte Nackentransparenz würde jetzt tatsächlich eine umfangreiche Sequenzierung rechtfertigen. Reden Sie nicht immer im Konjunktiv! beschwerte sich Nina. Langenfeld gab den Wert der Nackentransparenz in den Computer ein, und es dauerte nicht lange, bis das Programm eine Verhältniszahl ausgerechnet hatte. Sie lautete: 1:10. Das bezieht sich auf die Trisomie 21, sagte Langenfeld. Bevor ich nachfragen konnte, wie dieser Wert einzuschätzen sei, bekamen wir noch weitere Zahlen mitgeteilt, die sich auf die Trisomien 13 und 18 bezogen, aber da hörte ich schon gar nicht mehr hin, denn ich versuchte mir vorzustellen, was dieses Zahlenverhältnis bedeutete: 1:10.

Bei ähnlichen Werten, erklärte Langenfeld, sei unter zehn Kindern eines von Trisomie 21 betroffen. Erst dachte ich: Das sind mir zu viele Zahlen. Dann fragte ich mich: Warum sollte ausgerechnet unser Kind das eine unter zehn sein, das krank ist? Warten wir den Bluttest ab. Langenfeld schaute noch einmal auf den Computerbildschirm und sagte, leider müsse er uns mitteilen, dass das Nasenbein nicht vollständig entwickelt sei. Eigentlich wollte ich nachfragen, was das zu bedeuten hatte, aber ich versuchte jetzt, Nina aufzumuntern, was mir allerdings nicht gelang. Sie lag da, weinte und weinte und weinte. Ich wusste nicht, was ich tun sollte, also starrte ich auf den Bildschirm, und bald schon verschwamm das Ultraschallbild des Babys in meinen Tränen. Was ich nun sah, erinnerte mich an die Nebelbilder in Langenfelds Sprechzimmer. Ich berührte den Bildschirm mit meiner Hand. War da wieder ein weinender Engel? Der Nebel schien dichter und dichter zu werden, bis ich kaum noch etwas erkennen konnte.

Langenfeld fragte leise, ob er nun das Blut entnehmen dürfte, aber Nina gab keine Antwort. Ich wischte mir die Tränen aus den Augen und nickte dem Arzt zu, auch wenn es mir sehr unangenehm war, darüber zu entscheiden, aber ich hoffte, es sei in Ninas Sinn. Langenfeld legte ihren linken Arm zurecht, suchte und fand eine Vene, reinigte die Einstichstelle, entnahm das Blut und gab Nina zu verstehen, dass sie wieder aufstehen könne, doch sie wollte nicht. Als ich ihr meine Hand reichte, schob sie mich zur Seite. Nina schüttelte den Kopf und blieb liegen. Lassen Sie sich Zeit, sagte Langenfeld, was mich ärgerte, denn diese Bemerkung hörte sich so an, als stünde schon fest, dass unsere Tochter krank sei. Warum sagte der Mann nicht, dass bislang gar nichts feststand? Nur weil die Nackenfalte zu dick und das

Nasenbein etwas zu klein geraten war? Oder verschwieg Langenfeld noch etwas, um uns zu schonen? Gab es noch andere Anzeichen? Weitere Besonderheiten, welche die Wahrscheinlichkeiten erhöhten?

Meine Befürchtung wurde bestätigt. Langenfeld meinte, der Kopf sei etwas klein, er könne eine Lippen-Kiefer-Gaumenspalte und ein Loch in der Herzscheidewand erkennen. Nina unterbrach ihn, sie habe genug, sie wolle das nicht hören, aber ich dachte, besser ein kleiner Kopf als gar keiner, und mein Großvater hatte auch ein Loch im Herzen und wurde damit über neunzig; für mich war unser Baby weder gesund noch krank, es war, in diesem Moment jedenfalls, irgendwie dazwischen. Bei den Werten, die Langenfeld ermittelt hatte, war doch fast alles möglich. Fast alles? Fast alles. 1:10. Na und? Selbst wenn irgendetwas nicht in Ordnung war, hieß das doch nicht, dass wir unser Baby aufgeben mussten, und das hätte ich Nina auch gerne gesagt, aber sie kam mir zuvor und fragte, wann die Ergebnisse der Sequenzierung vorlägen. Ich dachte: Wie schnell wir das Fachvokabular der Mediziner übernehmen. Als beinhaltete ein Wort wie Sequenzierung schon die Antwort auf alle Fragen. Ein paar Tropfen vom Blut der Mutter, und schon hatten Spezialisten die Gene unseres Babys entschlüsselt. Und dann?

Sobald die Ergebnisse vorliegen, melde ich mich, versprach Langenfeld. Lass uns nach Hause gehen, sagte Nina, und ich freute mich, dass sie jetzt meine Hand nahm und sich von der Liege erhob. Die Arzthelferin tauchte wieder auf und gab ihrem Chef einen kleinen Zettel. Dann noch einen. Und noch einen. Durch das Papier konnte ich erkennen, dass es sich um Telefonnummern handelte. Wahrscheinlich von Frauen und Männern, die um einen Rückruf baten. Die wie wir Angst hatten. Wenn Sie eine Frage haben, können Sie mich gerne anrufen, sagte Langenfeld. Wir verabschiedeten uns. Die Arzthelferin gab mir eine Visitenkarte des Arztes, auf der auch eine Mobilfunknummer gedruckt war. Ich schaute ins Wartezimmer. Da saß niemand. Dieses Mal hatte der Wechsel geklappt. Wir traten vor die Tür der Praxis, die sich im fünften Stock eines Ärztehauses befand. Nina und ich fuhren nicht mit dem Aufzug. Wir blickten die Treppe hinab. Für jede Stufe brauchten wir eine Ewigkeit.

Nach Hause? Nina gab keine Antwort. Wir standen auf der Straße und wussten nicht, wohin mit uns. Wir liefen die Müllerstraße entlang. Schauten uns nicht an. Waren sprachlos. Ich fühlte mich müde und leer. Wie nach einem anstrengenden Arbeitstag, an dem ich viele Telefonate geführt, viele Mails geschrieben, aber nur wenig erreicht hatte. Dieser Tag aber war alles andere als ein normaler Arbeitstag. An diesem Tag hatte sich alles verändert. Nichts sah auf der Straße noch so aus wie vor unserem Termin beim Langenfeld. Die Farbe des Backsteinhauses, in dem ein Supermarkt untergebracht war, wirkte jetzt blasser, die Straßen waren dreckiger, die Hitze drückender, und die Passanten kamen mir hektischer vor. Eine Frau mit Kinderwagen überquerte die Straße, ohne auf den Verkehr zu achten, und ein Auto bremste heftig. Der Fahrer zeigte der Frau einen Vogel, aber sie ging weiter, als sei sie in Gedanken ganz woanders.

Ich fragte mich, wie eine Mutter so unachtsam sein konnte, und stellte mir vor, wie unsere Tochter eines Tages im Kinderwagen läge, ich sie durch die Stadt spazieren führte, wie ich ihr etwas vorsingen und sie mich anstrahlen würde. In diesem Augenblick rempelte ich einen Mann an, der mich sofort anbrüllte: Sind Sie blind? Nein, entgegnete ich, verzeihen Sie, ich war in Gedanken woanders, und als ich das sagte, kam mir wieder die Frau mit dem Kinderwagen in den Sinn, erst jetzt verstand ich, was geschehen war. Nina schien das alles nicht zu interessieren. Sie sagte jedenfalls nichts. Plötzlich ging sie schneller, was mir unangenehm war; am liebsten hätte ich mich hingesetzt. Ihr Tempo war nicht mein Tempo. Noch hielten wir uns an den Händen. Es kam mir vor, als zöge sie mich wie einen störrischen Esel hinterher. Bald würden wir den Mann erreichen, den ich angerempelt hatte, und als wir nebeneinander an einer roten Fußgängerampel warteten, musterte mich der hoch gewachsene Kerl, der zu einem hellgrauen Anzug eine dunkelblaue Krawatte trug. Er lächelte abschätzig. Ob er bemerkte, wie stark ich nach Schweiß stank? Obwohl Langenfelds Praxis klimatisiert war, hatte ich schrecklich geschwitzt, und jetzt fiel mir auf, wie intensiv dieser Angstschweiß roch. Ich sah, wie der Mann im Anzug die Nase rümpfte. Oder bildete ich mir das ein? Je länger ich über meinen Angstschweiß nachdachte, desto intensiver nahm ich den Geruch wahr. Ich ekelte mich vor mir selbst, nicht nur des Schweißes wegen. Warum waren meine Gedanken nicht bei Nina und dem Kind, das möglicherweise krank war? Was war ich für ein Unmensch, dass ich die eigenen Peinlichkeiten so wichtig nahm?

Ich bekam wieder Kopfschmerzen, worüber ich mich dieses Mal sogar freute, denn dieser Schmerz riss mich aus meinen Gedankenverirrungen; der Schmerz war angemessen, der Schmerz passte zu dem, was wir durchlebten. Ich wollte jetzt nicht über meinen Schweiß nachdenken, sondern lieber stechende und bohrende Kopfschmerzen haben, sodass ich über gar nichts mehr nachdenken konnte. Wir kamen an einem Geschäft vorbei, das Kurzwaren verkaufte. Nina blieb stehen und sagte: Die Nähmaschine kaufe ich mir trotzdem. Dann zog sie mich wieder durch die Straßen, doch wir kamen nicht weit, denn plötzlich stand Barbara vor uns und fragte: Na, wie geht es Euch? Weder Nina noch ich antworteten. Wie blickten uns hilflos in die Augen, und Barbara hakte nach: Ist was? Ich nahm an, dass Nina entscheiden würde, was sie ihrer besten Freundin erzählen wollte und was nicht. Barbara wusste, dass Nina schwanger war. Aber den Termin beim Pränataldiagnostiker hatte sie bestimmt nicht erwähnt. Oder doch?

Nina schwieg, überließ es mir, eine Antwort zu geben, nur war ich vollkommen überfordert von der Situation. Sollte ich mit einer Floskel reagieren? Ja, alles gut, wir sind in Eile, tschüss. Oder doch die Wahrheit sagen? Uns geht es beschissen, wir wollen aber nicht darüber reden. Oder sollte ich von der zu dicken Nackenfalte erzählen? Sollte ich sagen, mit einer Wahrscheinlichkeit von 1:10 werde unser Kind an einer Trisomie 21 oder einem anderen schlimmen Gendefekt leiden? Sollte ich das wirklich sagen, hier auf der Straße, neben einer Eisdiele, aus der gerade zwei Jungen kamen, die sich über ihr blaues Schlumpfeis mit Schokostreuseln freuten? Habe Migräne, behauptete ich schließlich. Ja, das Wetter, sagte Barbara, und ich war froh, dass sie meine Ausrede akzeptierte. Ich ruf dich die Tage mal an, sagte Nina mit belegter Stimme. Dann hakte sie sich bei mir ein, und wir gingen weiter in einen kleinen Park. Hier waren wir allein. Mit Tauben und einem streunenden Hund.

Wir hatten uns auf die kinderfreie Zeit gefreut. Mit Grete und Leonie telefonierten wir zwar jeden Tag, weil wir sie vermissten, aber wir genossen die Zweisamkeit auch; wir konnten aufstehen, wann wir wollten, wir mussten Grete nicht in den Kindergarten bringen und Leonie nicht zum Schulbus, es gab keine Fahrt zum Turnen und keine zum Musikunterricht, kein Gezerre beim Zubettgehen. Urlaub daheim, eine angenehme Ruhe war das. Doch seit dem Besuch bei Dr. Langenfeld war die Ruhe kaum auszuhalten. Die Angst vor einem kranken Baby verfolgte uns. Ins Wohnzimmer und in die Küche. Ins Badezimmer und ins Bett.

Wir hatten gerade die Zähne geputzt und schauten gemeinsam in den Spiegel, als ich meine Hand auf ihren Bauch legen wollte, aber sie stieß mich zurück. Ich entschuldigte mich, weil ich sie keinesfalls bedrängen wollte, aber Nina schien gar nicht hören zu wollen, was ich sagte. Sie verließ das Bad, während ich noch vor mich hinstammelte. Als ich ihr eine gute Nacht wünschte, stand sie plötzlich auf, um sich im Wohnzimmer aufs Sofa zu legen. In den nächsten Stunden rannte sie ständig zur Toilette, und als ich zu ihr kam und sagte, auch ich könne nicht einschlafen, zog sie sich die Decke über den Kopf. Immerhin frühstückten wir zusammen, wobei ich mich als schwer erträglicher Morgenmuffel präsentierte. Als Nina mir etwas Milch in den Kaffee gab, schob ich die Tasse mit der Bemerkung zur Seite, ich wolle nicht bemuttert werden, sie wisse doch, dass ich den Kaffee lieber schwarz trinke. Es war kaum auszuhalten, und dass Grete und Leonie nicht da waren, machte die Situation noch viel schlimmer.

Wenn wir die beiden jetzt in den Kindergarten, zum Schulbus, zum Turnen und zum Musikunterricht hätten bringen dürfen, wären wir abgelenkt worden. Wir wären am späten Nachmittag noch an den Badesee gefahren, hätten über Kleinigkeiten gelacht und mit den Kindern mühselige Verhandlungen geführt, ob es Zeit sei, ins Bett zu gehen. So aber saßen wir herum, mal im Wohnzimmer, mal in der Küche, und schwiegen uns an. Als ich die Stille nicht mehr aushielt und meine Mutter zitierte, nach der ich nicht mehr am Leben wäre, hätten sich die Aussagen der Mediziner erfüllt, meinte Nina: Jetzt nicht wieder diese Geschichte!

Gekränkt zog ich mich zurück, ging in Leonies Zimmer, legte mich auf den Boden. Was konnte ich dafür, dass meine Mutter ihr so oft erzählt hatte, dass ich mit nicht mal 900 Gramm in der 27. Schwangerschaftswoche auf die Welt gekommen war? Ich hatte Nina etwas aufmuntern wollen, aber sie wollte sich nicht aufmuntern lassen. Ich mochte meinen Überlebensmythos auch nicht. Er verfolgte mich. Aber in unserer Situation gab die Geschichte, mit der Mutter mein Leben und ihr Leiden einer medizinischen Erklärung entzog, doch ein wenig Hoffnung. Ich verstehe dich nicht, rief Nina durch die Wohnung. Wenn alles gut ist, siehst du das Schlechte, und wenn die Lage beschissen ist, wirst du optimistisch. So ist es, sagte ich leise. Offenbar war ich meiner Mutter ähnlicher, als ich es mir bis jetzt eingestehen wollte. Jetzt war ich stolz auf sie und ihre notorische Unzufriedenheit, die mich offensichtlich genauso geprägt hatte wie ihre Fähigkeit, in ausweglosen Situationen etwas Hoffnung zu schöpfen.

Erst neulich hatte Mutter gesagt, ich sei ein geborener Überlebenskünstler, um sich gleich wieder zu korrigieren, nein, ein Künstler sei ich nicht, vielmehr ein Kämpfer, ein Überlebenskämpfer. Ich hatte ihr wie immer widersprochen, jede Art von Kampf sei mir zuwider. Immerhin hatte ich den Kriegsdienst verweigert, aber den Streit mit der Bundeswehr nahm Mutter als Beweis, dass ich eine ganz besonders zähe

Kämpfernatur sei. Tatsächlich war ich Streitereien gewohnt. Nicht nur mit Mutter. Schon in der Schulzeit hatte es ständig Ärger gegeben. Ich dachte an das Schreibverbot für die Schülerzeitung, das mir erteilt wurde, weil ich in dem Blatt kleine Erzählungen über freundliche Mörder und lebendige Tote veröffentlicht hatte. Da war meine Biolehrerin, die mich hasste, weil ich mich nicht an dem Unterricht beteiligen wollte und weil ich mich, wenn ich doch etwas sagte, über das dreißig Jahre alte Lehrmaterial beschwerte. Ich wollte nicht im Mittelpunkt stehen. Ich wollte in Ruhe gelassen werden. Aber ich wurde, egal was ich sagte oder tat, als Querulant wahrgenommen. Mir kamen die verstörten Gesichter meiner Mitschüler in den Sinn, als ich ihnen im Musikunterricht *Pornography* von The Cure vorspielte und erklärte, dieses laute und wüste Lied sei, gerade wegen seiner dissonanten Töne, viel berührender als die kleine Nachtmusik von Mozart. Der Musiklehrer war darüber so empört, dass ich die Partitur des Mozarthits dreimal abschreiben musste. Ich erinnerte mich an den Mathelehrer, der mich zu einem Psychologen schicken wollte, nachdem ich auf dem Pausenhof einen Stapel Klausuren angezündet hatte, nicht weil ich ein Feuerteufel war, sondern weil ich es nicht länger ertrug, dass der Mann uns wegen der schlechten Ergebnisse anschrie. Das war lange her, aber ich konnte mich noch immer gut daran erinnern. Meine Mutter hatte die Aktion als Notwehr verteidigt und angekündigt, sie werde sich bei der Schulaufsichtsbehörde über die Methoden des Mathelehrers beschweren, und so wurde ich weder von der Schule geschmissen noch musste ich zum Psychologen. Unter den Schülern genoss ich daraufhin einen gewissen Respekt; viele Mädchen waren fasziniert, suchten meine Nähe, was wiederum die Jungs neidisch machte. In der Schule blieb ich bis zum Abitur ein Außenseiter. Ich genoss die Rolle des düsteren Verweigerers, aber ich war auch froh, als ich mich im Studium davon befreien konnte. Ich dachte an den heiteren Architekturprofessor, der gewagte Verbindungslinien vom Biedermeier zum Bauhaus zog; vor meinem inneren Auge saß ich noch einmal in den Seminaren, in denen wir verrückte Schlösser entwarfen, die schon aus statischen Gründen nicht gebaut werden konnten. Ich lernte Stefan kennen, dem ich die Geschichte meiner Jugend so oft erzählte, dass ich bald das Gefühl hatte, dieses Kapitel meines Lebens sei endgültig abgeschlossen.

Mit dem kranken Baby in Ninas Bauch kam diese Vergangenheit wieder zurück. Ich überlegte, Mutter anzurufen und ihr von der vergrößerten Nackenfalte zu erzählen, nur befürchtete ich, dass sie dann mit Nina sprechen wollte, um wieder von den drei Fehlgeburten zu erzählen und davon, dass man ihr damals abgeraten hatte, noch mal schwanger zu werden. Wie gut, dass ich nicht auf die Ärzte gehört habe! Wie oft hatte Mutter diesen Satz gesagt, wenn die Zahnärztin mir eine Klammer oder der Hausarzt die Entfernung meiner ständig vereiterten Mandeln empfahlen. Selbst Impfungen und Antibiotika lehnte sie ab, immer mit dem Hinweis, ich würde gar nicht leben, wenn sie auf die Ärzte gehört hätte. Ihre Tiraden wollte ich Nina ersparen, aber die Stimme meiner Mutter hätte ich an diesem Tag gerne gehört.

Immerhin riefen Grete und Leonie an, sprachen, weil wir nicht schnell genug zum Hörer griffen, auf den Anrufbeantworter, und als Leonie sagte, sie werde nie wieder zurückkommen, weil Oma bessere Pfannkuchen mache, musste ich lachen. Gerade wollte ich das Mobilteil zur Hand nehmen, als ich sah, dass Nina wieder weinte, und dann ließ ich das Telefon doch liegen. Ich wollte sie in den Arm nehmen, aber Nina ging weg, sperrte sich im Klo ein und blieb dort fast eine Stunde. Leonie rief noch einmal an, um mit einer aufgedrehten Stimme durchzugeben, dass sie zwar doch irgendwann wiederkommen wolle, Omas Pfannkuchen aber echt die allerbesten seien. Grete durfte auch noch etwas aufs Band sprechen und wiederholte zunächst, was die Große gesagt hatte. Als die Kleine dann aber weiterredete und mich, was sie selten tat, Papa nannte, nahm ich doch ab. Du bist da? fragte sie, und ich erklärte, wir seien gerade nach Hause gekommen. Grete sagte, sie hätten gebacken und gebastelt. Sie wären in den Wald gegangen und auf den Markt.

Dann übernahm meine Mutter das Gespräch und wollte wissen, ob wir uns ohne Kinder schon langweilten. Wir erholen uns ein wenig, log ich. Meiner Mutter fiel sofort auf, dass etwas nicht stimmte, und neugierig wie sie war, hakte sie sofort nach. Ist gar nicht so leicht, plötzlich wieder zu zweit zu sein, nicht wahr? Aber ihr habt ja noch ein paar Tage, um das einzuüben. Ich kann mich noch gut daran erinnern, als du ausgezogen bist, mein Lieber. Ich war mit deinem Vater allein, nein, das war erst mal gar nicht lustig, aber ihr schafft das schon, ihr seid noch jung. Im Hintergrund hörte ich ein tiefes Husten. Das musste mein Vater sein. Ja, Mama, sagte ich, das wird schon. Wie geht es Vater? fragte ich. Der hustet, antwortete Mutter. Wir lachten. Nina tauchte auf, gab mir ein Zeichen, dass ich ihr den Hörer auch mal geben solle. Hallo Hertha, sagte Nina, es freut mich, dass es den Kindern so gut bei euch geht. Wir müssen übrigens gleich schon wieder los, haben einen Tisch in der Pizzeria um die Ecke reserviert. Von dieser Reservierung wusste ich nichts, aber ich hoffte, dass wir tatsächlich ausgingen und Nina nicht nur davon gesprochen hatte, um das Telefonat schnell zu beenden. Ich bin ganz neidisch, dass du so gute Pfannkuchen machen kannst, sagte Nina, und ich hörte Mutter in den Hörer brüllen: Wenn ich sterbe, bekommst du das Rezept. Nina lachte, wünschte noch einen schönen Abend und legte auf. Fragend schaute sie mich an. Und? Gehen wir?

Als wir die Speisekarten bekamen, sagte Nina, ihr falle daheim die Decke auf den Kopf, und ich musste lachen, was sie gar nicht komisch fand, aber als ich sie daran erinnerte, dass tatsächlich mal Teile der alten Strohdecke im Wohnzimmer runtergekommen waren, lächelte auch Nina, und nun sprachen wir, statt die Speisen auszuwählen, über Redewendungen, und passend zu diesem Tag fielen uns vor allem morbide Beispiele ein.

Das letzte Hemd hat keine Taschen, sagte Nina. Mal den Teufel nicht an die Wand, sagte ich. Wenn das so weitergehe, meinte Nina, werde sie bald ins Gras beißen. Die Hoffnung stirbt zuletzt, ergänzte ich, und Nina schüttelte den Kopf. Die Hoffnung stirbt zuletzt? So ein Schwachsinn. Die Hoffnung stirbt immer zuerst. Nina schaute wieder auf die Speisekarte, aber ich dachte weiter darüber nach, was es bedeutete, wenn man die Hoffnung so früh aufgab. Nina griff sich in die Haare, die wie immer perfekt frisiert waren, und jetzt erst fiel mir auf, dass meine Frau einen schwarzen Hosenanzug trug, dunkelroten Lippenstift und gräulich glänzenden Lidschatten aufgetragen hatte. Das war nicht ungewöhnlich, so ging Nina auch in die Agentur, aber nach dem Besuch beim Langenfeld und hier im Dämmerlicht der Pizzeria wirkte der Aufzug irgendwie unheimlich, als wäre unser Restaurantbesuch eine Art Leichenschmaus.

Ich nehme eine Pizza Tonno, sagte Nina, und ich entschied mich, ohne auf die Karte geschaut zu haben, für eine Siciliana mit extra viel Kapern. Nachdem wir bestellt hatten, schwiegen wir wieder. Nina starrte mich an, und ich dachte, wie unwirklich und elegant doch der Kontrast war zwischen ihren schwarzen Haaren, dem dunklen Anzug und der hellen Haut. Wir waren vier Jahre verheiratet, und obwohl ich meinte, sie gut zu kennen, kam sie mir in solchen Momenten fremd und geheimnisvoll vor. Meine Freude an Ninas Nachtseiten währte allerdings nicht lange, denn mir kamen meine Gefühle bald unangemessen vor, wie ein Rückfall in pubertäre Zeiten, denn wir saßen uns ja stumm gegenüber, weil das, was uns bevorstand, keine süße Fiktion, sondern sehr real war. Wir mussten miteinander reden. Aber wie das Gespräch beginnen, das wir nicht führen wollten? Eine Bemerkung über das schöne Wetter, das seit Wochen andauerte, kam mir lächerlich vor. Ich hätte Nina fragen können, ob ein Sammler in letzter Zeit wieder einen Höchstpreis gezahlt hatte, aber Höchstpreise interessierten mich genauso wenig wie die Leute, die für Kunst so viel Geld ausgaben. Ich hätte endlich darüber sprechen können, dass ich keine Lust mehr hatte, als Immobilienmakler zu arbeiten, dass ich nicht Architektur studiert hatte, um Reihenhäuser oder Büroetagen zu vermieten. Ich hätte von der steigenden Zahl der Privatinsolvenzen berichten können, von meinen Skrupeln, gutgläubigen Leuten überteuerte Immobilien anzudrehen, von dem Streit mit meinem Partner Stefan, doch es gab nur ein einziges Thema, das wichtig war. 1:10. Wir mussten uns diesem Thema stellen. Aber wie? Ich hatte Lust, mich zu besaufen. Aber ich hatte Angst vor dem Suff. Vor den Albträumen, die mich in letzter Zeit heimsuchten, wenn ich zu viel getrunken hatte. Wer würde mich dieses Mal quälen? Kindliche Monster aus den Tiefen des Badesees? Weinende Engel in himmlischen Nebelschwaden? Und wie viel Lust würde ich dabei empfinden, wenn ich eintauchte in diese morbide Rauschwelt? War ich pervers?

Nach dem ersten Bier bestellte ich ein Mineralwasser. Dann nehme ich einen Wein, sagte Nina, und als ich sie verdutzt ansah, schüttelte sie den Kopf. Nein, nein, sie würde beim Wasser bleiben. Nina lachte bitter und schaute zum Nachbartisch. Woran denkst du? fragte ich, obwohl ich diese Frage hasste, weil sie immer verlogen war, denn natürlich wusste ich, woran Nina dachte, an Kunstwerke und Immobilien jedenfalls nicht, sie dachte an unser Baby, an die zu dicke Nackenfalte. Das gab sie auch zu. Wir wissen so wenig, sagte ich, wir wissen nicht, ob unsere Tochter gesund ist oder krank. Wir wissen nicht, wann Krankheit beginnt und wann Gesundheit aufhört. Nina erwiderte kühl, da brauche man nicht viel zu wissen, gesund sei gesund, und krank sei krank. Die Pizza kam. Aber wir aßen nicht. Es sei doch ein Unterschied, entgegnete ich, ob das Baby so gut wie keine Überlebenschance nach der Geburt und Schmerzen zu erleiden habe oder ob ein Kind zur Welt komme, das zwar – ich traute mich das kaum auszusprechen – geistig oder körperlich behindert sei, aber durchaus Glück empfinden könne. Scheiß Theorie, rief Nina. Behindert, aber glücklich. Toll! Warum bist du Immobilienheini und nicht Philosoph geworden? Ich ahnte, das nun alles, was ich sagte, eine weitere Beleidigung nach sich ziehen würde. Nina wusste, wie sie mich verletzen konnte, aber ich wollte mich nicht beleidigen lassen, und das sagte ich auch. Ach, was für ein Sensibelchen! ätzte sie, und ich fragte, was sie denn mit den Beleidigungen erreichen wolle, aber sie ging nicht auf meine Frage ein, sie schaute durch mich hindurch, als sie sagte, ich hätte gar keine Ahnung, wovon ich spräche, ich würde das Baby nicht zur Welt bringen. Ich nickte, bestand aber darauf, meinen Gedanken auszuführen, dass es nämlich Behinderte gäbe, die Bilder malten, und andere, die …, aber Nina unterbrach mich: Du bist wirklich ein Sackgesicht, rief sie. Ja, ein furchtbar sensibles Sackgesicht!

Das Pärchen am Nachbartisch schaute uns an, was mir peinlich war und mich an die Szene am Badesee erinnerte, als der Junge sich geschlagen und die Dame mit Hut mir mit abschätzigen Blicken zu verstehen gegeben hatte, was sie von mir hielt. Ich ärgerte mich über mein Schamgefühl. Was kümmerten mich diese Leute? Ich hatte hier nicht herumgebrüllt. Ich hatte niemand beschimpft. Jetzt nahm ich mir doch ein Stück Pizza, die inzwischen kalt geworden war. Guten Appetit, sagte Nina und stand auf. Sie ging zur Toilette.

Als ich die Hälfte der Pizza heruntergewürgt hatte, kam sie wieder, setzte sich, schob ihre Pizza zur Seite, sagte, ihr sei übel, und bat mich, die Rechnung zu bestellen. Wir verließen den Laden, sie ging voran. Du verstehst mich nicht, flüsterte sie, als wir auf der Straße standen. Kann gut sein, sagte ich. Und vielleicht verstehst auch *du* mich nicht. Aber ich werfe dir das nicht vor. Ich beleidige dich nicht. Ich schreie nicht. Nina setzte sich auf eine Bank. Ich blieb stehen. Sie erhob sich wieder. Du bist keine Frau, sagte sie. Ach was, erwiderte ich. Wir standen da und wussten nicht weiter. Tut mir leid, flüsterte Nina und nahm meine Hand. Der Streit war schrecklich. Wir gingen heim. Ich sagte noch, wir müssten jetzt erst mal abwarten, aber diese läppische Bemerkung hätte ich mir auch sparen können, zumal sie zur Folge hatte, dass wir wieder schwiegen. Wir fanden keine Worte für das, was uns quälte. Wir gingen ins Bett, jeder für sich.

Nina wälzte sich hin und her, stöhnte ein ums andere Mal. Ich sprach sie nicht an. Irgendwann stand sie auf, und ich hörte, wie sie sich übergab. Ich rannte zum Bad, aber sie wollte allein sein. Sie kam nicht mehr ins Schlafzimmer zurück. Als der Wecker am nächsten Morgen klingelte, war ich so erschöpft, dass ich es kaum schaffte, das Klingeln abzuschalten. Nina lag im Bad, schlief auf dem Kachelboden. Ich versuchte, sie zu wecken, aber sie sagte: Lass mich! Nachdem ich ihr eine Decke über die Schultern gelegt hatte, verließ ich die Wohnung. Auf dem Weg zum Büro kam ich an Langenfelds Praxis vorbei, und ich nahm mir vor, ab sofort einen anderen Weg zu wählen.

Stefan trug einen beigefarbenen Sommeranzug, ein weißes Hemd und eine schmale Krawatte aus hellblauer Seide. Ich betrachtete meine alte Jeans und das dunkelgraue Jackett, das ich im Sommer wie im Winter anzog, und hatte den Eindruck, dass Stefan, der ohnehin einen Kopf größer war als ich, auch wegen meiner etwas schäbigen Kleidung auf mich herabsah. Hallo, sagte ich. Er begrüßte mich mit einem Nicken. Wir müssen diese Woche eine Entscheidung treffen, sagte er. Ich weiß, erwiderte ich und sah, wie Stefan sich über meine Reaktion ärgerte. Interessiert dich überhaupt, wie es unserer Firma geht? beschwerte er sich.

Wortlos ging ich zu meinem Schreibtisch. Was hätte ich darauf antworten sollen? Nein, mich interessiert das Immobiliengeschäft einen Scheißdreck, ich habe derzeit andere Sorgen? Stefan ging zur Espresso-Maschine in der kleinen Büroküche, und ich folgte ihm. Er drückte auf einen Knopf und wartete, bis der Kaffee in die Tasse gelaufen war. Möchtest du auch einen? fragte er, und obwohl ich sehr müde war, konnte ich mir nicht vorstellen, auf nüchternen Magen einen Kaffee zu trinken, schon der Kaffeeduft, den ich sonst so mochte, störte mich jetzt, aber ich nickte, um die ohnehin schon angespannte Stimmung nicht zu verschlechtern. Hör zu, sagte Stefan, und es wäre wirklich schwer gewesen, ihm nicht zuzuhören, so laut war er. Die Lage sei ernst. Wenn es so weiterginge, könnten wir uns bereits nächsten Monat kein Gehalt auszahlen und Ende des Jahres die Miete für das Büro nicht mehr aufbringen. Ich weiß, sagte ich. Stefan schlug mit der Faust gegen die Wand. Ich will aber nicht aufgeben, rief er. Stefan hatte schon vor Wochen vorgeschlagen, sich auf Insolvenzen zu konzentrieren, und ich hatte ihm mitgeteilt, dass ich mit Zwangsversteigerungen kein Geld verdienen wollte. Vor allem nicht, wenn die Wohnungen und Häuser noch bewohnt waren. Dann erkläre mir doch bitte mal, was wir stattdessen tun können, hatte Stefan gefordert. Die Antwort schuldete ich ihm immer noch. Es gab zu viele Immobilien auf dem Markt und zu wenige Menschen, die sie kaufen wollten. Jedenfalls in unserer Stadt. Die Preise waren im Keller, außerdem wollte niemand mehr Provisionen zahlen.

Ich dachte an die Zeit, in der wir unser kleines Immobilienbüro gegründet hatten. Wir machten jedes Jahr mehr Umsatz. Stefan hatte mich ausgelacht, als ich sagte, so werde das nicht weitergehen. Dann kam die Wirtschaftskrise. Die Immobilienblase platzte. Wir waren für den Niedergang dieser Branche mitverantwortlich. Aber darüber wollte Stefan nicht reden. Vielleicht sollten wir etwas anderes machen, sagte ich. Wer zwingt uns denn, mit Immobilien unsere

Brötchen zu verdienen? Er ging darauf nicht ein, verließ die Küche. Dann legte er mir zwei Akten auf den Schreibtisch. Ich brauchte die Ordner nicht aufzuschlagen, um zu wissen, worum es ging. Wenn wir den Job nicht machen, tun es andere, sagte Stefan, und gerade wollte ich ihm entgegnen, er könne mit diesem Argument alles rechtfertigen, als mir Langenfeld in den Sinn kam. Der sagte sich wahrscheinlich auch: Wenn ich den Job nicht mache, tun es andere. Liest du keine Wirtschaftsnachrichten? fragte Stefan gereizt. Die Aktienkurse und der Goldpreis fallen, die Leute werden wieder in Immobilien investieren. Ich antwortete: Ja, habe ich mitbekommen. Stefan schien zu glauben, ich werde nun endlich die Akte anschauen; er meinte jedenfalls, es gebe ein Objekt, das wir uns heute noch ansehen sollten. Der Termin für die Versteigerung sei schon veröffentlicht.

Stefan verschwand, ich schob die Akte zur Seite und blickte auf den ausgeschalteten, grauen Computerbildschirm, der mir wie ein Nebelbild aus Langenfelds Praxis vorkam. Der Nebel schien jetzt auch aus der Mattscheibe herauszuströmen, immer dichter wurde das wabernde Grau um mich herum. Als ich meinen Schreibtisch kaum noch erkennen konnte, vernahm ich einen Schrei. Es war die Stimme des Jungen vom Badesee. Hell und laut. Wo bist du? hörte ich mich rufen. Ich stand auf, ging im Nebel umher; in meinem Büro schien ich nicht mehr zu sein. Irgendwo in der Ferne sah ich das Gesicht, das mich auch in der Tiefe des Badesees erschrocken hatte, ein Antlitz ohne Augen. Bloß weg von hier, dachte ich, konnte mich aber nicht bewegen. Ich stieß gegen eine Ecke, es war wohl mein Schreibtisch, der jetzt meine Rettung war, denn bald fand ich auch die Einschalttaste des Computers. Tatsächlich verschwand der Nebel, als der Rechner hochfuhr, und mit dem Nebel löste sich auch das Gesicht des Jungen in Nichts auf. Ich fragte mich, was das war, was ich gesehen oder mir eingebildet hatte, und ich überlegte, ob ich vielleicht nach Hause oder zu einem Arzt gehen sollte, aber ich blieb im Büro, wobei ich nicht arbeiten konnte, nicht arbeiten wollte.

Statt Mails zu lesen, wie ich es sonst am Morgen tat, suchte ich im Internet den kältesten Song, den The Cure jemals geschrieben hatte: *Everything as cold as life / Can no one save you? / Everything as cold as silence / And you never say a word.* Während das Lied in einer Endlosschleife lief, gab ich das Wort *Nackentransparenz* in eine Suchmaschine ein. Ich fand lange Wahrscheinlichkeitstabellen und Beschreibungen aller möglichen Mutationen. Besonders ausführlich waren die Informationen zur Trisomie 21, aber die interessierten mich nicht, weil ich glaubte, darüber genug zu wissen, also las ich einen Artikel über das Turner-Syndrom und erfuhr nach wenigen Zeilen, dass diese Erbkrankheit oft zum Tod des Kindes im Mutterleib führte, weil sich im betroffenen Babykörper voluminöse Flüssigkeitsansammlungen bildeten, die Herz, Leber und Nieren nicht verkrafteten. Ich fragte mich, ob ich mich mit weiteren Einzelheiten beschäftigen wollte, aber da war ich, obwohl ich mich dagegen sträubte, schon wieder einem Link gefolgt, als führte meine rechte Hand, wenn sie mit der Computermaus verbunden war, ein Eigenleben, als wäre die Hand neugieriger als mein Kopf. Ich klickte mich in eine Bildergalerie und sah Kinder, Jugendliche und erwachsene Frauen, die angeblich unter dem Turner-Syndrom litten, die aber allesamt gesund aussahen. Einige Frauen hatten sich so fotografieren lassen, dass man meinen konnte, sie arbeiteten als Model. Ich konnte kaum glauben, dass ich noch auf der Turner-Syndrom-Seite war. Doch die Berichte der Betroffenen schienen zu bestätigen, dass es wohl schlimmere Erbkrankheiten gab.

Ich wünschte mir, dass meine Tochter, wenn sie schon unter einer Trisomie zu leiden habe, doch nur mit Turner geschlagen sei, also mit einer Krankheit, die nicht zwangsläufig ihre geistige Entwicklung beeinträchtigte. Dann erfuhr ich, dass Mädchen mit Turner-Syndrom, wenn sie denn Schwangerschaft und Geburt überlebten, abgesehen von schweren Schädigungen der inneren Organe in aller Regel degenerierte Eierstöcke hatten und nicht schwanger werden konnten, und tatsächlich dachte ich, obwohl meine Tochter noch nicht einmal geboren war, darüber nach, wie schrecklich es sei, niemals Großvater werden zu können. Als ich dann wieder ein fettgedrucktes T sah, das für diese beschissene Translokation stand, und las, dass Turner-Mädchen nicht selten Väter hatten, die mit einer ausbalancierten Translokation lebten, stieg Selbstekel in mir auf, so schnell und so kraftvoll wie nie, jedes Körperteil, mein ganzes Dasein, kam mir fremdartig und abstoßend vor. Wie konnte ich nur an die Eierstöcke meiner ungeborenen Tochter denken, wie konnte ich überhaupt so tun, als wäre sie ein Turner-Kind, als wünschte ich meiner Tochter diese Krankheit, in der Hoffnung, etwas Schlimmeres möge ihr erspart bleiben? *Scarred / Your back was turned / Curled like an embryo / Take another face.* Ich musste das Büro sofort verlassen, ich musste hinaus an die frische Luft, weg von diesem Computer. Dann aber sah ich auf der Homepage der Turner-Selbsthilfegruppe einen Link, der Informationen zu weiteren Erbkrankheiten versprach, insbesondere zu den Trisomien 13 und 18.

Obwohl ich darüber nicht viel wusste, war mir doch klar,

dass es sich um die schwersten Gendefekte überhaupt handelte und ich auf diesen Seiten ganz bestimmt keine fröhlichen Teenies und Twens mehr sähe. Ich hielt inne, blickte auf die beiden Akten mit den Privatinsolvenzen und klickte dann doch weiter. Ich sah, was ich nicht sehen wollte, und dachte: Das Schlimmste im Internet sind die Bilder. Wenn es im Netz nur Texte gäbe, wäre die Welt eine bessere. Ich starrte auf das Foto eines Kindes, das mit weit aufgerissenen Augen in sich hineinzuschauen schien. Die Finger lagen seltsam über Kreuz. Das Kind hieß Lara. Ihre Eltern hatten nicht nur die Fotos, sondern auch einen Text ins Netz gestellt. Was hätte Lara dazu gesagt, wenn sie etwas hätte sagen können? fragte ich mich. Lara lebte nicht mehr. Sie war vier Monate und sieben Tage alt geworden. Auch das stand auf der Homepage. Ich schaute mir noch andere Fotos von Lara an. Mal mit Magensonde, mal mit Sauerstoffmaske. Einmal konnte man sie auch lachen sehen. Es war fast ein Grinsen, als wollte Lara sagen, schaut her, ich lebe, obwohl ich nach den Gesetzen der Medizin schon längst hätte tot sein müssen. Am Ende der Fotogalerie standen zwei Menschen vor einem Grabstein, auf dem geschrieben stand: *Jeder Tag, den wir mit dir gelebt haben, hat uns glücklich gemacht.* Mir liefen die Tränen über die Wangen, und ich hatte das Gefühl, mit den Tränen strömte auch die Angst aus meinem Körper, diese Angst, die ich seit dem Besuch bei Langenfeld nicht mehr los wurde, die Angst vor einer kranken Tochter. Hier lächelte Lara auf dem Bildschirm, ein Mädchen, das mit einer Trisomie 18 zur Welt gekommen und schon bald gestorben war, um im Internet weiterzuleben. Ich schloss die Seite und dachte: Das Beste im Internet sind doch die Bilder. Wenn es im Internet nur Texte gäbe, wäre die Angst viel mächtiger.

Ich schaute aus dem Fenster, atmete tief ein und langsam wieder aus, als Stefan auftauchte. Kaum hatte er bemerkt, dass ich mich mit den Akten nicht mehr beschäftigte, verschwand er kopfschüttelnd und schlug die Tür hinter sich zu; dass mir noch immer Tränen übers Gesicht liefen, schien er nicht bemerkt zu haben. Stattdessen brüllte er: Du denkst nur an dich und an die armen Leute da draußen, die sich Reihenhäuser kaufen, aber Zinsen und Tilgung nicht mehr zahlen können. Aber was ist mit mir? Stefan machte eine Pause. Ich horchte auf. Jan? schrie er wohl, um sicher zu gehen, dass ich auch wirklich zuhörte. Du bist ein … moralischer Egoist! Obwohl ich den Vorwurf absurd fand, fast schon komisch, traf er mich trotzdem. Ich wollte nicht schon wieder beschimpft werden. Ich dachte an Ninas Wortwahl. Sackgesicht. Ein furchtbar sensibles Sackgesicht, hatte sie mich genannt. Jetzt war ich also ein moralischer Egoist. Klang irgendwie ähnlich. Natürlich wollte ich Stefan nicht im Stich lassen. Also schaute ich doch mal in den Ordner mit den aktuellen Zwangsvollstreckungen und überflog die entscheidenden Informationen: Baujahr, Größe und Lage des Grundstücks, Quadratmeterzahl der Wohnfläche, eventuelle Extras wie eine Sauna im Keller oder eine besonders teure Einbauküche, mögliche Schäden, ursprünglicher Kaufpreis und aktueller Schätz- und Verkehrswert.

Aus der Beschreibung der Immobilien ging nicht hervor, warum sie auf dem Markt waren, aber niemand gab sein Haus freiwillig in eine Zwangsversteigerung. Hinter dem Zwang stand fast immer die Geschichte von Leuten, die ihre Schulden nicht mehr bezahlen konnten, weil der Job weg war oder die Ehe sich auflöste, weil eine Krankheit zu teuer oder der laufende Konsum zu hoch war. Dieses Objekt zum Beispiel: Baujahr 2012, 140 Quadratmeter Wohnfläche, kleiner Garten, Neubausiedlung. Der ursprüngliche Kaufpreis hatte bei 330.000 Euro gelegen. Warum musste das Haus geräumt werden, kaum war es fertig? Wie viel war es heute noch wert? Hatte es Baumängel gegeben? Über Zwangsversteigerungen sprechen wir genauso ungern wie über Erbkrankheiten, dachte ich. Zwei Tabus ohne Geheimnisse. Jeder kann sich informieren, die wenigsten tun es. Jede Zwangsversteigerung wird von den Amtsgerichten im Internet veröffentlicht. Ein Klick, die Statistik erscheint. Und was lernen wir hier? Vergangenes Jahr gab es über 92.000 Zwangsversteigerungen. Das waren 23.547 mehr als im Vorjahr. Die Kurve zeigt steil nach oben, da gibt es keine Zweifel. Wer schaut sich diese Statistik an? Die vielen Familienväter und glücklichen Mütter, die in dieser Sekunde einen Kaufvertrag unterschreiben? Nein, das tun sie nicht. Weil sie meinen, ein Schnäppchen gefunden zu haben. Weil es ihnen nichts ausmacht, in einem zwangsversteigerten Haus zu wohnen. Weil sie hoffen, dass die Krise anderswo stattfindet. Welcher Hauskäufer beschäftigt sich schon mit diesen Zahlen? Ich habe mir ja auch nicht die Seiten über die schlimmsten Erbkrankheiten angesehen, bevor ich mit Nina ins Bett gegangen bin. Ich merkte, wie sich meine Gedanken wieder verselbstständigten, auch mein Körper schien zu machen, was er wollte, ich zitterte, begann stark zu schwitzen, bekam wieder Kopfschmerzen. Ich schämte mich, dass ich überhaupt auf die Idee gekommen war, das Elend der Zwangsvollstreckungen mit dem Leid einer Erbkrankheit zu vergleichen, aber ich konnte diese Gedanken auch nicht aus meinem Kopf verbannen, sie waren immer noch da, obwohl mir der Vergleich jetzt abwegig vorkam, und so suchte ich nach Argumenten, warum das eine mit dem anderen nichts, aber auch gar nichts zu tun hatte. Mir fiel natürlich sofort auf, dass es deutlich mehr Zwangsversteigerungen als Erbkrankheiten gab und dass man auch glücklich in einer Mietwohnung leben konnte, dass die meisten Schuldenberge selbstverursacht waren und dass erbkranke Kinder völlig unschuldig waren. Aber waren auch die Eltern unschuldig? Ich hatte meine Gene bislang nicht untersuchen lassen. Vielleicht steckte in mir tatsächlich ein balanciertes T. Warum hatte ich mich nicht besser informiert? Ich war feige, weil ich weder die Wahrheit über meine Gene wissen noch mit dieser Wahrheit in ein Befruchtungsklinik gehen wollte. Das wäre der andere Weg gewesen: Künstliche Befruchtung statt Sex. Nicht der Zufall entscheidet, sondern der Arzt, der eine befruchtete Eizelle mit guten Erbanlagen findet. Ich habe mich darum nicht gekümmert. Ich war so dumm zu hoffen, bei mir liefe alles besser. Ich war ein Egoist. Nicht mal ein besonders moralischer. Meine Moral war nur mein schlechtes Gewissen.

Stefan kam wieder vorbei. Sofort erkannte er, dass ich den Aktenordner und auch die Internetseite mit den amtlichen Hinweisen zu den nächsten Zwangsversteigerungen geöffnet hatte. Er lächelte und entschuldigte sich. Das habe ich gerade nicht so gemeint, sagte er, und weil ich nickte, ging er wohl davon aus, dass unser Streit beendet war und wir wieder zusammenarbeiten würden. Jedenfalls fragte er mich, welches Objekt ich mir anschauen wolle, und obwohl ich ihm am liebsten geantwortet hätte, dass ich kein Spekulant sei und auch nicht in der Lage, ein Objekt richtig einzuschätzen, das heißt herauszufinden, ob es möglicherweise unter Wert auf den Markt kommen würde, um es dann deutlich teurer zu verkaufen, hatte ich keine Kraft, meine Gedanken auszuformulieren. Schweigend nahm ich den Ordner zur Hand, und während ich in den Unterlagen blätterte, begann Stefan von einem Banker namens Scholz zu erzählen, den er im Golfclub kennengelernt hatte und der zu wissen schien, wie man mit faulen Krediten gerade in der Krise gutes Geld verdienen könne. Gutes Geld, wiederholte Stefan, als wolle er sich selbst von dem überzeugen, was er gerade ausgeführt hatte. Man könne, fuhr er fort, die insolventen Hausbesitzer, die sowieso keine Hausbesitzer mehr seien, leicht überreden, das Haus nicht in eine vermutlich erfolglose Versteigerung zu geben. Wir brauchen dann nur noch, sagte er stolz, den Insolvenzverwalter und die Bank für unseren Deal zu gewinnen. Wir treten als eine Art Zwischenhändler auf, und kaum sind die Verträge unterschrieben, können wir einen neuen Käufer präsentieren, der etwas mehr zu zahlen bereit ist. Und wir kassieren doppelt ab. Stefan lächelte, und ich schüttelte den Kopf. Woher haben wir so schnell einen Käufer? Und warum setzt der nicht auf die Versteigerung? Oder geht nicht direkt zum ursprünglichen Besitzer? Stefan wusste alle Fragen zu beantworten: Bei der Versteigerung könnte der Preis in die Höhe gehen, das will der Käufer natürlich nicht. Deshalb akzeptiert er den kleinen Umweg über uns, der ihn nur einen kleinen Aufpreis kostet. Und den Kontakt zur insolventen Partei meidet der Käufer aus unterschiedlichen Gründen. Wer will sich schon mit dem Leid einer Familie beschäftigen, die gerade ihr Haus verloren hat? Wir wickeln das Geschäft ab, es gibt für beide Seiten keine unangenehmen Treffen, eine saubere Sache.

Mein Magen zog sich zusammen. Was war denn *sauber* an der Sache? *Sauber* war Stefans aktuelles Lieblingswort.

Angesichts von Geschäften, bei denen Verlierer noch mehr verlieren, erschien mir die Zwangsversteigerung wieder als Errungenschaft, und obwohl ich keinen Besichtigungstermin vereinbart hatte, deutete ich schließlich auf die Immobilie, die Stefan am Morgen erwähnt hatte und die Ende der Woche versteigert werden sollte. In dem Haus hatte bislang eine Familie Schneider gewohnt, die, so war in der Aktennotiz zu lesen, ausstehende Kredite nicht mehr bedienen konnte und, wie üblich in solchen Fällen, nach langen Briefwechseln mit der Bank, in die Privatinsolvenz gegangen war. Auch dieses Objekt war also viel mehr als ein Objekt. Jedenfalls für Familie Schneider. Ist dir schon mal aufgefallen, wie hässlich das Wort *Privatinsolvenz* ist? fragte ich, und Stefan fasste sich an den Kopf. Darüber kannst du mit Nina reden, schrie er. Du fährst jetzt zu dem Objekt und hörst auf, mich mit solchen Fragen zu nerven. Oder du packst deine Sachen und wir klären den Rest über unseren Anwalt. Das wird dann eine saubere Trennung. Sauber, dachte ich, alles muss sauber sein. Ich ging, ohne mich zu verabschieden.

Hinter mir hupte jemand, weil ich, als die Ampel auf Grün umschaltete, nicht losfuhr. Im Rückspiegel sah ich, dass der Typ in seinem Wagen herumschrie, als hätte ich gerade seinen fabrikneuen Sportwagen zu Schrott gefahren. Du kannst mich mal, dachte ich und bewegte meinen Wagen auch bei der nächsten Grünphase nicht. Sofort stieg der Wüterich aus seinem Auto, trommelte gegen das Fenster, das ich nicht zu öffnen bereit war. Es hätte nicht viel gefehlt, und er hätte mit der bloßen Faust die Scheiben eingeschlagen. Die Ampel schien sich zu beeilen. Rot. Gelb. Schnell wieder Grün. Lachend fuhr ich jetzt davon. Hatte dieser

Schreihals tatsächlich einen ähnlichen Anzug wie Stefan getragen? Ach, Stefan, dachte ich. Was war übrig geblieben von unserer Freundschaft, die während des Studiums mit einem Gespräch über Grünkernbratlinge begonnen hatte? Stefan und ich saßen in der Mensa und stocherten in dem Essen herum. Stefan sagte, die Körnerklopse seien ungenießbar. Wir lachten, verließen die Mensa und gingen in eine Kneipe, in der es Rinderschmorbraten und hausgemachte Spätzle gab. Wir tranken einen Rotwein nach dem anderen, sprachen über Professoren und anstehende Prüfungen. Spät in der Nacht erkundigte sich Stefan nach meinen Eltern. Es begann ein Gespräch, das auch am nächsten Morgen nicht beendet war. Wir trafen uns nun häufiger, um bei Rinderschmorbraten und Spätzle über unsere Eltern zu reden. Wir therapieren uns gegenseitig, hatte Stefan damals gesagt. Und nun? Ich verstand den Mann nicht mehr. Machte sich Stefan überhaupt Gedanken über die Leute, denen er Kündigungen schrieb oder die an unserer Maklergebühr verzweifelten? War ihm das Schicksal der Familien gleichgültig, deren Häuser zwangsversteigert wurden? Und gab es, abgesehen von den Privatinsolvenzen und Zwangsversteigerungen, noch andere Themen, die ihn interessierten? Er spielte Golf. Um Banker kennenzulernen, die mit Privatinsolvenzen und Zwangsversteigerungen angeblich gutes Geld verdienten. Stefan sprach nur noch über die Arbeit, und ich ärgerte mich, dass ich ihm das nicht längst gesagt hatte. Während ich durch ein kleines Waldstück fuhr, überlegte ich, ob Stefan vielleicht eine neue Freundin hatte, aber über sein Leben redete er mit mir nicht mehr. War er glücklich? Mit seinem Privatleben? Mit seinem Büroleben war er jedenfalls unzufrieden, zumindest was seinen Partner anging. Wir hätten niemals eine gemeinsame Firma aufziehen sollen, aber hinterher war man immer klüger oder auch nicht, denn es war keine schlechte Idee gewesen, sich zusammenzuschließen, quasi in einer Notgemeinschaft, ich, der arbeitslose Architekt, er, der arbeitslose Betriebswirtschaftler. Wir hätten nur nicht ins Immobiliengeschäft einsteigen sollen. Ich hätte jedenfalls früher aussteigen müssen. Aber warum hielt ich jetzt nicht an? Fuhr zurück ins Büro oder nach Hause?

Ich bog in eine Gasse ein und erreichte das Reihenhaus, das zwangsversteigert werden sollte. Im Vorgarten lagen bunte Plastikspielsachen, Gartenwerkzeuge und eine Palette mit gelben Dahlien, die noch nicht eingepflanzt waren. Die Bewohner schienen nicht damit zu rechnen, das Haus bald verlassen zu müssen. Es gab keine Klingel. Hallo? rief ich, aber niemand antwortete. Als ich das Grundstück betrat, kam ich mir wie ein Dieb vor, aber ich ging weiter. Noch kannst du umkehren, sagte ich mir, und als ich die helle und laute Stimme eines Kindes hörte, blieb ich stehen. War das die Stimme, die mich seit Tagen verfolgte? Oder bildete ich mir das wieder nur ein? Die Stimme kam näher und näher, wurde noch lauter, bis sie verstummte und der Junge vom Badesee vor mir herumhüpfte und quakte. Ja, hellblond sind deine Locken, erinnerte ich mich wieder. Wie hatte ich das vergessen können?

Hallo Frosch, sagte ich, und nun begann der Kleine tatsächlich zu reden, aber ich verstand ihn nicht, denn über uns brauste ein Jumbojet hinweg, und erst jetzt fiel mir auf, dass dieses Haus in der Nähe vom Flughafen und damit auch nicht weit entfernt vom Badesee liegen musste. Als der Fluglärm nachließ, fragte der Junge lachend: Bringst du mir Pommes? Bevor ich eine Antwort geben konnte, tauchte eine

Frau auf, die mich ansah, als wollte ich ihr ein überteuertes Zeitschriftenabonnement oder eine Versicherung andrehen. So falsch lag sie mit dieser Vermutung nicht, also erwähnte ich den Grund meines Besuchs zunächst nicht. Ich habe … den Kleinen … am Badesee kennengelernt, stammelte ich, aber er wollte mir seinen Namen nicht sagen. Sie sind ihm gefolgt? entgegnete sie unfreundlich, woraufhin ich den Kopf schüttelte, nicht besonders überzeugend, wie mir durchaus bewusst war.

Die Situation verunsicherte mich, zumal die Frau in einem viel zu großen weißen Herrenhemd vor mir stand. Sie trug darunter einen Bikini, der durch das offene Hemd gut zu erkennen war. Ich musste mich anstrengen, sie nicht anzustarren. Schließlich stellte ich mich vor und gab ihr meine Visitenkarte. Sie sind Makler? fragte sie, und ich zuckte mit den Schultern, als wüsste ich selbst nicht so genau, was ich hier eigentlich wollte. Die Frau lächelte melancholisch. Sie haben es also nicht auf meinen Sohn, sondern auf das Haus abgesehen. Das können Sie gerne haben, sagte sie. Mir gehört es ja sowieso nicht mehr. Wir bleiben hier! hörte ich den Sohn schreien, seine Stimme wurde noch heller und noch lauter, und ich befürchtete schon, er werde sich wieder schlagen, wie er es auch am Badesee getan hatte, aber seine Mutter nahm ihn in den Arm. Er ließ sich trösten, und ich entschuldigte mich, ohne Anmeldung gekommen zu sein, woraufhin sie sagte, ich sei nicht der erste, daran habe sie sich schon gewöhnt. Ob ich hereinkommen und das Haus ansehen wolle.

Wir bleiben hier, sagte der Junge, dieses Mal leise und mit einer Hoffnungslosigkeit in der Stimme, die auch die Mutter rührte. Sie setzte, kaum hatten wir das Haus betreten, eine verspiegelte Sonnenbrille auf, als wolle sie verbergen, wie traurig sie war, und in diesem Moment wusste ich, dass ich eine solche Hausbesichtigung das letzte Mal machte. Es tut mir leid, sagte ich, und sie meinte, warum denn, das sei doch mein Geschäft: Wenn niemand umzöge, gäbe es keine Makler. Wenn es keine Insolvenzen gäbe, wäre kaum noch was los auf dem Immobilienmarkt. Dann müssten Sie Konkurs anmelden! rief sie und lachte bitter. Ich habe keine Lust mehr auf diesen Job, sagte ich leise, und nun bot sie mir einen Tee an, und ich, was tat ich? Ich schaute auf ihre Brüste. Sie bemerkte das natürlich, jedenfalls knöpfte sie das Herrenhemd zu, was mir schrecklich peinlich war, und als ich gerade den Tee dankend ablehnen wollte, sagte sie, das Haus sei sowieso viel zu groß für sie zwei.

Der Junge schüttelte den Kopf, und seine Mutter nahm ihn wieder in den Arm. Schade nur, flüsterte sie, dass die Hütte durch den Flughafenausbau höchstens die Hälfte von dem wert ist, was ich abzubezahlen habe. Und dann noch Tilgung und Zinsen! Die bleiben mir nicht erspart, selbst wenn uns das Haus nicht mehr gehört. Der Junge schüttelte wieder den Kopf und legte nun beide Arme um ihren Hals. Haben Sie schon eine neue Wohnung? fragte ich, und sie nickte. Bin wirklich gespannt, wer das Haus übernimmt, sagte sie, aber wahrscheinlich will hier sowieso niemand mehr wohnen, ist ja auch etwas laut mit den vielen Flugzeugen. Was meinst du, sollen wir noch ein paar Tage bei den Nachbarn bleiben, um zu sehen, wer hier einzieht? Der Junge strahlte. Das war der Moment, ihr einen, wie Stefan sagte, *fairen Deal* anzubieten, der natürlich alles andere als fair war, denn wenn es schon einen Interessenten für das Haus gab, wäre es für Mutter und Sohn wesentlich besser, einen hohen Preis zu erzielen, aber damit würde ich das Geschäft unterlaufen, das Stefan sich ausgedacht und das ich hier einfädeln sollte. Die Frau schob ihre Sonnenbrille in die Haare, reichte mir die Hand: Bevor ich es vergesse, ich heiße Ruth. Und ich Timo, erklärte der Junge stolz, um dann wieder in die Hocke zu gehen, einen Quaklaut abzugeben und herumzuhüpfen.

Haben Sie Kinder? fragte Ruth und streichelte die Wangen ihres Sohnes. Ich nahm an, sie wollte, kaum hatte sie ihren Vornamen genannt, wieder etwas Distanz schaffen, indem sie mich weiterhin siezte. Kinder? wiederholte ich. Ich stand da und schwieg. Diese Frage, die ich, seitdem ich mit Nina, Grete und Leonie zusammenlebte, immer bejahte, konnte ich in diesem Moment nicht beantworten. Timo quakte weiter, und Ruth schaute nervös umher. Hier geht es zum Keller, sagte sie schließlich, dort unten ist auch noch ein Gäste-WC. Sie können sich alles in Ruhe anschauen! Ich war froh, dass sie das Thema so schnell gewechselt hatte, also gab ich nun vor, die Heizung und sanitären Anlagen ernsthaft zu begutachten. In der zweiten Etage duftete es nach frisch eingecremtem Babypopo, obwohl Timo schon längst kein Baby mehr war und sich bestimmt nicht mehr den Hintern eincremen ließ. Bildete ich mir den Geruch etwa ein? Ich ging ins Bad, sah eine Wickelkommode und spürte ein starkes Verlangen, den Po meines eigenen Kindes einzucremen. Der Duft der Babycreme wirkte wie eine Droge, die mich kurze Zeit glücklich machte und dann mit meiner verstärkten Sehnsucht allein ließ. Ein lautes Flugzeuggeräusch beendete meinen Tagtraum und erinnerte mich an das Gespräch mit Nina am See: Nur etwas Babyfernsehen und dann noch der Bluttest, den alle Schwangeren machten. Alle? Bestimmt nicht. Und selbst wenn. Wäre sie doch die einzige Ausnahme gewesen, dann hätten wir jetzt keine Angst vor Besonderheiten und Fehlbildungen, wir ließen alles auf uns zukommen. Unten quakte Timo, und ich bemerkte, dass ich eine hellblaue Cremedose in der Hand hatte. Wie peinlich, dachte ich, stellte die Dose wieder ins Regal, rannte die Treppe hinunter, verabschiedete mich hastig und stürzte in den Vorgarten. Da klingelte mein Handy.

Kannst du mich heute Nachmittag in der Agentur abholen? fragte Nina. Ich wusste zunächst nicht, was sie meinte, ich gab mir auch keine Mühe, darüber nachzudenken, weil ich mich ärgerte, dass sie mir diese Frage ins Ohr gedrückt hatte, ohne Hallo zu sagen. Kannst du? wiederholte sie, und allein ihre brüchige und zugleich aggressive Stimme verriet mir, dass etwas geschehen war. Langenfeld hat angerufen, erklärte sie. Ich muss noch einmal zur Blutentnahme, bei der ersten Probe ist was schief gelaufen. Ich habe einen Termin um drei. Ich fragte, ob es auch etwas später gehe, woraufhin sie mich anschrie, ich könne ja zu Hause bleiben, wenn ich nicht mitkommen wolle. Sie legte auf. Und rief sofort wieder an. Schreien und auflegen geht gar nicht, sagte ich, und sie schrie, sie könne nicht anders, wolle mit mir auch nicht darüber diskutieren, dass sie nicht schreien und auflegen dürfe, und weil ich nicht auch noch schreien wollte, sagte ich sehr leise, ich werde um halb drei da sein, und dann hörte ich, wie Nina zu weinen begann. Sorry, sagte sie erschöpft und legte wieder auf.

Ich stand neben einem blau-rotem Spielzeugbagger, auf dem Timo saß. Kommst du mit zum See? fragte er mit traurigem Blick, als würde er die Antwort schon kennen. Weil ich nicht sofort reagierte, schob er eine andere Frage nach: Willst du uns das schöne Haus wegnehmen? Das will ich nicht, widersprach ich, aber da rollte er mit dem Bagger schon davon. Frösche, die Bagger fahren, seit wann gibt es denn so etwas? rief ich ihm hinterher. Aber Timo reagierte nicht. Ich stand da und wusste nicht, wohin mit mir; ich wollte nicht zurück ins Büro, aber ich konnte mich auch nicht in die Sonne legen, mit einem Kind spielen, dessen Mutter ich eigentlich überzeugen sollte, das Haus möglichst vor dem angestrebten Deal zu verlassen. Um einem potentiellen Käufer das Objekt auch in aller Ruhe zeigen zu können. Ich erwähnte weder einen Deal noch eine Frist für den Auszug.

Timo kam auf mich zu und sagte, ich würde ihm noch eine Portion Pommes schulden. Ruth lachte, ihr Blick versprach mir, nicht nach dem heftigen Telefonat zu fragen, das sie mitbekommen haben musste, und so schlenderte ich mit ihr und Timo dann doch zum Badesee. Dort saßen wieder die Dame mit Sonnenhut, das Pärchen, das sich küsste, und die vielen Eltern mit Kindern, etwa der hagere Papa mit dem dicklichen Mädchen. Es war ein merkwürdiges Gefühl, das mich beschlich, als wir über die Liegewiese gingen: Ich kam mir vor wie ein Papadarsteller, der sein Glück im selben Stück, vor vertrautem Publikum, aber mit anderen Schauspielkollegen versuchte. Es war nicht leicht, ein schattiges Plätzchen zu bekommen, und so ließen wir uns in der Nähe einer Mülltonne nieder, die von Wespen umschwirrt wurde, was Timo nicht störte, denn er stand gleich wieder auf, um die Pommes einzufordern. Quakend hüpfte er zur Frittenbude, und als ich behauptete, dass Frösche eigentlich keine Pommes fräßen, nickte er heftig und quakte noch lauter. Dieses Mal kam ich sofort an die Reihe, wobei es Timo sich nicht nehmen ließ, die Bestellung höchstpersönlich aufzugeben. Als er seine Portion endlich in den Händen hielt, transportierte er sie vorsichtig zurück zum Badetuch, ließ sich mit einem lauten Quaklaut auf dem Tuch nieder und verschlang die Kartoffelstäbchen. Als sie aufgegessen waren, versprach ich ihm eine weitere Portion, wenn er seiner Mama beim Umzug helfen würde, aber das hätte ich nicht sagen sollen, denn plötzlich schmierte er sich Ketchup und Mayo auf die Wangen. Statt Frosch spielte Timo nun Indianer, und mit der Kriegsbemalung gab er mir offenbar zu verstehen, dass er sich im Kampf um seine Jagdgründe längst nicht geschlagen gab. Wenn jemand in unser Haus einzieht, drohte er, werde ich die Leute wieder verjagen. Er stand auf, brüllte Jippii! und tanzte um mich herum, als ginge es um Tod oder Leben. Ruth lachte. Der kleine Häuptling wisse sehr genau, wer Freund und wer Feind sei. Wenn Sie Hilfe beim Umzug brauchen, sagte ich, können Sie mich gerne anrufen, meine Visitenkarte haben Sie ja. Aber Ruth schüttelte den Kopf. Seitdem mein Mann tot ist, kann ich mich vor helfenden Männerhänden kaum schützen. Sie glauben gar nicht, wie viele Leute mir beim Kistenschleppen helfen wollen. Kaum hatte Ruth ihren Mann erwähnt, verstummte Timo und rannte weg. Der kommt gleich wieder, sagte sie, als ich aufsprang, um ihm nachzulaufen. Weil ich mich nicht gleich wieder setzte und weiterhin nach Timo Ausschau hielt, zog mich Ruth sanft zu sich und ließ meine Hand nicht los. Schweigend saßen wir da, und dieses Schweigen fühlte sich, wie mir gleich auffiel, besser an als die wortlosen Minuten mit Nina am selben Ort. Ich kann Timo gut verstehen, flüsterte ich. Meine Tochter soll todkrank sein, obwohl sie noch nicht einmal auf der Welt ist. Ich würde am liebsten auch wegrennen, wenn das nicht so furchtbar kindisch wäre.

Ich hörte gar nicht mehr auf zu reden, erzählte von Langenfeld und den Babyfotos in seinem Wartezimmer, von

1:10 und von Nina, die ihre Ängste in Aggressionen verwandelte, und als ich das alles gesagt hatte, kam ich mir vor wie der allerletzte Scheißkerl, der es nötig hatte, sich bei einer Frau auszuheulen, die wahrlich andere Probleme hatte. Ich entschuldigte mich bei Ruth, doch sie wollte die Entschuldigung nicht annehmen, weil es, wie sie sagte, nichts zu entschuldigen gab. Dann begann auch sie zu erzählen, von ihrem Mann Jörg, der keine Chance hatte, einen schwarzen Hautkrebs zu überleben. Sechs Wochen nach der Diagnose war er tot, sagte sie und schaute zum Himmel, aus dem sich gerade ein Flugzeug näherte. Dann senkte sie ihren Kopf und versuchte, sich in dem viel zu großen Herrenhemd zu verstecken. Ich strich mit der Hand über meine gerötete Haut, und entdeckte eine Tube Sonnencreme in Ruths Strandtasche, aber ich traute mich nicht, nach der Creme zu fragen. Das kam mir unpassend vor, nachdem sie den Hautkrebs ihres Mannes erwähnt hatte, aber Ruth ahnte wohl, was mich beschäftigte, mit einem sanften Lächeln gab sie mir die Sonnencreme, und in dem Moment, als sie die Tube in meine Hand legte, schaute sie mir, wie ich empfand, etwas zu lang in die Augen. Ihr Blick machte mich ratlos. Ruth sah mich nicht an, wie mich Nina angesehen hatte, bevor wir uns zum ersten Mal geküsst hatten; ich hatte eher den Eindruck, dass diese Augen um Verständnis warben. Aber wofür? Sie zog die Tube zurück und öffnete sie, drückte ein haselnussgroßes Cremekügelchen in ihre Hand, um dann meine geröteten Arme einzuschmieren. Die Creme zog sofort in die Haut ein, also holte sie sich Nachschub, und ihre Hände bewegten sich langsam in Richtung meines Gesichtes, doch bevor sie meine Wangen berührten, zog sie Ruth abrupt zurück. Wir wollen ja mal nicht übertreiben, scherzte sie und überreichte mir die Tube. Schade, entgegnete ich, und sie behauptete verschmitzt, meine Bartstoppeln seien etwas zu kratzig für ihre zarten Frauenhände. Bevor ich versprechen konnte, dass ich das nächste Mal rasiert zum Badesee käme, tauchte Timo wieder auf. Er hatte sich beruhigt und einen Eimer mit nassem Sand vom Seeufer mitgebracht. Timo schüttete den Sand auf die Wiese, was Ruth gar nicht gefiel, aber sie sagte nichts, und ich begann, aus dem grauen Häuflein ein kleines Haus zu formen. Mit Fenstern und Dach. Mit Garage und kleinem Garten. Sieht aus wie unser Haus, sagte Timo. Ich gab mir tatsächlich Mühe, auch Kleinigkeiten aus Sand nachzubilden, die aufgeklebten Fensterstreben oder den geschwungenen Weg durch den Vorgarten. Ich erinnerte mich an meine Studienzeit, als ich Modelle gebaut und davon geträumt hatte, mal Architekt zu werden, und ich dachte an den Streit mit Stefan und an unser Immobiliengeschäft, das so wenig mit meinen Träumen zu tun hatte.

Das Haus ist fertig, jetzt gehen wir ins Wasser, sagte Timo, als hätte er ein Anrecht darauf, mit mir den ganzen Nachmittag zu verbringen. Er sprach mit mir wie ein Sohn, der seinen Vater lange Zeit nicht gesehen hatte. Ich wäre mit dem Kleinen, der gar nicht so klein war, tatsächlich gerne baden gegangen, aber Timo erinnerte mich auch daran, dass ich viel zu verlieren hatte, wenn ich hier weiter Papa spielte. Ich schaute auf die Uhr und erschrak, dass es schon kurz nach zwei war und ich mehr als drei Stunden mit Ruth verbracht hatte. Kommst du endlich? drängelte Timo. Ein andermal gerne, antwortete ich schroffer, als ich wollte. Ich muss los, habe noch einen wichtigen Termin. Ruth nickte ihm zu. Als ich sie umarmen wollte, ging sie einen Schritt zurück, nahm ihren Sohn an die Hand. Quak, machte Timo. Quak!

Bevor ich aufbrach, schrieb ich Nina eine SMS. *Fahre noch kurz ins Büro, dann hole ich dich ab. Kuss Jan.* Die Antwort kam umgehend: *Was hast du denn die ganze Zeit gemacht?* Da ich nicht zugeben wollte, dass ich die Mittagszeit am Badesee verbracht hatte, schrieb ich: *Außentermin.* Nina fragte nicht weiter nach. Meine Gedanken waren bei Timo und Ruth, und die Stunden am See beflügelten mich, sodass ich vom Auto aus Stefan anrief. Ob er gleich ein paar Minuten Zeit habe. Später, sagte er. Nein, sagte ich. Jetzt gleich. Ich erschrak über meinen Tonfall, nahm mir aber vor, auch das anstehende Gespräch so durchzuziehen wie dieses Telefonat. Stefan fragte etwas kleinlaut, wie es mit dem Haus gelaufen sei, und ich antwortete, indem ich die Telefonverbindung beendete.

Als ich ins Büro kam, überraschte mich Stefan, denn er spielte auf seinem Saxofon irgendwas von Charlie Parker, weil er immer Parker spielte, wenn er aufgeregt war. Die Musik wirkte bei ihm wie ein Beruhigungsmittel, und auch mich entspannte sein Spiel. Es verwandelte unser steriles Büro in einen kleinen Jazzclub. Einmal war, angelockt von Stefans Saxofon, auch der Rechtsanwalt aus dem ersten Stock vorbeigekommen, mit einem Banjo unter dem Arm. Die beiden hatten den ganzen Nachmittag gespielt, und ich hörte begeistert zu. Die Arbeit ruhte, und ich brauchte kein schlechtes Gewissen zu haben. In letzter Zeit griff Stefan selten zum Saxofon, obwohl die Nerven blank lagen, und so freute ich mich, dass durch unsere Räume mal wieder Musik und nicht Stefans Geschrei hallte. Er beendete das Stück mit einem tiefen Ton, der immer leiser wurde, und als er ganz verschwunden war, trat ich in sein Zimmer und applaudierte. Du siehst ja nahezu euphorisch aus, sagte Stefan. Ja, sagte ich. Weil du wunderbar gespielt hast.

Stefan wechselte sofort das Thema: Was ist das Häuschen wert? Keine Ahnung, antwortete ich, und bevor er sich beschweren und mir einen Vortrag darüber halten konnte, dass ich mich wieder mal nicht an Absprachen hielt, gab ich ihm zu verstehen, dass sich unsere beruflichen Wege nun trennten. Ich kann dich nicht ausbezahlen, brüllte er, und auch in dieser Hinsicht konnte ich ihn beruhigen: Ich gehe, und du zahlst nichts. Du stellst jemanden ein, der den Job besser macht als ich. Stefan ging nicht auf meinen Vorschlag ein. Er wollte wissen, was vorgefallen war. Bist du bei der Hausbesichtigung verprügelt worden? fragte er abschätzig. Ich antwortete mit einem gedehnten Quaklaut. Stefan beschwerte sich, das sei jetzt keine gute Gelegenheit für solchen Quatsch. Kein Quatsch, entgegnete ich, sondern Quak! Ich erzählte von Timo, der wie ein Frosch im Garten herumspringe und das gerne auch weiterhin tun wolle, aber jetzt umziehen müsse. Erst stirbt der Papa, sagte ich, dann ist das Haus weg. Scheißsituation. Oder um es wie Timo zu formulieren: Quak!

Stefan schüttelte den Kopf. Er sei nicht das Sozialamt, und ich könne den Vater auch nicht wieder lebendig machen. Eigentlich müsse die Familie doch froh sein, in eine andere Wohnung umzuziehen. Jetzt schüttelte ich den Kopf, und Stefan wurde immer lauter: Mutter und Sohn können ein neues Leben beginnen, Jan, begreifst du das nicht? Ja, ging ich dazwischen, so blöd, wie du denkst, bin ich nicht, aber bei dir bin ich mir nicht mehr sicher: Wenn ich sage, diese Geschäfte will ich nicht länger mitmachen, brüllst du herum. Wenn ich vorschlage, dass ich mich aus dem Geschäft zurückziehe, brüllst du herum. Und abgesehen davon: Was soll dieses Gerede, von wegen neues Leben, neues Glück! Wären die Kollegen von der Bank mit der Tilgung etwas kooperativer gewesen, müsste das Haus nicht in die Zwangsversteigerung oder wir würden ihr keinen miesen Deal anbieten, und die Frau könnte ihr neues Leben mit etwas weniger Schulden beginnen. Ich weiß, das interessiert dich einen Scheiß, du bist ja nicht das Sozialamt, aber wer bist du, verdammt? Stefan starrte auf den Boden, zuckte mit den Schultern und entschuldigte sich schließlich, dass er mich angebrüllt hatte. Er werde sich künftig etwas zurückhalten. Wir standen da und schwiegen. Nach einer Weile sagte er: Okay, wir beschäftigen uns nicht länger mit Insolvenzen. Die Häuser werden versteigert, und wir haben nichts damit zu tun. Zufrieden? Darauf komme es gar nicht an, erwiderte ich, ohne ihm zu erklären, was mich in diesen Tagen wirklich beschäftigte, und warum ich derzeit gar nicht in der Lage war, mich auf Grundstückspreise und Immobilienwerte zu konzentrieren. Stefan aber wollte eine Begründung für meinen Abgang, und die sollte er auch bekommen, nur zögerte ich, weil ich selbst nicht so genau wusste, was den Ausschlag für meine Entscheidung gegeben hatte, Ninas Schwangerschaft, der Besuch bei Langenfeld oder vielleicht sogar die Stunden am See mit Ruth und Timo. Dieser Job passte jedenfalls nicht zu meinem Leben. Nina ist schwanger, erklärte ich schließlich, und Stefan lächelte wieder. Herzlichen Glückwunsch, dann nimmst du ein paar Monate Elternzeit und davor meinetwegen auch so etwas wie Vaterschutz, und wenn das Kindchen deine tägliche Fürsorge nicht mehr braucht, kommst du in alter Frische zurück. Ich freute mich über das Angebot, sodass ich ihm nicht sofort erwidern konnte: Nein, ich werde auf keinen Fall zurückkommen. Außerdem war ich schrecklich erschöpft. Ich sehnte mich nach Ruhe. Also versuchte ich das

Gespräch zu beenden, in dem ich mich für sein Verständnis bedankte. Ich setzte mich und behauptete, das Haus am Flughafen sei, abgesehen vom Fluglärm, vollkommen in Ordnung, obwohl ich weder in den Keller gegangen war noch das Dach überprüft hatte. Ich werde morgen, versprach ich sogar, einen detaillierten Bericht schreiben, jetzt bin ich aber mit Nina verabredet. Sauber, sagte er.

Arzttermin, Ultraschall, alles Routine, log ich, und Stefan klopfte mir freundschaftlich auf die Schulter. Grüß Nina von mir, verabschiedete er sich, und ich bat ihn, nicht zu verraten, dass ich von der Schwangerschaft erzählt hatte. Wir wollen noch ein paar Tage abwarten, bevor wir das verkünden, du hast ja wahrscheinlich schon mal davon gehört, dass in den ersten drei Monaten einer Schwangerschaft viel passieren kann. Jetzt sei mal nicht wieder so pessimistisch, sagte er, und ich stürzte aus dem Büro. Alles Routine? Mir war kotzübel, als ich ins Auto stieg. Ich schaltete das Radio ein. Es wurde ein Bericht über eine Bank gesendet, der das Geld ausgegangen war, weil es zu viele Kreditausfälle gegeben hatte. Ich schaltete das Radio wieder aus, und in meinem Kopf begann ein Programm, das nur für mich bestimmt war: Hier war ich Moderator, Experte und ratloser Hörer in einem, wobei ich nicht hätte sagen können, was das Thema meiner Sendung war. Zu Beginn kamen Eltern zu Wort, die einen Pränataldiagnostiker aufgesucht hatten. Auch Nina wurde von mir interviewt. Sie berichtete von der Nackenfalte, die gemessen worden war, und über die Blutentnahme, die nicht geklappt hatte. Von ihren Hoffnungen und Ängsten. Jan, der Moderator, kündigte eine Hörerrunde an und begrüßte schon bald Jan, den ersten Anrufer. Ich begann zu erzählen, von mir und meiner Tochter, ich wurde grundsätzlich, hielt einen kleinen Vortrag über die genetischen Informationen eines Embryos im Blut der Mutter und darüber, wie der Nachweis dieser Informationen die Maßstäbe nicht nur der Eltern, sondern auch einer Gesellschaft verschoben hätte. Niemand unterbrach mich. Unser Pränataldiagnostiker hat behauptet, sagte ich, die Sequenzierung sei ein sicheres Verfahren, aber dass es manchmal misslingt, wird verschwiegen, es hat uns auch niemand gewarnt, wie schrecklich, wie unmenschlich es ist, noch einen Tag und noch einen Tag mit der Angst, mit der Ungewissheit leben zu müssen, mit einem Wissen, das keines ist und über das man so schlecht sprechen kann. Jetzt meldete sich der Moderator wieder. Wie gut, dass es unsere Sendung gibt! Jetzt können Sie ja darüber reden. Ich lachte. Schüttelte den Kopf. Es rauschte. War das der Verkehr dort draußen? Nein. Ein Sendeloch? Nein! Ich hatte noch so viel zu sagen und zu fragen. Aber das interessierte natürlich niemanden außer mir: Hatte Nina inzwischen mit Barbara über Langenfelds Prognose geredet? Und wenn ja, wie war das Gespräch gelaufen? Wie hatte Barbara reagiert?

Mir kamen meine alten Freunde in den Sinn, Gerald und Lukas aus dem Gymnasium, meine Studienfreunde Richard und Andreas, Tanja und Emily. Sie alle hatten inzwischen Kinder. Waren sie auch beim Pränataldiagnostiker gewesen? Und wenn ja, welche Verhältniszahlen waren bei ihnen ausgerechnet worden? Sie sprachen mit mir nicht darüber. Weil es nichts zu besprechen gab? Oder weil ich der falsche Ansprechpartner war? Wir wohnten seit Jahren nicht mehr am selben Ort, trafen uns nur noch selten. Telefonierten auch nicht gerade oft. Warum sollten wir uns dann ausgerechnet über Pränataldiagnostik unterhalten? Ich stellte mir vor, meine Freunde und solche, die sich dafür hielten, über *Facebook* zu informieren: Hallo ihr Lieben, unser Baby wird mit einer Wahrscheinlichkeit von 1:10 behindert auf die Welt kommen. Bald wissen wir mehr. Dank der Sequenzierung. – Ich bog in die Straße ein, in der Ninas Kunstagentur residierte, und ich fand auch gleich einen Parkplatz. Kaum war ich aus dem Wagen ausgestiegen, fing mich Nina ab, als wolle sie verhindern, dass ich ihre Kollegen traf.

Die Praxis wirkte wie ausgestorben. Langenfeld führte uns in das Behandlungszimmer, in dem alles vorbereitet zu sein schien, ohne dass mir irgendeine Vorbereitung auffiel. Ich sah weder martialische Scheren noch irgendwelche Messer, was ich seltsamerweise erwartet hatte, obwohl ich wusste, dass Langenfeld für die Blutabnahme weder Scheren noch Messer brauchte. Es tut mir leid, dass es beim ersten Mal nicht geklappt hat, sagte Langenfeld. Wie oft kann das denn passieren? entgegnete Nina bissig, als wäre es Langenfelds Schuld, dass die entsprechenden DNA-Stränge unseres Babys nicht in ihrem Blut gefunden worden waren, aber Langenfeld reagierte sehr besonnen. Er sei zuversichtlich, dass sich das nicht wiederholen werde. Nina war nicht überzeugt: Und was ist, wenn Sie Ihre Zuversicht verlieren? Langenfeld setzte sich auf einen kleinen Hocker. Sein Augenlid zuckte. Falls wir, was höchst unwahrscheinlich ist, kein verwertbares Material finden, dann können wir, falls Sie es wünschen, immer noch eine Fruchtwasseruntersuchung durchführen. Das hätte Langenfeld besser nicht gesagt, denn nun schaute ich in dem Behandlungszimmer nach der langen Nadel, und weil ich die nicht fand, wäre ich beinahe zum Lichtschalter gegangen, um für etwas mehr Helligkeit zu sorgen. Der Arzt gab seiner Praxishelferin eine Anweisung, die ich nicht genau verstand, weil sie wieder Begriffe enthielt, die für einen Nichtmediziner nicht zu verstehen waren. Langenfelds Assistentin zog eine kleine Nadel aus einer Folienverpackung und steckte sie auf einen Spritzenzylinder. Wir kannten den Ablauf. Wie beim letzten Mal beschrieb der Arzt, was er tat. Alles schien sich zu wiederholen, und so kam auch meine Angst wieder, mein stinkender Schweiß und der Nebel. Langenfeld sagte, er suche noch eine passende Vene im Unterarm, doch vor meinen Augen stach er mit einer Nadel, die länger und länger wurde, in Ninas Bauch, und in diesem Moment verloren sich alle Farben aus dem Raum. Ich sah nur noch schwarzweiß beziehungsweise dunkelgrau-hellgrau. Bald fiel in dem Nebelfilm, in dem ich saß, auch der Ton aus. Ich blickte auf Langenfelds Computerbildschirm und sah die schrecklich lange Nadel, vom Kopf des Babys nur wenige Zentimeter entfernt. Die Kleine zuckte ein wenig, als hätte sie bemerkt, dass hier ein Fremdkörper in Mutters Bauch war, und ich dachte, jetzt bloß nicht bewegen, aber sie drehte sich weiter hin und her. Ich dachte: Jetzt werde ich verrückt! Plötzlich kam der Ton zurück. Wir haben es gleich geschafft, hörte ich Langenfeld sagen, und dann waren auch die Farben wieder da: Die gelbliche Flüssigkeit in dem Spritzenzylinder färbte sich rot, die Nadel schrumpfte, steckte auch nicht mehr in Ninas Bauch, sondern in ihrem Unterarm. Ich stöhnte und fasste mir an den Kopf. Geht es Ihnen nicht gut? fragte mich die Praxishelferin, und Nina behauptete, ich könne kein Blut sehen. Ich nickte. Was blieb mir auch anderes übrig? Nina erhob sich von der Liege, streifte ihren Pullover über den Kopf. Langenfeld bat uns noch einmal ins Besprechungszimmer, auch wenn ich mir nicht vorstellen konnte, dass es überhaupt noch etwas zu besprechen gab. Als er die

Tür öffnete, strömte helles Licht in den Dämmerraum. Ich blinzelte dem Tageslicht entgegen und wäre beinahe gegen den Türrahmen gelaufen. Wir setzten uns.

Langenfeld begann: Was ich jetzt sage, habe ich Ihnen schon einmal gesagt. Wir nickten. Das ist Vorschrift, sagte er. Wir nickten. Sie haben sich, fuhr Langenfeld fort, erneut für eine Sequenzierung entschieden, die sich auf die Chromosomen 13, 18, 21, X und Y bezieht. Die Kosten für den fehlgeschlagenen Versuch übernimmt der Hersteller des Tests. Wir nickten. Die Ergebnisse der zweiten Blutprobe werden mir, wie auch beim ersten Mal, umgehend zugefaxt. Wenn alles in Ordnung ist, könnte das Labor Ihnen die Ergebnisse auch auf dem Postweg zustellen. Wir nickten erneut, und ich dachte, der Mann spricht wie ein Roboter, der ist gar kein Mensch. Wenn alles in Ordnung ist? Diese Formulierung war wirklich dämlich. Ich starrte wieder zu den Nebelbildern und bemerkte wohl etwas zu spät, dass dieses Gespräch beendet war und wir nun gehen durften. Langenfeld verabschiedete sich von Nina, indem er ihre Hand sowohl mit der Rechten als auch mit seiner Linken umschloss, und Nina schien sich über diese Annäherung des ansonsten so distanzierten Arztes zu freuen. Mir erschien sie rätselhaft. Was wollte Langenfeld ihr mitteilen? War das seine Art, einer Patientin alles Gute zu wünschen? Als wir die Praxis verlassen hatten, nahm ich Nina in den Arm, und obwohl sie sich fest an mich schmiegte, fühlten sich ihre Hände und Wangen fremd an. Erst als sie mich küsste, spürte ich etwas Vertrautheit. Je länger wir uns küssten, desto stärker nahm ich auch meinen eigenen Körper wahr, der sich noch immer in einer trüben Gedankenwelt aufzuhalten schien. Es kam mir vor, als stünde ich weiterhin neben Langenfelds

Riesenmonitor, als steckte die lange Nadel noch in Ninas Bauch. Ihre Küsse halfen mir, auch meinen Kopf und meine Gefühle aus Langenfelds Praxis zu tragen. Ich war froh, den Lärm, den Gestank der Straße wahrzunehmen, ja, endlich war ich nicht mehr in diesem Raum ohne Tageslicht, in dem es nach Reinigungsmitteln und Desinfektionslösungen roch, wobei allein die Erinnerung an die Behandlungszimmeraromen mich schwitzen und zittern ließ. Hör bitte nicht auf, mich zu küssen, sagte ich, aber anstatt meinen Wunsch zu erfüllen, erkundigte sich Nina, ob mir was fehle.

Ich dachte: Mir fehlt so viel. Ich antwortete, indem ich sie wieder küsste, und da bemerkte ich, was mir ganz besonders fehlte, nämlich Ninas körperliche Nähe. Ich vermisste es, ihre Haut zu riechen, deren Duft sich seit ihrer Schwangerschaft verändert hatte. Früher hatte sie ein Aroma von Grapefruit und Apfel verströmt, jetzt stieg mir Salbei und Vanille in die Nase. Ich wollte gar nicht mehr aufhören, ihren Körperduft in mich aufzunehmen, und das sagte ich ihr auch, sodass wir eng umschlungen nach Hause spazierten. Salbei und Vanille trieben mich an; ich versprach Nina, am Abend etwas zu kochen, ganz bestimmt mit Salbei und Vanille, und sie meinte, die beiden Geschmäcker würden doch gar nicht zusammenpassen. Ich entgegnete, was gut zusammen duftet, schmeckt auch gut zusammen, das sei nur eine Frage der Zubereitung. Eigentlich schade, dass man sich nicht selbst riechen kann, sagte ich, und sie hielt mir entgegen, das habe auch Vorteile, ansonsten würden sich viele Menschen vor sich selbst ekeln. Als wir daheim ankamen, ging ich sofort in die Küche, nahm ein paar frische Salbeiblätter und eine Vanilleschote zur Hand und hielt sie Nina unter die Nase. Ich glaube, du leidest unter Geruchshalluzinationen, sagte sie, so gut dufte ich ganz bestimmt nicht. Nina verunsicherte mich, denn ich hatte mir in den vergangenen Tagen einiges eingebildet, und so legte ich meine Nase wieder in ihren Nacken, atmete tief ein und aus. Ganz eindeutig, Salbei und Vanille, wenn auch nicht so intensiv wie diese Blättchen und Stängel. Auf meinen Geruchssinn konnte ich mich verlassen, auch nach einem solchen Tag. Über meine Horrorvisionen während der Blutentnahme, über den Nebel und die Nadeln, traute ich mich nicht zu sprechen, weil ich die gute Salbei-Vanille-Stimmung nicht stören wollte. Ich verzog mich in die Küche, Nina legte sich mit der Bemerkung aufs Sofa, sie sei wirklich gespannt auf das Gericht.

Am Herd war ich ein anderer Mensch. Am Herd wurde ich nicht von Selbstzweifeln geplagt. Wenn ich Suppen und Saucen abschmeckte, genoss ich ein Hochgefühl, das ich nirgendwo sonst erlebte. Ich hatte schon mal überlegt, ob ich nicht eine Kochlehre beginnen sollte, so glücklich war ich, wenn es mir gelang, Fleisch punktgenau zu garen, einen Fisch so zu dämpfen, dass der Geschmack perfekt herauskam. Ich dachte an meine alte Biolehrerin, die mir gesagt hatte, sie wisse nie, in welcher Sphäre ich mich gerade aufhalten würde, und es sei ihr vollkommen unverständlich, wie ein Mensch so viele widersprüchliche Charaktereigenschaften auf sich vereinen könne. Ich hatte ihr damals erwidert, nicht jeder Mensch könne ein so gemeines Lehrerleben führen. Als ich das empörte Gesicht der Frau wieder vor mir sah, machte mir die Küchenarbeit gleich noch mehr Spaß. Aus dem Wohnzimmer hörte ich die Stimme von Ella Fitzgerald, während ich Karotten, Lauch und Sellerie für die Brühe schnitt. Ich bereitete auch noch eine Grundmasse für ein salziges Vanille-Schäumchen vor, das ich, zusammen mit frittierten Salbeiblättern, zum Risotto reichen wollte. Kochen, dachte ich, ist wie Architektur. Du musst eine Vision haben und das Handwerk beherrschen, die verschiedenen Elemente zusammenzusetzen. Wenn ich schon keine Häuser entwarf, dann wenigstens Gerichte mit einer ausgefallenen Aromenarchitektur!

Wie weit bist du? rief Nina, und kurze Zeit später meldete sie sich wieder: Ich habe Hunger! Wahrscheinlich hätte ich besser eine schnelle Nudel zubereitet, denn die Nachfragen wurden immer energischer, und ich wusste, dass Ninas Stimmung schnell kippen konnte, wenn sie hungrig war, aber als das Salbei-Vanille-Risotto mit Schäumchen und Knusperblättern nach einer dreiviertel Stunde auf dem Tisch stand, verzieh sie mir die Warterei dann doch. Ich änderte die Musik, und als Nina den Song erkannte, grinste sie. *I never thought this day would end, / I never thought tonight could ever be / This close to me.* Da wurde geklatscht und trompetet. Nina sagte: Schon erstaunlich, dass The Cure auch dieses lustige Lied geschrieben hat. Es passt so gar nicht zu dem, was die Band sonst aufgenommen hat. Ich war anderer Meinung. Gerade diese Gegensätze passten zusammen, aber ich ging nicht näher darauf ein. Ich hatte keine Lust auf eine Grundsatzdiskussion und schenkte mir ein Glas Riesling ein. Den Wein hatte ich auch schon fürs Risotto verwendet, weil seine Fruchtnoten gut zu Salbei und Vanille passten. Nina wollte auch einen kleinen Schluck probieren und stieß so stürmisch mit mir an, dass ihr Weinglas zersprang. Wenn das mal kein Zeichen ist, sagte sie, und als ich ihr ein neues Glas hinstellte, schob sie es mit der Bemerkung zur Seite, unsere Tochter habe in den letzten Tagen schon genug erlebt, da wolle sie das Baby nicht auch noch mit dem Wein verwirren.

Sie streichelte ihren Bauch, und in diesem Moment gab es keine verflixte Verhältniszahl mehr. Ich dachte weder an das Blut in der Spritze noch an eine lange Nadel. Ich trank ein Glas Weißwein nach dem anderen und öffnete auch noch einen Rotwein, einen schweren Amarone.

Ich trank und trank, sodass ich irgendwann betrunken genug war, um Nina von meinem Ausstieg aus dem Immobiliengeschäft zu erzählen. Sie lächelte etwas ungläubig. Was ich stattdessen machen möchte, wollte sie wissen, und ich meinte, in ihrer Stimme eine gewisse Sorge zu hören, ich könnte ihr in den nächsten Jahren auf der Tasche liegen. Vielleicht werde ich erst mal Hausmann, antwortete ich. Wobei ich nicht an unsere Zukunft, sondern an den Nachmittag am See und daran dachte, wie ich mit Timo das Haus aus Sand geformt und wie viel Spaß mir die kleine Spielerei gemacht hatte. Nina schien sich wider Erwarten über meinen Berufswunsch zu freuen. Hausmann finde ich gut, sagte sie, dann kann ich nach der Geburt etwas früher arbeiten. Ich stellte mir vor, wie Nina auf Auktionen ging und mit Künstlern sprach, und zum ersten Mal fiel mir auf, dass sich Geschäfte mit Immobilien und Kunstwerken kaum unterschieden. Wir hatten beide mit Spekulationen und Versteigerungen zu tun, mit Märkten, die sich aufblähten und zusammenbrachen. Wir kassierten Provisionen für das Risiko, das andere eingingen. Kunst geht immer, hatte Nina mal gesagt, aber das stimmte natürlich nicht. Ich dachte an die kleine Privatbank, die unlängst versuchte hatte, sich vor dem Bankrott zu bewahren, indem sie die vielen teuren Gemälde zum Verkauf anbot, die in den Vorstandszimmern hingen und in den Kellern des Geldinstituts lagerten, aber die Bilder, die Nina ihnen vermittelt hatte, wurden sie nicht los, und auch diese Pleite war nicht zu verhindern gewesen. Ich wollte Nina nicht darauf ansprechen, denn ich hatte das Gefühl, dass sie, ähnlich wie Stefan, die Schattenseiten ihres Jobs nicht wahrhaben wollte. Danke, dass du für mich gekocht hast, sagte Nina und drohte mir an, sie werde sich auch mal wieder an den Herd stellen. Um Tomatensauce zu kochen? fragte ich schnippisch und versuchte mich zu erinnern, ob sie mir, abgesehen von Spaghetti mit Tomatensauce, in den vergangenen Monaten tatsächlich mal etwas aufgetischt hatte, was genießbar war. Hast du was gegen meine Tomatensauce? beschwerte sie sich, und ich beruhigte sie mit dem Hinweis, so lange sie sich an das Rezept halten, also vor allem frische und eine Handvoll getrockneter Tomaten verwenden würde, vielleicht etwas Olivenöl, Salz und Pfeffer, wenn sie auf Pülverchen zum Binden und Kräutermischungen aus dem Supermarkt verzichten, weder Milch noch Kaffeesahne reinrühren würde, dann sei die Sauce ein Gedicht. Wir kicherten, und ich dachte an die vielen Diskussionen mit Grete und Leonie, die sich oft darüber beschwerten, dass ihre Mutter sehr eigenwillig kochte. Selbst wenn Nina davon überzeugt war, die Anweisungen aus dem Kochbuch exakt befolgt zu haben, brauchte ich nicht lange, um herauszufinden, dass sie die Zutaten und Mengen verändert hatte. Nina war keine Frau für Rezepte.

Wie geht es überhaupt Grete und Leonie? wechselte ich das Thema. Ich glaube, die beiden würden gerne nach Hause kommen, sagte Nina, und ich versuchte mir vorzustellen, was das bedeutete: Was würden wir den Kindern erzählen? Konnten wir unsere Ängste verschweigen? Und wenn nicht, wie würden Grete und Leonie damit umgehen? Je länger ich darüber nachdachte, desto optimistischer wurde ich, denn vielleicht konnten uns die Kinder auch helfen, unsere Sorgen auszusprechen, ehrlicher miteinander umzugehen. Ich würde mich freuen, wenn die beiden zurückkämen, sagte ich, und als wollte ich meine Erwartung schon vor der Rückkehr der Kinder bestätigt wissen, stellte ich eine Frage, über die wir seit dem ersten Termin beim Pränataldiagnostiker nicht mehr gesprochen hatten: Wie wollen wir unsere Tochter eigentlich nennen? Nina schüttelte den Kopf. Darüber denken wir nach, wenn wir wissen, dass es ihr besser geht, als wir befürchten. Nina legte ihre Hand auf den Bauch und lächelte mich an. Mir war gar nicht zum Lächeln zumute, ich hätte gerne gewusst, warum das Ergebnis der Untersuchung die Namenswahl beeinflussen sollte. Würden wir ein gesundes Kind anders nennen als eine behindertes? Hatte Nina vielleicht Angst, dem Baby einen Namen zu geben, weil damit Fakten geschaffen waren? Wollte sie andeuten, dass sie die namenlosen Zellen, die sie unterm Herzen trug, leichter aufgeben konnte als ein Würmchen, das schon Anna oder Lisa hieß? In meinem Kopf war jetzt nur ein Wort: Abtreibung. Ich wollte an diesem Salbei-Vanille-Abend nicht darüber sprechen, auch wenn mich plötzlich eine schreckliche Verlustangst heimsuchte; es war das beißende Gefühl, das meine Glieder auch in Langenfelds Untersuchungslaboratorium gelähmt und meine Gedanken in diese grauenhafte Nadelfiktion entführt hatte.

Was gibt es denn zum Nachtisch? fragte Nina, als wolle sie sicherstellen, dass ich nicht doch einen Namen für unsere Tochter vorschlug. Ich hatte Mühe, mich vom Tisch zu erheben. Als ich in der Küche ankam, hatte ich das Dessert schon wieder verdrängt. Bewegungslos stand ich vor dem Kühlschrank. Vanille? Salbei? Wie lächerlich kam mir meine Freude am Kochen jetzt vor. Wo bleibst du denn? rief Nina schon, als ich endlich die vorbereitete Creme aus Bitterschokolade servierte, die ich wiederum mit Vanille und Salbei abgeschmeckt hatte. Kaum war das Dessert weggelöffelt, zog mich Nina ins Bett, und als mich weder Küsse noch Salbei-Vanille-Aromen auf ihrer Haut erregten, drehte sie sich zur Seite und schlief bald ein. Ich holte mir den Rest des Rotweins ans Bett, um mich in einen Schlafrausch zu trinken, der noch anhielt, als mich Nina am nächsten Morgen streichelte. Sie küsste mich, zärtlich und fordernd zugleich. Erst als ich merkte, dass sie ihren Schlafanzug schon ausgezogen hatte, schlug ich meine Augen auf. Sie zog an meiner Pyjamahose und kicherte, als ich ihre Brüste streichelte.

Was ist daran witzig? fragte ich, und sie meinte, das liege an der Schwangerschaft, alles sei intensiver. Ich kitzelte Nina am Bauch und an den Beinen, bis sie mit Tränen in den Augen darum bat, endlich aufzuhören, und das tat ich auch, aber nur um sie ganz fest an mich zu drücken. So lagen wir eng umschlungen im Bett und standen erst auf, als der Paketdienst klingelte. Wir machten uns ein kleines Frühstück mit dem, was im Kühlschrank und in der Vorratskammer zu finden war, alte Äpfel und Haferflocken. Wir wollten auf keinen Fall die Wohnung verlassen. Ich schaltete das Radio ein, doch als die Nachrichten liefen, zog Nina den Stecker aus der Dose. Heute keine Morgennachrichten, entschied sie. Interessiert uns, was draußen los ist? Nina griff zum Telefonhörer und ich überlegte, wen sie jetzt anrief, und dann hörte ich, wie sie unserer Putzfrau beizubringen versuchte, dass sie in dieser Woche nicht mehr zu kommen brauche. Alles sauber, alles gebügelt! Machen Sie sich keine Sorgen, Frau Kühn! verabschiedete sich Nina, und ich dachte, das wird ihr gar nicht gefallen, denn Frau Kühn war viel mehr als eine Putzfrau, eher eine Haushälterin, die auch die Kinder versorgen konnte. Sie kam immer zur selben Zeit und war, so viel sie auch erledigte, immer zur selben Zeit fertig. Leider war sie sehr sensibel. Bat man sie, vielleicht in jener Ecke noch einmal nachzuwischen oder die Weingläser nicht nur zu spülen, sondern auch zu polieren, fühlte sie sich in Grund und Boden kritisiert, und es war nicht leicht, sie wieder aufzumuntern. Wie sie wohl auf Ninas Anruf reagierte? Aber ich wollte das jetzt nicht besprechen.

Was nun? fragte ich. Nina flüsterte: Lass uns vögeln! Ich sprang auf und hüpfte durch die Wohnung; es fehlte nicht viel, und ich hätte wie der Frosch Timo gequakt, aber ich konnte mich gerade noch zusammenreißen. Wobei ich im Bett ständig an das Sexualleben der Frösche denken musste und mich irgendwann fragte, warum es überhaupt vögeln und nicht fröscheln hieß. Ich hätte nicht sagen können, wie viel Uhr es war und wie oft wir miteinander geschlafen hatten, als Grete und Leonie anriefen, aber als sie wieder von den tollen Pfannkuchen der Oma schwärmten, wusste ich, dass der Nachmittag längst vorbei war. Pfannkuchen gab es bei meiner Mutter grundsätzlich nur zum Abendessen, und das servierte sie immer pünktlich um 18 Uhr. Leonie fragte, ob wir uns denn langweilten, ganz ohne sie, und ich antwortete, wir hätten viel zu tun, würden uns aber sehr freuen, wenn sie wieder bei uns seien. Was macht ihr denn? wollte Leonie wissen, und Nina, die das Gespräch über den Lautsprecher mitverfolgt hatte, rief dazwischen: Wir haben uns lieb! Leonie kicherte. Ja, das ist auch wirklich sehr anstrengend. Meine Mutter hatte das Gespräch offenbar überwacht, sie wünschte uns einen schönen Abend und weiterhin viel Spaß beim Liebhaben. Kaum hatten wir aufgelegt, küssten wir uns und zogen wieder zum Bett. Ich streichelte Ninas Bauch, und die langsamen, kreisförmigen Bewegungen erregten mich. Die Haut um ihren Nabel glühte schon, als wir endlich miteinander schliefen. Erschöpft lagen wir beisammen, da sagte Nina plötzlich, sie wolle unser Baby gerne Emma nennen. Ich war so überrascht, dass ich sofort zustimmte. Der Name gab mir Hoffnung, weil mit dem Namen eine Entscheidung gefallen war. Wie auch immer die Untersuchungsergebnisse ausfielen, unser Mädchen würden wir nicht mehr aufgeben. Mit diesem Glücksgefühl streichelte ich Nina in den Schlaf, während ich selbst wach blieb, um das Glück noch länger genießen zu können. Auch am nächsten und übernächsten Tag verbrachten wir die meiste Zeit im Bett.

Am vierten Morgen rannten wir beide feixend zum Briefkasten, weil wir sicher waren, dass dort endlich der erlösende Brief des Labors lag. Doch wir fanden nur eine Telefonrechnung und einen Umsatzsteuerbescheid des Finanzamts. Wir aßen die wenigen Frühstücksflocken, die es in unserem Haushalt noch gab, und gingen wieder ins Bett, als hätten wir uns gerade erst kennengelernt. Am Nachmittag rief Langenfeld an. Ich nahm das Gespräch entgegen und wusste sofort, dass er keine guten Nachrichten für uns hatte. Er bat uns, einen Termin auszumachen. Sagen Sie mir doch, was los ist, herrschte ich ihn an. Bitte kommen Sie in meine Praxis, lautete seine freundliche, aber bestimmte Antwort. Nina stand neben mir, legte ihren Kopf auf meine Schulter. Wann? fragte ich. Jederzeit, sagte Langenfeld. Ich legte auf, und Nina ging schweigend zur Garderobe, zog sich einen Mantel über, flüsterte mit Tränen in den Augen, dann wollen wir mal hören, was uns erwartet. Wir rannten hinaus auf die Straße, aber als wir vor dem Auto standen, verständigten wir uns mit einem kurzen Blick, dass es wohl besser sei, nicht einzusteigen. Ich nahm Ninas Hand, und wir liefen im Gleichschritt, was wir nur selten schafften; doch an diesem Vormittag, von dem wir wussten, dass er noch schlimme Nachrichten bereithalten würde, ausgerechnet an diesem Tag fanden wir zu einem gemeinsamen Tempo. Wir zerrten nicht aneinander, wie wir es sonst taten, wenn Nina vorausging und ich zurückfiel. Es begann zu regnen, und wir wurden, ohne darüber zu sprechen, mit jedem Schritt langsamer; wir waren uns so nah wie nie zuvor. Es kam mir vor, als schritten wir nach einer langen Gerichtsverhandlung dem unausweichlichen Urteil entgegen, mindestens lebenslänglich, denn die Ergebnisse, vor denen wir uns fürchteten, würden uns, so viel stand fest, ein Leben lang beschäftigen.

Als wir in Langenfelds Besprechungszimmer saßen, und er sagte, das Chromosomenbild unserer Tochter zeige mit höchster Wahrscheinlichkeit eine Trisomie 13, war ich nicht so erschüttert, wie ich es erwartet hatte, weil ich seit Langenfelds Anruf ohnehin mit dem Allerschlimmsten rechnete. Mir war klar, dass Chromosomen, die dreifach vorkamen, das Leben eines Kindes dramatisch veränderten, aber nur weil wir die Bestätigung unserer schlimmsten Befürchtungen erhalten hatten, hieß das doch nicht, dass unser Mädchen schon bald sterben musste! Auch Nina schien sich mit der Diagnose nicht abfinden zu wollen. Was heißt denn: mit höchster Wahrscheinlichkeit? fragte sie, und Langenfeld antwortete: Die Wahrscheinlichkeit liege bei 98,9 Prozent, wenn nicht sogar noch höher, da der Herzfehler, der zu kleine Kopf und auch die Deformation des Nasenbeins den Befund bestätigten. Die Ergebnisse seien jedenfalls aussagekräftig genug, wenn es darum ginge, den Abbruch der Schwangerschaft zu vereinbaren. Ich schlug mit der Faust auf den

Tisch und sagte, die Schwangerschaft wird nicht abgebrochen, wir wollen, dass unsere Emma auf die Welt kommt. Ich habe gelesen … Nina schnitt mir das Wort ab und bat Langenfeld zu erklären, welche Auswirkungen der Befund auf das Leben eines betroffenen Kindes hatte. Ich wollte das nicht hören, und ich ärgerte mich, dass Nina plötzlich ganz allgemein *vom Leben eines betroffenen Kindes* sprach. Es ging um Emma, um unsere Tochter! Ich wollte mich aber vor Langenfeld nicht mit Nina streiten, also schüttelte ich nur den Kopf und schaute zum grauschwarzen Boden. Die meisten Kinder mit Trisomie 13 sterben schon im Mutterleib, sagte der Arzt, und am liebsten hätte ich ihm entgegnet, Emma sei eine Ausnahme von dieser Regel. Ich wusste ja, dass es diese Ausnahmen gab, aber dann sah ich, wie nervös der Pränataldiagnostiker plötzlich war, wie schwer es ihm fiel, vollständige Sätze zu formulieren. Er stockte, stotterte. Langenfeld schien den Befund als persönliche Niederlage im Kampf mit der ewig unberechenbaren Natur zu betrachten. Er konnte das, was er uns mitteilte, kaum aussprechen. Er atmete schwer, als er Merkmale der Trisomie 13 aufzählte: Herzfehler, Stoffwechselkrankheiten und Störungen des Nervensystems, Blindheit, Taubheit, Fehlbildungen des Verdauungssystems, Muskelschwäche und Krampfanfälle.

Mit jedem Symptom, das Langenfeld erwähnte, wurde er leiser, und als ich ihn kaum noch verstand, sagte Nina, sie wolle kein Kind, das so krank sei. Wir wissen doch gar nicht, wie krank Emma tatsächlich ist, widersprach ich. Selbst wenn eine Trisomie 13 vorliegt, vielleicht gibt es eine balancierte Translokation, vielleicht ist es wie bei mir … vielleicht …, aber weiter kam ich nicht, denn da waren ja noch das deformierte Nasenbein und das Loch im Herzen. Es war sinnlos, die Diagnose anzuzweifeln. Weder Langenfeld noch Nina reagierten auf meinen Einspruch. Werden Sie die Abtreibung vornehmen? fragte Nina, als wäre mit der Diagnose alles entschieden und als hätte nur sie das Recht, über Leben und Tod unserer Tochter zu entscheiden. Wer saß überhaupt neben mir? War das die Frau, die vor wenigen Stunden noch in meinen Armen gelegen und vorgeschlagen hatte, unser Kind Emma zu nennen? Ich ließ meinen Blick von Nebelbild zu Nebelbild gleiten und fühlte mich sehr einsam. Er habe sich auf pränatale Diagnostik spezialisiert und seit vielen Jahren keinen Abbruch mehr durchgeführt, sagte Langenfeld. Ich meinte aus seinen Worten herauszuhören, dass er auch froh sei, nicht mehr als Abtreibungsarzt zu arbeiten. Ich werde Ihnen einen Kollegen empfehlen. Herr Dr. Langenfeld, unterbrach ich ihn, Sie haben gerade gesagt, die Wahrscheinlichkeit, dass unser Kind an einer Trisomie 13 leide, betrage 98,9 Prozent. Das heißt, es besteht die Möglichkeit von 1,1 Prozent, dass die Sequenzierung fehlerhaft war. Immerhin hat der Test beim ersten Mal gar nicht geklappt. Langenfeld schüttelte den Kopf und erinnerte mich an das Nasenbein und den Herzfehler, aber das wollte ich jetzt nicht hören. Wie sicher sind die Ergebnisse einer Fruchtwasseruntersuchung? Langenfeld zögerte. Nahezu 100 Prozent sicher. Was heißt *nahezu*? rief ich. Ich erwarte keine Abweichung zum vorliegenden Befund, sagte Langenfeld schroff, und in diesem Moment überwältigte mich wieder ein Hassgefühl auf den Arzt, auf seine Technik und technische Arztsprache. Wenn Nina mich nicht zurückgehalten hätte, wäre ich ihm jetzt an die Gurgel gegangen. Sie drückte mich zurück in den Stuhl und übernahm das Gespräch. Könnten Sie uns den Gefallen tun und eine Fruchtwasseruntersuchung anschließen? fragte

Nina mit erschöpfter Stimme. Langenfeld zögerte. Wenn Sie das unbedingt wollen, sagte er schließlich. Ich dachte: Jetzt also doch die lange Nadel. Was mir noch vor ein paar Tagen Angst gemacht hatte, gab mir kurioserweise jetzt ein wenig Hoffnung. Verrückte Welt. Verrückte Technik. Verrückte Menschen.

Nina verließ das Besprechungszimmer, ohne mich noch einmal anzuschauen. Du bleibst hier sitzen, sagte sie, aber ich folgte ihr trotzdem. Sie legte sich hin, und da war auch schon die Nadel in ihrem Bauch, die Nadel auf dem Computerbildschirm, da war Emma, die sich bewegte, und bald schon war genügend Fruchtwasser in der Spritze. Langenfeld entfernte die Nadel, fuhr mit dem Ultraschallkopf noch einmal über Ninas Bauch und sagte, mehr zu sich selbst als zu uns, es seien fetale Bewegungen und regelmäßige Herzaktionen darstellbar. Die sonografische Kontrolle nach der Punktion ergebe keinerlei Auffälligkeiten. Nina nickte. Langenfeld empfahl ihr, sich drei Tage zu schonen. Langsam erhob sie sich, und ohne etwas zu sagen, verließ sie den Raum. Ich eilte hinterher. Warum wartest du nicht? rief ich. Warum sollte ich? entgegnete Nina und rannte davon. Ich stand am Straßenrand und wollte ihr nicht nachlaufen. Ziellos ging ich durch die Stadt. Wieder mal. Ich kam auch am Kurzwarengeschäft vorbei, vor dem Nina gesagt hatte: Die Nähmaschine kaufe ich mir trotzdem. Ich betrat das Geschäft und wurde von einer freundlichen Dame begrüßt, die mir wortreich alle Nähmaschinen vorführte. Da gab es mechanische und elektronische Modelle. Die Frau sprach von Unterfadenspulen und Knopflochautomatik. Ich dachte an Emma, und fragte mich, was ich in dem Laden überhaupt wollte. Nichts kam mir in diesem Moment so grotesk vor wie die Welt der Nähmaschinen. Als ich sagte, ich habe keine Ahnung, wovon sie spreche, fragte sie mich, was meine Frau mit der Maschine vor allem nähen wolle. Klamotten, antwortete ich. Die Kleidung unserer Tochter. Die Verkäuferin lächelte. Sie schien mit mir ein Gespräch über das große Vergnügen führen zu wollen, sich und den Kindern ausgefallene Hosen und Hemden zu schneidern, aber dann sagte ich: Leider wird unser Baby bald sterben. Die Frau trat einen Schritt zurück und schaute mich an, als hätte ich etwas Unerhörtes gesagt. Mir tat mein Auftritt leid, also entschuldigte ich mich und verließ den Laden genauso schnell, wie ich hineingekommen war. Ich eilte die Geschäftstraße entlang, schaute nicht einmal in ein Schaufenster, lief immer nur weiter und weiter.

Als meine Füße schmerzten, hielt ich an und setzte mich auf die Bank einer Bushaltestelle. Menschen stiegen ein und aus. Ich fragte mich, ob hier alle wussten, woher sie kamen und wohin sie gingen. Gab es unter den Fahrgästen auch jemand, der genauso umherirrte wie ich? Irgendwann kam ein Bus, in den ich einstieg, ohne zu wissen, wohin er fuhr. Der Bus verließ bald das Zentrum, klapperte diverse Wohngebiete ab und erreichte ein Gewerbegebiet mit alten Fabrikhallen, in denen Konzerte stattfanden. Auf einer Plakatwand sah ich eine Ankündigung. The Cure war auf Tournee. Jetzt kam mir mein kleiner Busausflug doch nicht mehr so sinnlos vor. Wie der Sänger wohl heute aussah? Robert Smith war ja schon in meiner Jugend nicht mehr ganz jung gewesen, wobei seine toupierten Haare und die weiße Schminke ihn auf seltsame Weise alterslos machten. Ich wusste nicht, ob die Gruppe in letzter Zeit eine neue Platte aufgenommen hatte, aber ich nahm mir vor, das Konzert zu besuchen. Ich stellte mir vor, zusammen mit vielen tausend Leuten die alten

Lieder zu singen. Wie sich das wohl anfühlen würde? Der Bus brachte mich zurück in die Stadt. Auf dem Weg nach Hause sang ich leise vor mich hin. *It's not a case of doing what's right / It's just the way I feel that matters / Tell me I'm wrong / I don't really care.* Ein junger Mann schaute mich an, als wäre mit mir etwas nicht in Ordnung. Eine Frau in meinem Alter lächelte. Kannte sie den Text? *It's not a case of telling the truth / Some lines just fit the situation / Call me a liar / You would anyway.* Mit diesen Zeilen auf den Lippen öffnete ich die Wohnungstür. Nina? rief ich. Sie antwortete nicht. Als ich ins Schlafzimmer kam, verließ sie den Raum, ohne etwas zu sagen. Ich folgte ihr, und sie sagte: Lass mich.

Wir aßen zu unterschiedlichen Zeiten, schliefen nicht im selben Bett. Wir weinten nicht zur selben Zeit. Ich schottete mich ab, indem ich Kopfhörer aufsetze, eine Cure-Platte nach der anderen hörte, dann aber immer wieder einen Song wiederholte, nämlich *Play for today*, und zwar die Aufnahme vom Konzert in Orange. Ich war damals nach Südfrankreich gefahren, hatte ein Ticket für den legendären Auftritt in der antiken Arena, an den ich mich auch deshalb so gut erinnern konnte, weil mir in dieser Zeit schon die Haare ausfielen, ich mich als Jugendlicher also auf ein Leben mit Glatze vorbereiten durfte, Robert Smith aber auf die Bühne kam und eine Perücke vom Kopf riss und eine unverschämte Kurzhaarfrisur trug. Mit *Play for today* kam auch die Erinnerung an Aline zurück, die ich auf dem Konzert kennengelernt hatte, mit der ich nachts Arm in Arm durch Orange gegangen war. Wir hatten uns nicht geküsst, nicht mal zum Abschied auf dem Bahnhof. Aber ich war davon überzeugt, dass wir uns ineinander verliebt hatten. Ich musste nur *Play for today* auf meinem I-Pod laufen lassen, und schon war ich in einer anderen Welt, die keineswegs nur in der Vergangenheit lag. Diese Musik hatte mich so geprägt, dass ich noch immer meine Gefühle mit Songs dieser Gruppe in Verbindung brachte. Wenn ich Hass, Trauer oder Liebe empfand, spielten The Cure die passende Musik dazu. Mal lauter, mal leiser. Was auch immer passierte, die Lieder blieben in meinem Ohr. Sie waren ein akustischer Faden, der sich durch mein Leben zog und selbst die widersprüchlichsten Erlebnisse und Stimmungen zusammenhielt. Für mich war das anstehende Konzert ein großes Geschenk. Ich fragte mich, was wohl Nina über meine Vorfreude sagen würde, aber sie wollte nicht mit mir reden. Fünf Tage lang hockten wir in der Wohnung und versuchten, uns aus dem Weg zu gehen, dann saßen wir wieder gemeinsam in Langenfelds Praxis.

Die Diagnose stand nun endgültig fest. Es gab, was die Trisomie 13 anbelangte, keine Zweifel mehr, und ich versuchte mir einzureden, dass die Gewissheit, so schrecklich sie war, auch einen Vorteil hatte, denn jetzt mussten Nina und ich wieder ins Gespräch kommen. Wir hatten keine andere Wahl, als den Weg, der vor uns lag, gemeinsam zu gehen. Aber dann erwähnte Langenfeld ein Gesetz, das eine mindestens dreitägige Frist von der Diagnose bis zu einer möglichen Abtreibung vorschrieb. Als ich das hörte, wusste ich, dass wir noch viel mehr zu leiden hatten, weil eine unmenschliche Entscheidung anstand, für oder gegen Emma, wobei ich nicht einmal hätte sagen können, ob eine Abtreibung eine Entscheidung für oder gegen Emma wäre, so verwirrt war ich. Langenfeld erwähnte außerdem eine gesetzlich vorgeschriebene Beratung und eine Kollegin namens Gerber, die er empfehlen könne. Nina sagte: Bitte reservieren Sie mir einen Termin. Ich war fassungslos, konnte nicht glauben, was sie gesagt hatte. Bitte reservieren Sie mir einen Termin? Nina wollte doch nicht zur Fußpflege gehen! Da sollte nicht etwas Hornhaut, sondern unser Baby weggemacht werden, und als ich in ihre starren Gesichtszüge schaute, rief ich, nein, nicht mit mir, nein und nochmals nein. Mir war schon klar, dass das Baby nicht in meinem Bauch war und ich, letzten Endes, nichts zu entscheiden hatte. Vielleicht provozierte gerade diese Ohnmacht meine Reaktion, aber in diesem Moment dachte ich ohnehin nicht mehr darüber nach, warum ich was sagte, dieses Nein steckte in meinem Körper, in meinen Händen und meinen Füßen, ja, auch in meinem Bauch, und deshalb brauchte ich auch nicht dieses oder jenes Argument abzuwägen, um zu wissen, dass es für mich nichts zu entscheiden gab, dass ich aber mindestens drei Tage Zeit hatte, Ninas Entscheidung zu verhindern, die nicht nur mein Kind töten würde, sondern auch alles, was in mir liebte und lebte. Ich war froh, dass es diese Dreitagesfrist überhaupt gab, denn das gab mir etwas Hoffnung in dieser hoffnungslosen Lage. Dann hörte ich wieder die Wörter, die mir wie Folterwerkzeuge vorkamen: Herzfehler, Blindheit, Taubheit, Muskelschwäche und Krampfanfälle. Wobei Langenfeld gar nicht davon sprach. Die Folterwörter waren in meinem Kopf, und ich bekam sie nicht mehr heraus. Herzfehler, Blindheit, Taubheit, Muskelschwäche und Krampfanfälle. Immer in dieser Reihenfolge. Meine Hoffnung sank allmählich wieder. Ich stellte mir vor, diese Wörter drei Tage oder noch länger hören zu müssen, ohne dass sie jemand aussprach. Die Folter schien zu wirken. Aus den Wörtern entstanden Bilder. Ich sah Emma vor mir, wie sie unter all dem litt, und das war unerträglich. Die Vorstellung, ich könnte niemals mit Emma sprechen, sie könnte mich nie sehen, sie würde niemals gehen können, und ihr Herz würde, kaum wäre sie auf der Welt, zu schlagen aufhören, diese Vorstellung nahm mir die Luft. Herzfehler, Blindheit, Taubheit, Muskelschwäche, Krampfanfälle. Warum hatte nicht ich anstelle Emmas all diese Krankheiten? Aber wir Gesunden mussten uns entscheiden. Für die Abtreibung und gegen die Krankheiten. Oder gegen die Abtreibung und für die Krankheiten. Keine Entscheidung war auch eine Entscheidung. Herzfehler, Blindheit, Taubheit, Muskelschwäche, Krampfanfälle. Lange leben würde Emma nicht. Entweder starb sie noch in Ninas Bauch oder sie kam auf die Welt, um ein paar Tage, Wochen, Monate nach der Geburt zu sterben. Herzfehler, Blindheit, Taubheit, Muskelschwäche, Krampfanfälle. Durften wir das einem Kind zumuten? Und was konnten wir ertragen? Nina und ich. Grete und Leonie. Warum wir? Warum ausgerechnet wir? Ich hörte mich schreien. Und merkte erst, als ich zu schreien aufhörte, dass mir Tränen über die Wange liefen. Warum wir.

Nina sprang auf und rannte aus der Praxis. Ich wollte ihr folgen, blieb dann aber doch stehen, weil ich mich kaum auf den Beinen halten konnte. Ich war erschöpft von meinen irrsinnigen Meinungsumschwüngen und unberechenbaren Gefühlsschwankungen. Langenfeld räusperte sich. Es gebe, sagte er, sehr unterschiedliche Formen einer Trisomie. Erst dachte ich, Langenfeld würde mir erklären, dass die Trisomie meiner Emma halb so schlimm wäre, aber dann begriff ich, dass er über die Auswirkungen einer Translokation sprach. Ich erinnerte mich an den ersten Besuch bei ihm und das große T in seinem Notizblock. So neugierig ich war, ich hatte keine Kraft mehr, auch noch die Nachricht zu verkraften, meine Tochter habe die schreckliche Trisomie von mir geerbt. Sie können mich oder meine Kollegin jederzeit anrufen, sagte der Arzt verständnisvoll, und ich sah, wie sein Augenlid zuckte und sein Buckel sich krümmte, als drückte ihn eine schwere Last zu Boden. Er gab mir wieder eine Visitenkarte, und ich sagte, ohne die Karte anzuschauen: Sie haben mir schon eine gegeben. Erst als Langenfeld mit gesenkter Stimme empfahl, nicht zu lange mit dem Anruf bei Frau Gerber zu warten, blickte ich auf die Karte und las: Praxis für Psychotherapie. Ich dachte: Das ist doch lächerlich. Langenfeld sagte, drei Tage könnten sehr lang sein, und ich erwiderte, drei Tage seien gar nichts. Was soll ich denn mit dieser Frau Gerber besprechen? Ich zerknüllte das Pappkärtchen und steckte es in die Hosentasche. Vielleicht möchte Ihre Frau mal mit einer Frau reden, antwortete Langenfeld. Meine Frau hat sich entschieden, sagte ich, die will nicht mehr reden. Der Arzt reichte mir die Hand. Wie würden Sie entscheiden? fragte ich, während er mich zur Tür begleitete. Ich weiß es nicht, antwortete er. Aber ich weiß, dass Ihre Frau auf Sie wartet.

Zwei

Nina hatte alle Fensterläden geschlossen. Es brannte kein Licht. In unsere Wohnung war mitten am Tag die Nacht eingekehrt. Ich traute mich nicht, die Läden zu öffnen, die Vorhänge wieder aufzuziehen. Einmal schaute ich nach draußen, aber auch dort war es dunkel geworden. Es regnete, und ich merkte, wie ich alles, was um mich herum geschah, auf mich, auf uns bezog; die Nachbarin, die so übertrieben freundlich, fast schon mitleidig gegrüßt, den Postboten, der keine Briefe gebracht und sich dafür entschuldigt hatte, und jetzt auch das schlechte Wetter, und ich dachte, dieser Regen, der uns geschickt wird, hat etwas Tröstliches, zeigt er doch, dass da noch andere sind, im Himmel oder sonst irgendwo, die mit uns fühlen. Aber es vergingen nur wenige Augenblicke, und mir kam der Trost wie ein Hohn vor, denn wenn da im Irgendwo tatsächlich jemand war, der Regen schicken konnte, warum hatte er dann nicht verhindert, dass Emma ein Chromosom zu viel besaß. Womit hatten wir das verdient? Ich raste durch mein Leben und suchte nach einer Schuld, die so groß war, dass sie mit Emmas tödlicher Krankheit gesühnt werden musste. Ich lag neben Nina im Bett und erschrak über meine Gedanken, denn wie kam ich plötzlich dazu, mit einer Himmelsmacht zu hadern, an die ich nicht glaubte, die in meiner Welt nicht existierte? War Emmas Schicksal der Gegenbeweis? Die Strafe für meine

Ignoranz? Ich versuchte, mich abzulenken. Was nicht gelang. Ich schlug ein Buch auf, las ein paar Zeilen, verstand aber nicht, was die Sätze bedeuteten. Ich ging in die Küche und schaltete das Radio ein. Wieder Wirtschaftsnachrichten. Wieder Kreditausfälle. Wieder Bankenkrise. Ich stoppte das Wortprogramm. Setzte meinen I-Pod in ein kleines Abspielgerät, das den alten Liedern einen modernen Klang verlieh. *The words all left me / Lifeless / Hoping / Breathing like the drowning man.* Mit The Cure lief ich ins Badezimmer und stellte mich in die Dusche. Im ersten Moment, als das heiße Wasser aus der Brause schoss, fühlte es sich an, als liefen meine quälenden Fragen in den Abfluss, aber die Angst, sich schuldig gemacht zu haben, ließ sich nicht wegwaschen. Waren es meine Gene … oder lag es vielleicht an Ninas Alter? Oder an meinem? Ich kam mir schäbig vor, aber ich konnte diese Gedanken nicht aus meinem Kopf bekommen. Ich sagte laut: Nein, alles ist ein böser Zufall, eine nicht vorhersehbare Laune der Natur! *Breathing like the drowning man.* Ich fror, obwohl ich das Wasser heißer machte, und als mein Körper brannte, verließ ich die Dusche; der Schmerz auf der Haut kam mir wie eine ausgleichende Gerechtigkeit vor, bis ich mich für meine Gedanken wieder schämte, denn die Hitze auf meiner Haut hatte natürlich nichts mit Emmas Krankheit und schon gar nichts mit irgendeiner Gerechtigkeit zu tun. Ich ging zurück ins Schlafzimmer. Nina lag auf dem Bett, das Gesicht ins Kissen gedrückt.

Schlief sie? Ich könnte jetzt nicht schlafen, dachte ich, als Nina sich umdrehte. Ihre Augen waren so verweint und aufgequollen, dass ich mich fragte, ob sie überhaupt etwas sehen konnte. Sie streckte mir ihre Arme entgegen und sagte, bitte bleib bei mir. Kaum hatte ich mich genähert, zog sie mich fest zu sich. Ich möchte nicht auch noch dich verlieren, flüsterte sie. Bald wird Emma sterben. Entweder in meinem Bauch. Oder kurz nach der Geburt. Ich weiß nicht, ob ich hoffen soll, dass sie mit kaputtem Herzen und kaputter Lunge wenigstens ein paar Atemzüge machen kann. Jan, ich weiß nicht, wie ich das ertrage, wenn die Kleine, erschöpft von ihrem kurzen kranken Leben, in meinen Armen stirbt. Ich verstehe, warum du nicht aufgibst, die Hoffnung, das Leben unserer Tochter. Ich will das alles auch nicht aufgeben. Ich würde mich hassen, wenn sie Emma aus mir rausholten, obwohl sie weiterwachsen sollte. Ich kann diese Entscheidung nicht allein treffen, ich brauche dich. Du willst diese Scheiß-Abtreibung nicht, und ich will sie auch nicht. Jan, ich kann nicht mehr. Plötzlich gab sie die feste Umarmung auf, ihr Kopf kippte zur Seite, und ihr Körper lag leblos auf dem Bett. Ich schrie ihren Namen und schüttete einen Schwall Mineralwasser über ihr fahles Gesicht, sodass sie aufschreckte und mich anstarrte, als wisse sie nicht, was passiert war. Du hast das Bewusstsein verloren, sagte ich, und nun nahm ich sie in den Arm, hielt sie fest und fester, bis sie sich beschwerte, sie bekomme keine Luft mehr. Ich fragte, ob sie sich noch daran erinnere, was sie gerade gesagt hatte, und sie wiederholte mit müder Stimme, dass sie eine Abtreibung auch nicht wolle. Ich sah, wie anstrengend es für sie war, diesen Satz auszusprechen; sie schaute mich an, als falle sie gleich wieder in Ohnmacht. Ich kam mir wie ein religiöser Fundamentalist vor, der seine Frau bis zur Erschöpfung drangsalierte, indem er sie überredete, ein todkrankes Kind zu gebären. Nein, sagte ich, ich will dich nicht quälen, wir warten diese Dreitagesfrist ab, bringen die vorgeschriebene Beratung hinter uns, und dann ist Schluss mit diesem Albtraum. Wir haben noch Grete und Leonie, das können wir den beiden nicht antun, dass wir jeden Tag auf den Tod dieses Kindes warten. Ich spürte Stiche in der Magengegend, als ich den Namen unserer Tochter ganz bewusst nicht mehr aussprach, aber diese Stiche durften mich nicht davon abbringen, Nina zu unterstützen; eine Abtreibung kam mir in diesem Moment wie ein großer Befreiungsschlag vor, als Chance, von vorne zu beginnen. Aber Nina stand auf, schüttelte heftig den Kopf, sagte, das können wir doch nicht machen. Ich bin doch kein Scheiß-Diktator, der keine kranken Kinder in seinem Volk haben will. Bist du nicht, entgegnete ich. Wenn überhaupt, komme ich mir wie ein Tyrann vor, der etwas von dir verlangt, was du nicht willst. Du und Tyrann? sagte sie und lächelte bitter. Nein, es stimmt ja, was du sagst. Was bilden wir uns ein, wer wir sind? Gott? Ich entscheide jedenfalls nicht über Leben und Tod.

Nina lief im Schlafzimmer auf und ab, plötzlich riss sie die Tür zum Flur auf, um dann dort hin und her zu laufen. Sie müsse sich bewegen, sagte sie, und zu dieser Bewegung gehörten auch die vielen Wörter, die aus ihrem Mund geschossen kamen. Mal waren es nur Wortfetzen. Silben. Laute. Ver. Sch. Ah. Dann wieder sprudelten Sätze aus ihrem Mund, die nicht enden wollten. Nur weil ich Angst habe, schluchzte sie, das alles nicht zu schaffen, mit dir, mit uns, mit Grete und Leonie, nur weil ich Angst habe, dass meine Familie wieder an den Arsch geht, kann ich doch nicht sagen, ab mit dir in die Mülltonne, kleine Emma, du passt nicht zu unserem Leben, ja, ich habe Angst, dass wir uns überfordern, ich …, sagte sie, ich …, aber. Weiter kam sie nicht. Und ich hatte den Eindruck, als hallte dieses laute Aber durch unseren schlauchartigen Flur, in dem Ninas

Kunstbücher in den Regalen standen, als versteckte sich dieses Aber hinter den Hochglanzbänden, um dann wieder und viel lauter hervorzukommen. Auch Nina schien das Echo zu hören, denn sie begann wieder mit den Endlossätzen, die mich an die ausufernden Nebelbilder in Langenfelds Praxis erinnerten. Ninas Redeschwall machte sich in meinen Kopf breit, weniger der Inhalt, sondern die Form, die Länge der Sätze, wobei ich schon bald nicht mehr sagen konnte, wo eine Wortschlange anfing und wo eine andere aufhörte; sie verbanden sich jedenfalls schnell zu einer nebelartigen Textfläche, und ich war froh, mich in Ninas Textnebel verstecken zu können, aber auch diese Erholung währte nicht lange, denn Nina kam mir mit dem Telefon entgegen und schlug vor, den Beratungstermin abzusagen. Meine Emma kommt auf die Welt, sagte sie, und wir werden uns über jede Minute freuen, die sie lebt, die sie *überlebt*.

Ein paar Stunden zuvor hätte ich mich gefreut über das, was sie sagte, aber als sich Ninas Textnebel wieder verzog, begriff ich, wie schnell wir unsere ursprünglichen Standpunkte aufgegeben hatten, und ich befürchtete, wir würden noch häufiger schwanken, weil es in diesem Entscheidungsprozess ohnehin keine Standpunkte gab, weil nichts mehr stand und alles in Bewegung geraten war. Vor Gericht, dachte ich, geht es fairer zu. In unserem wahnwitzigen Entscheidungsprozess fielen, von den ersten Indizien bis hin zum Urteil über Tod oder Leben, alle Rollen zusammen: Wir waren Ankläger und Angeklagte, wir waren Richter und Verurteilte, und am Ende gab es, so oder so, nur Verlierer und Verzweifelte. Nina umklammerte das Telefon und sah mich mit erschöpften Augen an. Sie sei kein Gott und kein Diktator, wiederholte sie, und mir fiel auf, dass wir, seitdem wir uns kannten, über

Religion und Politik so gut wie nie gesprochen hatten. Es gab andere Themen, die uns mehr interessierten, die Kinder und die Kunst, vielleicht noch Musik und Architektur, jetzt aber stand etwas zwischen uns, das so gar nicht zu unserem Leben zu passen schien. Mir kam unser heiles Leben, das ausgerechnet von einem kranken Kind bedroht schien, ziemlich albern vor. Ich hätte auch lachen wollen, als Nina noch einmal sagte, sie sei weder Gott noch ein Diktator, doch mir blieb das Lachen im Halse stecken. Warum hatte ich meine Meinung geändert? Weil ich harmoniesüchtig war und meine Tochter für die Harmonie mit meiner Frau aufgeben wollte? Ich war froh, dass Nina mit Gott und dem Diktator ankam, denn ich hätte mich das nicht getraut, obwohl ich genau so dachte. Selbst wenn wir nie über Religion und Politik gesprochen hatten, teilten wir offenbar ganz ähnliche Werte. Als ich Nina darauf ansprechen wollte, legte sie das Telefon zur Seite und umarmte mich. Nach einer Weile sagte sie: Eins, zwei, drei. Eins, zwei, drei. Wir begannen zu tanzen. Erst auf der Stelle, dann schwebten wir durch die Wohnung. Vom Wohnzimmer in die Küche und wieder zurück. Wir brauchten keine Musik, um im Takt zu bleiben. Nina führte. Eine Promenade durch den Flur, dann eine Linksdrehung im Schlafzimmer. In der Küche bewegten wir uns im Kreis. Ich habe nicht gewusst, dass du so gut tanzen kannst, flüsterte sie. Als wir müde im Bett lagen, erwähnte ich noch einmal Gott und den Diktator. Ich wollte über unsere Werte reden, aber dann hörte ich auch schon Ninas sanftes Schnarchen.

Als wir am nächsten Morgen aufwachten, waren die Werte noch da; sie erschienen uns schön und klar, aber sie boten uns keinen dauerhaften Halt. Kaum hatten wir schweigend unser Frühstücksmüsli runtergewürgt, saßen wir am Computer, Hand in Hand, und während Nina mit ihrer Rechten die Maus bediente, tippte ich mit meiner Linken ein Wort und eine Zahl in die Suchmaske ein, wir brauchten uns gar nicht darüber zu verständigen. Ich verschwieg, dass ich mich in diesen verborgenen Winkeln des Internets bereits auskannte, aber auch Nina steuerte die Maus, als habe sie die Seiten schon besucht, denn sie fand die Erfahrungsberichte der Eltern, deren Kinder an einer Trisomie 13 litten, erstaunlich schnell. Ich hatte den Eindruck, sie suchte einen ganz bestimmten Text, weil sie, kaum hatte sie zwei, drei Zeilen gelesen, einen neuen Bericht aufrief. Bald erkannte ich, dass sie Anfang und Ende der Texte überflog, und als ich sie bat, doch einmal auf einer Seite etwas länger zu bleiben, ließ sie die Maus los und lehnte sich zurück. Kannst du mir mal verraten, warum hier keine Frau erzählt, dass sie abgetrieben hat? fragte sie gereizt, und ich entgegnete, sie finde solche Berichte auf einer anderen Homepage. Hier schrieben Eltern, die sich für die Geburt des kranken Kindes entschieden hätten.

Nina öffnete die Lebensgeschichte eines Mädchens, das Franka hieß und fast vier Jahre alt geworden war. Wir erfuhren, dass Franka in einem Kindergarten aufgenommen wurde, obwohl sie mit einem doppelten Herzfehler, Taubheit und schweren Krampfanfällen zu kämpfen hatte, und wir lasen von Frankas fünfjährigem Bruder Jonas, der es nicht ertragen konnte, dass seine Schwester möglicherweise niemals einen Geburtstag würde feiern können, und so war die Familie auf die Idee gekommen, ihren Geburtstag jeden Monat zu feiern. Als ich Nina seufzen hörte, nahm ich an, sie sei wieder am Ende des Berichtes angelangt, aber sie war, wie sie nun laut vorlas, erst bei den monatlichen Geburtstagen. Franka verließ das Internet und betrat unsere Wohnung. Wir nahmen teil an ihren Monatsfeiern und freuten uns über den ersten Jahrestag ihrer Geburt, die sie laut Prognosen der Ärzte nur wenige Tage hätte überleben sollen. Mit ihren Eltern wunderten wir uns, dass die dreijährige Franka lernte, sich hinzusetzen, aufzustehen und mit etwas Hilfe sogar zu gehen – was Ärzte ausgeschlossen hatten. Nina stockte. Und weinte. Ich war an der Reihe, den Text vorzulesen, und ich merkte schon nach wenigen Sätzen, wie schwer es mir fiel, mich zu konzentrieren. Wäre ich allein vor dem Bildschirm gewesen, hätte ich eine Musik aus dem Netz geladen, wahrscheinlich *Funeral Party*, ein ganz trostloser Cure-Song. Franka gegenüber wäre das respektlos gewesen, aber die Musik aus der Popgruft hätte mich vor diesen Sätzen geschützt, die mich überwältigten, weil sie im Leid ein unschätzbares Leben beschrieben und weil sie alles, was ich dachte und fühlte und sagte unfassbar banal erscheinen ließen. Die Freude über die kleinsten und dennoch unterwarteten Entwicklungsschritte drückten Frankas Eltern in GROSSBUCHSTABEN aus, als gäbe es in unserer Sprache keine Worte, ihr Glück zu beschreiben. Ein Glück, das nicht lange anhielt, denn nach einer Verdauungsstörung und einem Analabszess konnte die Kleine nicht mehr sitzen, und weil sie sich kurze Zeit später auch den Oberschenkel brach, konnte sie auch nicht mehr laufen. Wir erfuhren Details aus Frankas Leben, die ich bestimmt nicht veröffentlicht hätte. Ich fühlte mich unwohl, während ich die Zeilen las, war aber zugleich froh, dass die Eltern so ausführlich über Franka im Netz zu erzählten. Auch das Sterben ihrer Tochter ließen sie nicht aus: Der Vater organisierte ein letztes Fest für Franka, zu dem auch zwei Mädchen aus dem

Kindergarten kamen. Die Großeltern halfen der Familie im Haushalt; die Mutter führte ein fröhliches Kasperletheater auf. Das Stück spielte im Himmel, wo es viel lustiger zuging als auf der Erde. Franka war bis zu ihrem letzten Atemzug nicht allein. Als ich vortrug, wie Jonas der Mutter den Waschlappen aus der Hand nahm, weil auch er den Körper der toten Schwester waschen wollte, stockte ich. Nina schloss die Seite und fuhr den Computer runter. Wir schwiegen eine Weile, dann schlug Nina mit der flachen Hand auf den Schreibtisch. Das ist zu viel für mich, rief sie. Kasperle für ein sterbendes Kind, das halte ich nicht aus, und ich will mir auch nicht vorstellen, dass Leonie unsere tote Emma wäscht, Jan, das will ich nicht, tut mir leid, nein. NEIN. Wieder sprach Nina aus, was ich empfand. Die Erinnerungen, die Frankas Eltern ins Netz gestellt hatten, sollten Zuversicht verbreiten, aber wir saßen vor einem schwarzen Bildschirm und stellten erschrocken fest, dass uns die Aussicht auf das, was auf uns zukäme, wenn wir eine Abtreibung ausschlössen, noch trauriger, noch mutloser, noch hoffnungsloser machte.

Nina ging wieder ins Bett. Ich möchte etwas frische Luft schnappen, sagte ich, und Nina erwiderte, ihr reiche es schon, die Fenster zu öffnen, sie wolle niemand treffen, dem sie erklären müsse, warum sie so verheult aussehe. Also verließ ich allein die Wohnung. Ich wollte mich wieder treiben lassen, aber dieses Mal konnte ich dem ziellosen Umhergehen nichts abgewinnen. Ich brauchte ein Ziel, und so stand ich bald vor der mir gut bekannten Glasfassade. Mein Büro, das ich bald aufgeben wollte, erschien mir in diesem Moment als geeigneter Zufluchtsort. Warum sich nicht mit ein paar lausigen Immobiliengeschichten ablenken? dachte ich und betrat das Foyer, fuhr mit dem Aufzug in den dritten Stock, und als ich Stefan begrüßte, wirkte er ziemlich überrascht. Sein Gesicht sah aus, als hätte ich ihn in flagranti erwischt, dabei saß er am Schreibtisch und studierte den Grundriss eines Hauses. Er sei in Eile, sagte er, der Termin beginne in zehn Minuten, und ich fragte, ob eine Besichtigung anstehe, aber er verneinte. Er warf sein Jackett über die Schulter. Es geht um das Haus am Flughafen, sagte er, und ich reagierte unfreundlich: Gibt es denn keinen Deal? Stefan schüttelte den Kopf. Das Haus werde ganz offiziell versteigert. Er fahre jetzt zum Amtsgericht. Stefan nahm seinen Aktenkoffer zur Hand und brach auf. Erinnerst du dich noch an den Jungen, von dem ich erzählt habe? fragte ich. Der wie ein Frosch zu quaken beginnt, wenn er keine Worte findet für das, was um ihn herum passiert? Stefan ging nicht auf meine Frage ein. Hast du nicht gesagt, wir verzichten auf die Zwangsversteigerungen? hakte ich nach. Und Stefan antwortete kühl: Ich habe meine Meinung geändert. Typisch, sagte ich. Das Geschäft geht vor. Was interessiert dich der Frosch Timo? Aber dann sah ich Stefans tiefe Stirnfalte. Er hatte sich seine Entscheidung vielleicht doch nicht so leicht gemacht. Ich dachte an Emma und an meine eigene Unsicherheit, nur ging es bei mir nicht um Immobilien, sondern um das Leben eines Kindes. Meine Vorwürfe kamen mir jetzt verlogen vor. Ich war kein besserer Mensch. Stefan hatte sich für das Geschäft mit einem Haus entschieden, das sich die Besitzerin nicht mehr leisten konnte. Na und? Ich habe meine Meinung auch geändert, sagte ich nach einer Weile. Ich komme mit zum Amtsgericht!

Stefan schien wenig erfreut, und als ich ihn bat, mich mitzunehmen, grummelte er etwas Unverständliches. Als wir im Auto saßen, gab er kein Wort von sich, ich aber wollte wieder mit ihm ins Gespräch kommen und sagte: Der ursprüngliche Kaufpreis des Flughafenhauses hat bei 330.000 Euro gelegen, nicht wahr? Und bei welcher Summe wird wohl die Versteigerung beginnen? Stefan zögerte. Du denkst, sagte er nach einer Weile, ich mache irgendwelche dubiosen Geschäfte. Aber du irrst dich. Es ist alles legal. Verstehst du das? Stefan schlug mit der Hand aufs Lenkrad, und ich wunderte mich, warum er so aggressiv reagierte. Ich bekam nicht die Chance, auf das Missverständnis hinzuweisen, denn ich unterstellte ihm gar nichts, im Gegenteil, ich hatte ihm entgegenkommen wollen, aber er war außer sich: Ich bin nicht dafür verantwortlich, dass sich Menschen verschulden und ihre Häuser verlieren, brüllte er. Und es ist nun einmal mein Job, mit Immobilien Geld zu verdienen. Übrigens, mein Lieber, das ist auch dein Job, falls ich dich daran erinnern darf. Je länger Stefan herumpolterte, desto merkwürdiger kam mir sein Verhalten vor, und als ich in der Ferne das Amtsgericht sah und an die bevorstehenden Zwangsversteigerungen dachte, hielt ich es sehr wohl für möglich, dass Stefan irgendwelche dubiosen Geschäfte durchzog. Plötzlich trat er auf die Bremse. Erst dachte ich, er wolle mich aus dem Auto werfen. Dann hörte ich, wie eine Frau schimpfte. Es war Ruth auf ihrem Fahrrad. Als sie mich erkannte, wünschte ich mir, ich wäre nicht in Stefans Wagen eingestiegen. Er hatte Ruth die Vorfahrt genommen.

Scheiße, rief er, ließ die Fenster auf der Beifahrerseite runterfahren und entschuldigte sich. Ruth nahm die Entschuldigung zur Kenntnis, indem sie mich ansah und sagte: Erst mein Haus, dann mein Leben? Bis gleich, wir sehen uns im Amtsgericht! Ruth lachte, stieg wieder aufs Rad und fuhr davon. Wer war das? wollte Stefan wissen. Und woher weiß die Frau, dass wir zum Amtsgericht fahren? Ich riet ihm, sich nun besser auf den Verkehr zu konzentrieren. Nachdem wir einen Parkplatz gefunden hatten, sagte ich: Die Frau, die du beinahe umgefahren hast, ist übrigens die Mutter von dem quakenden Timo. Stefan starrte mich an, als hätte ich den kleinen Zwischenfall inszeniert, nur um ihn an das harte Schicksal der Froschmutter zu erinnern. Du wirst die Versteigerung nicht verhindern, sagte er gereizt und vergaß die Türen zu verriegeln. Ich wies ihn nicht darauf hin, auch wenn mir das etwas kindisch vorkam.

Als wir durch die Eingangshalle des 70er-Jahre-Zweckbaus liefen, fragte ich: Meinst du, es wird Leute geben, die mit dir um die Wette bieten? Stefan ignorierte mich und gesellte sich zu einem Mann mit halblangen brauen Haaren und auffällig dichten Augenbrauen. Stefan stellte uns nicht vor, auch deshalb nahm ich an, er sei der Kumpel aus dem Golfclub. Die beiden bogen in einen langen Flur ein, und ich blieb im Foyer zurück. Etwas verspätet und leicht verschwitzt tauchte Ruth auf. Sie rannte durch den Eingangsbereich, und weil sie eine lockere Bodenfliese übersah, wäre sie hingefallen, wenn ich sie nicht aufgefangen hätte. Sie gab mir zum Dank einen Kuss auf die Wange, ließ meine Hand nicht mehr los und sagte: Man könnte meinen, ich hätte mich fallen gelassen, nur um in Ihren Armen zu landen. Ich lachte. Sagen Sie das bloß nicht meinem Geschäftspartner! Der unterstellt mir nämlich, ich würde mit Ihnen gemeinsame Sache machen. Eine schöne Idee, sagte sie und schaute auf die Uhr. Wenn er wüsste, seufzte ich, dass wir uns noch siezen! Nun gab sie mir noch einen Kuss und flüsterte: Das lässt sich ändern.

Wir betraten den Verhandlungssaal wie ein frisch verliebtes Paar; kichernd setzten wir uns in die letzte Stuhlreihe.

Der Raum war gut gefüllt. Stefan und sein Kumpel aus dem Golfclub hatten sich natürlich in der ersten Reihe positioniert. Der Rechtspfleger, ein kleiner Mann mit Vollbart, verlas die Liste der Immobilien, die unter den Hammer kamen. Es begann mit einem Ladengeschäft, das niemand im Saal haben wollte. Dann wurde eine Gaststätte versteigert, um die sich gleich drei Parteien stritten, und weil das Höchstgebot den Verkehrswert deutlich überstieg, wurde es unruhig in dem stickigen Raum. Der ist doch auch bald pleite, hörte ich jemanden sagen, und der Mann, der das Lokal übernahm, schien tatsächlich nicht besonders glücklich über das Ergebnis. Die dunklen Schweißflecken auf seinem hellblauen Hemd vergrößerten sich schnell, aber statt in letzter Minute doch noch einen Rückzieher zu machen, warf er seinen Konkurrenten einen bösen Blick zu, der wohl sagen sollte, Pech gehabt, dieser Zuschlag geht an mich. Schließlich kamen zahlreiche Einfamilienhäuser an die Reihe. Jetzt beteiligte sich auch Stefan. Er bekam, was er wollte. Als Ruths Flughafenhaus aufgerufen wurde, reichte er ein Gebot ein, das fünftausend Euro über dem erstaunlich niedrig festgesetzten Verkehrswert lag. Der ursprüngliche Kaufpreis hatte rund 90.000 Euro höher gelegen. Stefan lächelte. Sein Golfkumpel lächelte. Zunächst wurde kein weiteres Gebot abgeben. Ich meldete mich im letzten Moment und erhöhte um 20.000. Ruth starrte mich genauso verwundert an wie Stefan, der sogleich ein neues Gebot abgab. Ich konterte mit einer Ansage, die zu einem Raunen im Saal führte. Die Konkurrenten aus den anderen Immobilienbüros fragten sich wohl, welches Ziel wir mit diesem hausinternen Bieterstreit verfolgten. Nach dem dritten Versuch, mich zu übertrumpfen, gab Stefan auf. Ich hatte tatsächlich den ursprünglichen

Kaufpreis erreicht. Das Haus wurde mir zugesprochen, der Richter beendete die Sitzung und verwies auf die nächsten Versteigerungstermine.

Stefan kam auf mich zugestürmt. Du Arschloch, was soll das? zischte er und rannte aus dem Saal. Sein Kumpel aus dem Golfclub fasste sich an den Kopf, blieb aber höflich. Als Vertreter der Gläubigerbank forderte er von mir die gesetzlich festgelegte Sicherheit, aber ich wollte mich mit ihm nicht länger beschäftigen: Bitte wenden Sie sich in dieser Angelegenheit an meinen Partner Stefan Rieger, sagte ich etwas herablassend. Ich habe gesehen, Sie kennen sich bereits. Aha, schnaubte der Mann und griff nach seinem Handy. Aber Stefan war nicht zu erreichen, woraufhin der Banker sich kopfschüttelnd verzog. Ruth hatte das Gespräch nicht verfolgt. Sie saß noch auf ihrem Platz und schaute auf eine Fensterfront, deren Glas über die Jahre so trüb geworden war, dass es einen Blick ins Freie verwehrte. Jetzt gehört das Haus dir, sagte sie traurig. Von wegen, erwiderte ich. Das gehört weiterhin der Bank. Vielleicht hast du am Ende des Verfahrens etwas weniger Schulden. Wir müssen jetzt nur noch einen Kunden finden, der bereit ist, den etwas höheren Preis zu zahlen. Ruth begann zu weinen. Ist doch nur ein Haus, sagte sie mit brüchiger Stimme, ist doch nur ein Haus. Aber es war natürlich viel mehr.

Ruth schloss die Augen. Ich kann mich gut an den Einzug erinnern, stöhnte sie. Ich nahm ihre Hand, wollte sie trösten, wusste aber nicht, wie ich das tun sollte. Ich schlug vor, mit der Bank noch einmal zu sprechen, obwohl ich natürlich wusste, dass es nichts zu besprechen gab, und weil Ruth nur den Kopf schüttelte und sich abwandte, dachte auch ich: Nun, ja, es ist nur ein Haus, scheiße, warum interessiere ich mich für ein paar Mauern, Steine und Ziegel? Für ein Haus, in dem ich nicht wohne und das ich nicht besitzen möchte? Ruths Erinnerungen sind nicht meine. Ich dachte daran, wie es im Wohnzimmer nach frisch eingecremtem Babypopo gerochen und wie mich das verwirrt hatte. Mit dem Geruch kam auch ein Gefühl der Ohnmacht zurück und die Frage, wer ich überhaupt war, für Nina, für Grete und Leonie, für mich selbst. Vater und doch nicht Vater. Ein Mann, der da war, weil es gut war, dass es auch einen Mann im Haushalt gab. Ich war gut, weil ich die Rolle des Mannes, der nichts zu sagen hatte, vom ersten Tag unseres Familientheaters an akzeptierte. Ich hatte keine Wahl. Wie lächerlich, dachte ich, ausgerechnet hier im Amtsgericht zu sitzen und sich zu fragen, ob das Baby in Ninas Bauch mir deshalb so wichtig war, weil ich endlich echter Vater sein, weil ich mitreden und mitmachen wollte. Aber jetzt war Emma krank, todkrank, und schon wieder hatte ich nichts zu sagen; ich war nur der Erzeuger eines Wesens, über dessen Todeszeitpunkt letzten Endes die Mutter zu befinden hatte. Ich schaute mich um. Außer Ruth und mir war niemand mehr in dem Gerichtssaal, und doch schien er sich wieder zu füllen. Mit Stimmen, die mir bekannt vorkamen. Da waren meine Studienfreunde Richard und Andreas, Tanja und Emily zu hören. Warum hast du das zugelassen? sagte Richard. Emily meinte, sie hätte genauso gehandelt. Ich sah mich auf der Anklagebank sitzen. Ich hatte keinen Verteidiger. Zeugen traten auf. Langenfeld und ein Arzt, den ich nicht kannte. Außerdem wurde meine alte Biolehrerin befragt. Sie sagte, von mir sei nichts anderes zu erwarten gewesen, ich sei ein, und das betonte sie, *amoralischer* Mensch. Wie sie darauf komme, wollte der Staatsanwalt wissen, und die Frau erzählte, dass ich im Unterricht so gut wie nie eine eigene Meinung vertreten, aber für alles und jeden Verständnis gezeigt habe, vor allem für die größten Unverschämtheiten. Der Staatsanwalt schien sich über die Ausführung zu amüsieren und warf mir in seinem Schlussplädoyer vor, in jedem Falle *mitschuldig* zu sein. Schließlich fragte der Richter, ob ich vor der Urteilsverkündung noch etwas sagen wolle. Das hätte ich gerne getan, aber es gelang mir nicht, auch nur ein einziges Wort aus meiner Kehle zu pressen. Die Türen und Fenster öffneten sich; dichter Nebel zog in den Raum. Schon bald waren weder Richter noch Staatsanwalt zu sehen, und auch alle Stimmen verschwanden. Dann klingelte es. Mein Handy holte mich zurück in einen leeren Gerichtssaal. Stefans Nummer wurde im Display angezeigt. Ich ging nicht dran. Ruth kramte in ihrer Tasche, holte ein Taschentuch hervor und wischte sich die Tränen aus dem Gesicht. Wir verließen das Amtsgericht. Draußen auf der Treppe blieb sie plötzlich stehen und fragte: Wie geht es überhaupt deiner Tochter?

Später am Nachmittag saßen Nina und ich wieder auf dem Sofa. Ich wollte reden. Über die Versteigerung, über die Stimmen, die ich im Gericht gehört hatte und den Nebel, der mich überallhin verfolgte, aber sie sagte: Komm mir jetzt nicht mit diesen Immobiliengeschichten. Also schwiegen wir wieder. Eine Stunde und noch eine Stunde. Warum tue ich mir das an? fragte ich mich und dachte an Ruth. Wie würde diese Frau wohl reagieren, wenn sie mit Emma schwanger wäre? Zöge sie sich auch zurück, würde sie mich auch mit diesem Schweigen quälen? Ich stand auf, spürte eine Pappkugel in meiner Hosentasche, zog sie hervor und hielt die zusammengeknüllte Visitenkarte in der Hand, die mir Langenfeld gegeben hatte. Ich glättete die Karte und gab sie Nina. Was soll ich damit? Nina blickte kurz auf die Karte und gab sie mir zurück. Gerber? Wer ist das? fragte sie gereizt. Eine Psychotherapeutin, die der Langenfeld empfohlen hat, antwortete ich. Nina winkte ab. Vielleicht willst du mal mit einer Frau darüber sprechen, sagte ich, und Nina lachte auf: Ich würde gerne mal mit einem richtigen Mann sprechen, mit einem Typen, der erst gar nicht so tut, als verstünde er mich, verdammt noch mal, der nicht zögert, nicht weint, der mir einfach sagt, scheiß auf das Krüppelkind, mach es weg, ja, das wäre doch mal was. Du hast ja keine Ahnung, wie satt ich es habe, dass du so tust, als wärst du schwangerer als ich. Warum gehst du nicht einfach in dein Büro und lässt mich hier mal ein paar Stunden allein? Keine Angst, mein Sensibelchen, ich gehe nicht heimlich zum Abtreibungsdoktor. Ich bleibe hier erst mal auf dem Sofa sitzen und brüte einen Krüppel aus. Erst dachte ich: Was soll dieser Schwachsinn? Warum bist du so aggressiv? Können wir nicht mehr vernünftig miteinander reden? Dann sagte sie: Aber das Baby ist in meinem Bauch, also werde letzten Endes ich entscheiden. Verstehst du das? Der du doch für alles immer Verständnis hast? Ich bin die Frau, du bist der Mann. Komm, sei mal männlich!

Ich stand auf und spürte, dass auch ich meinen Frust loswerden wollte. Vielleicht hätte ich dich nicht mit dieser Frau Gerber belästigen sollen, begann ich, das tut mir leid, ich hätte die Nummer von deinem Ex raussuchen müssen, das war wirklich ein echter Mann, der hat nicht geweint, der hat nicht gezögert, dich und deine Kinder zu verprügeln, wirklich ein toller Kerl, dein Tobias, damit kann ich aber nicht dienen. Wo ist der überhaupt? Seine Kinder interessieren den doch einen Scheiß. Verantwortung, nein danke. Ein mieser Vater, aber ein toller Mann. Ist es das, was du willst? Kaum hatte ich meinen Frust rausgebrüllt, kam ich mir selbst wie ein prügelnder Mann vor, nur dass ich nicht mit der Hand, sondern mit meinem Mundwerk zugeschlagen hatte. Nein, ich war kein männlicher Mann. Warum sollte ich es auch sein? Von diesen Typen gab es genug in der Welt. Nina baute sich vor mir auf. Du Sackgesicht, du Dreckschwein, schrie sie, und wahrscheinlich hätte sie mich noch mit anderen Schimpfwörtern bedacht, wenn es in diesem Moment nicht geklingelt hätte. Erschrocken hielt sie inne, ich ging zur Tür, und als ich sie öffnete, standen Grete und Leonie vor mir. Was ist denn bei euch los, fragte Leonie, und ich sagte, wir hätten uns gestritten, wer die besseren Apfelpfannkuchen backen würde, ich oder eure Großmutter. Grete lachte, so gut seien die von Oma auch wieder nicht, darüber müsse man nun wirklich nicht streiten. Nina stürzte aus dem Wohnzimmer und umarmte die beiden. Ich fragte, wo denn Oma und Opa seien, und dann hörte ich auch schon die Stimme meiner Mutter und das Stöhnen meines Vaters, der sich in den dritten Stock quälte. Die Kinder hatten Heimweh, sagte Mutter. Leonie und Grete liefen in ihre Zimmer, zogen Bücher aus den Regalen, Spielsachen aus den Schränken, als wollten sie überprüfen, ob noch alles da war. Mutter gab mir ihren Sommermantel, und zur Begrüßung sagte sie, hier müsse mal gründlich gelüftet werden. Ich half meinem Vater, die letzten Stufen heraufzukommen. Er lächelte. Das Knie, sagte er, ich kann nur hoffen, dass ich dir dieses Knie nicht vererbt habe. Vater ließ sich ins Wohnzimmer führen, Mutter ging in die Küche. Kaum sind die Kinder mal nicht da, hörte ich sie rufen, geht hier das Lotterleben los. Teller schepperten,

Messer und Gabel landeten im Besteckkasten. Sie tat das, was sie am liebsten tat, sie räumte auf. Nina verschwand im Badezimmer. Sie wolle sich kurz umziehen. Als sie wieder auftauchte, trug sie immer noch dieselben Klamotten. Stattdessen hatte sie sich geschminkt. Der tiefrote Lippenstift gefiel mir. Ich dachte an meine ersten Discobesuche und daran, dass ich meine Lippen damals auch mit einem kräftigen Rot angemalt hatte. Allerdings war die Farbe nicht so perfekt aufgetragen wie bei Nina, sondern leicht verwischt. Ganz im Stil von Robert Smith.

Wir folgten Mutter in die Küche. Die Geschirrspülmaschine, stöhnte Nina, ja, wir sind einfach nicht dazu gekommen. Vater lachte und meinte, es gebe ja auch Wichtigeres als eine aufgeräumte Küche. Was denn? fragte ich, woraufhin Nina mir einen bösen Blick zuwarf. Vater nahm mich an die Hand und schob mich ins Wohnzimmer. Die Ärzte haben mich aufgegeben, mein Junge, auch eine Operation würde meinem Knie nicht helfen, sagte er, nachdem er sich auf dem Sofa niedergelassen hatte. Geh doch zu einem anderen Arzt, schlug ich vor, aber Vater entgegnete, er sei schon bei drei Ärzten gewesen, er müsse sich wohl damit abfinden, bald im Rollstuhl zu sitzen, und dann bat er mich, nicht länger über sein Knie zu reden, das mache ihm nur schlechte Laune. Nina und Mutter kamen mit Tee und Gebäck ins Wohnzimmer, und kaum hatten wir uns an den Tisch gesetzt, starrte Mutter auf Ninas Bauch, und als ich den Tee ausschenkte, konnte sie sich nicht mehr zurückhalten und fragte, ob sie gratulieren dürfe. Nina schüttelte den Kopf. Mutter schien nicht glauben zu wollen, dass sie sich geirrt hatte. Ja, sagte ich, Nina ist schwanger, aber das Kind ist krank. Mutter hielt sich die Hand vor den Mund. Was hat es denn? wollte Vater wissen, und Nina schüttelte noch heftiger den Kopf, was mich wiederum nicht abhielt, eine Antwort zu geben. Trisomie 13, sagte ich. Als ich das aussprach, ging es mir besser. Ich fühlte mich erleichtert und wiederholte die Diagnose gleich noch einmal. Es schien, als wüssten meine Eltern, was Trisomie 13 bedeutete, und selbst wenn sie es nicht wussten, ahnten sie zumindest, dass ihr Enkelkind nie normal würde leben können, wenn es denn überhaupt auf die Welt käme. Wir mussten nicht über weitere Einzelheiten sprechen, dreimal das dreizehnte Chromosom, das war schlimm, ganz schlimm, tödlich. Nein, flüsterte Mutter mit weinerlicher Stimme, und Vater schaute mich an, als wäre er dafür verantwortlich, und ich wartete darauf, dass er mich fragte, wie es meinem Knie gehe, als wäre ein kaputtes Knie schon ein Hinweis auf irgendwelche Erbkrankheiten.

Mutter holte tief Luft, um dann, wie befürchtet, von ihren drei Fehlgeburten zu reden. Sie empfahl Nina, einfach nicht mehr zu Ärzten zu gehen. Das wird die Natur schon richten, sagte sie. Wenn ich auf die Ärzte gehört hätte, wäre mein Jan nie auf die Welt gekommen. Da war er wieder, der Satz, der meine Jugend begleitet hatte, nur ging es dieses Mal nicht um mich, sondern um mein Kind, und ich hätte nie gedacht, dass ich diesen Satz mal mit anderen Ohren hören würde, nämlich mit den Ohren eines Vaters, der um sein Kind bangt: Ja, einfach nicht mehr zum Langenfeld gehen, warum denn nicht. Aber ich traute mich nicht, das auch zu sagen, ich war ein Mann, der männlich zu sein, also wenn es um die schwangere Frau ging, die Klappe zu halten hatte. *Das Baby ist in meinem Bauch, also werde letzten Endes ich entscheiden. Verstehst du das? Der du doch für alles immer Verständnis hast?* Ninas Worte würde ich wohl nie mehr vergessen. Nein, für diese Haltung hatte ich kein Verständnis. Auch meine Mutter ließ nicht locker, sie wiederholte ihre Warnung, bloß keinen Arzt aufzusuchen, ein paar Mal zu oft, sodass Nina sich nicht mehr zurückhalten konnte und ihrerseits in einen Monolog verfiel, der mit Beleidigungen und Sprüchen durchsetzt war, die man aus Fernsehdebatten kannte. Ihr Bauch gehöre ihr, basta, und überhaupt, sie werde meinen Eltern den Umgang mit Grete und Leonie verbieten, weil sie davon ausgehen müsse, dass Frau Menzler – plötzlich sprach Nina von meiner Mutter in der dritten Person – nicht davor zurückschrecke, auch Grete und Leonie mit solchen Giftspritzen gegen die Ärzteschaft zu impfen.

Es war zum Verrücktwerden, ich wusste nicht, was ich tun sollte, denn ich konnte Nina doch keinen Tritt unter dem Tisch verpassen, zumal ich ihren Ärger teilte. Meine Mutter hätte, nachdem sie ihren Vorschlag unterbreitet hatte, die Natur entscheiden zu lassen und keine weiteren Untersuchungen wahrzunehmen, nichts mehr sagen müssen, so aber hatte sie mit ihrem Rundumschlag alles beschädigt, was ihr wichtig war. Von wegen Oma und Opa, schimpfte Nina weiter, dieses Rollenspiel sei jetzt vorbei. Ich wusste, dass ihr solche Drohungen schon bald leid taten, da glich sie meiner Mutter, aber in diesem Moment wehrte sich Nina gegen die Überheblichkeit einer Besserwisserin. Sie verteidigte sich, indem sie angriff, wollte verletzen – und verletzte. Mutter war entsetzt, nicht nur weil ihr Grete und Leonie ans Herz gewachsen waren. Sie begriff nicht, was Nina aufregte, hatte kein Gespür für die Gefühle ihrer Schwiegertochter, die wiederum nicht über die Ignoranz einer alten Frau hinwegsehen konnte. Tatsächlich war es Nina gewesen, die ihren Kindern immer und immer wieder gesagt hatte, Hertha und Georg seien die besten Großeltern der Welt, Verwandtschaft hin oder her. Jetzt warf sie ihnen die Nichtverwandtschaft vor. Ich fragte mich, warum Nina in diesem Moment nicht an Grete und Leonie dachte, die sich freuten, dass es meine Eltern gab. Zumal Nina mit ihren eigenen Eltern seit Jahren kein Wort mehr sprach, weil die es gewagt hatten, den prügelnden Tobias, den echten Vater ihrer Kinder, zu kritisieren. Mutter blickte mich an, als wäre es meine Aufgabe, Nina ein Schreiverbot zu erteilen, und als ich das nicht tat, sagte Mutter: Georg, wir gehen! Sie erhob sich, Vater blieb sitzen. Er nahm meine Hand, ich hielt sie fest. Es war ein kleiner Glücksmoment in dieser traurigen Situation. Vater und Sohn in einer Notgemeinschaft. Die körperliche Nähe überraschte und rührte mich, denn Vater umarmte mich nie, weder zur Begrüßung noch zum Abschied, er gab mir, wenn wir uns lange nicht gesehen hatten, manchmal die Hand, wir sprachen auch nicht viel miteinander, wobei ich nicht behaupten konnte, dass wir ein schlechtes Verhältnis hatten. Ich nahm vielmehr an, diese Distanz zwischen Vater und Sohn sei normal.

Heute ist kein schöner Tag, sagte Leonie, als sie ins Wohnzimmer kam und ihrer Oma den Fluchtweg versperrte. Könnt ihr endlich mal aufhören zu streiten? Mama, freust du dich denn gar nicht, dass wir wieder da sind? Doch, doch, mein Kleines, sagte Nina. Leonie schien zu merken, welche Macht ihre Worte besaßen, und so erinnerte sie an den Kirschkuchen, den Oma gebacken hatte und den sie endlich probieren wollte. Ich mache Kaffee, sagte ich und bat Mutter, doch bitte die Teller und Tassen aus der Vitrine im Flur zu nehmen. Es war das Geschirr meiner Urgroßeltern, und Mutter hatte sich immer gefreut, wenn wir es ihr zuliebe benutzten. Schweigend kam sie meiner Bitte nach. Leonie lächelte und kostete ihren Triumph auch an der Kaffeetafel aus, indem sie in aller Ausführlichkeit erzählte, was sie und Grete bei den Großeltern angestellt, wie sie etwa eine Ratte im Keller gejagt und wie sie die Kirschen in Omas Garten gepflückt hätten. Grete plapperte nach, was ihre große Schwester sagte, allerdings mit wenigen, sehr komischen Änderungen, und so kam heraus, dass die beiden nicht nur das Sandmännchen vor dem Zubettgehen angeschaut, sondern auch die Großeltern beim nächtlichen Fernsehgucken beobachtet hatten. Das glaube ich dir nicht, sagte Vater, aber Leonie konnte den Heimatfilm, den meine Eltern gesehen hatten, so anschaulich nacherzählen, dass kein Zweifel bestand und auch klar war, warum die Mädchen am folgenden Morgen so lange geschlafen hatten. Nina lachte, Mutter schien sich über Leonies Filmbeschreibung ebenfalls zu amüsieren, und so gelang den Kindern, was die Erwachsenen nicht geschafft hatten. Wir plauderten über Heimatfilme und die Frage, was denn schöner sei, Berge oder Meer, tauschten Belanglosigkeiten über die anhaltende Trockenheit und den Klimawandel aus, und ich wünschte mir, so leicht und respektvoll auch über Emma zu sprechen, obwohl ich wusste, dass dies nicht möglich war. Warum erzählten wir den Kindern nicht von Emmas Krankheit? Wollten wir sie oder uns schonen? Sollten wir ihnen das Schicksal ihrer Schwester verheimlichen? Vielleicht fanden Leonie und Grete die sehr viel besseren Worte für das, was uns so traurig machte. Vielleicht hatten sie Verständnis für unsere Streitereien. Doch der Nachmittag verging, ohne dass wir über Emma sprachen; die Kinder lachten viel, und ich freute mich, als Nina meine Eltern einlud, zum Abendessen zu bleiben, aber Vater sagte, er sei noch zum Skatspielen verabredet. Als Mutter zur Tür ging, flüsterte Nina ihr etwas zu, das ich nicht hören konnte, aber es musste gewirkt haben, denn Mutter und Nina umarmten sich.

Leonie und Grete spielten mit ihren Puppen im Wohnzimmer, während Nina und ich die Küche aufräumten. Nina schaltete das Radio ein. Die Popmusik, die gespielt wurde, schien sie nicht zu mögen, denn sie suchte, kaum war die aufgekratzte Stimme der Sängerin zu hören, einen neuen Sender, aber auch mit der klassischen Musik war sie nicht zufrieden. Sie blieb schließlich bei einem Wortprogramm hängen. Es ging um einen Künstler, den Nina kannte, und als der Radiokritiker die Eigenart des Malers beschrieb, Motive hinter einem Grauschleier zu verstecken, sagte ich: Was für ein Zufall, dass heute ausgerechnet die Kunst besprochen wird, die unser Pränataldiagnostiker im Besprechungszimmer hängen hat. Nina schüttelte entgeistert den Kopf und erklärte mir den Unterschied zwischen den Nebelwerken in Langenfelds Praxis und den Bildern mit Grauschleier, die im Radio vorgestellt wurden. Ich kam mir wie ein Banause vor, was mich weniger störte als das Angstgefühl, das mich überfiel, der Nebel könne wiederkommen, hier und jetzt. Schnell lief ich ins Wohnzimmer, schaltete die Anlage ein. *»Show me how you do that trick« / »The one that makes me scream« she said / »The one that makes me laugh« she said.* Das Lied habe ich lange nicht mehr gehört, sagte Nina, als ich wieder in die Küche kam. Ich lächelte. Nirgendwo war Nebel. Ich bringe mal den Müll runter, sagte ich, und als ich mich bückte, um den Abfallsack aus dem Eimer zu ziehen, legte Nina ihren Kopf auf meinen Rücken. Das war ein so schönes

Gefühl, dass ich die Mülltüte sofort losließ. *You / Soft and only / You / Lost and lonely / You / Just like heaven.* Ihr Kopf wärmte meinen Rücken, und ich atmete tief ein und aus. Mit jedem Luftzug entspannte sich meine Rückenmuskulatur, die sich in den vergangenen Tagen versteift hatte. Ninas Nähe tat mir gut, auch wenn die Schmerzen im Nacken nicht verschwanden. Ich drehte mich um, nahm sie in den Arm. *You / Soft and only / You.* Nina führte ihren Mund zu meinem, und ihre Küsse nahmen das Druckgefühl aus meinem Körper, das ich weder beschreiben noch genauer lokalisieren konnte. Mir war aber endgültig klar, dass ich nicht nur zur Massage gehen musste, sondern andere Hilfe brauchte. Wenn schon Nina nicht zu der Therapeutin gehen wollte, musste ich es tun. Guck mal, die küssen sich, rief Grete, aber Leonie schien sich nicht für uns zu interessieren, sodass auch Grete wieder ins Wohnzimmer ging. Nina lehnte sich zurück, schien über etwas nachzudenken. Es tut mir leid, wie ich mich deiner Mutter gegenüber verhalten habe, sagte sie nach einer Weile. Es ist, als spricht da noch eine andere Person aus mir heraus, ich weiß auch nicht, aber ich glaube, ich werde doch mal …, Nina wurde unterbrochen, es klingelte wieder. War Vaters Skatrunde abgesagt worden?

Die Kinder öffneten die Tür, und vor ihnen stand Nachbarin Lübbe, deren Stimme ich gleich erkannte. Bevor ich etwas sagen konnte, beschwerte sie sich, wir hätten immer noch nicht die Biomülltonne vor die Tür gestellt, obwohl der Müllwagen morgen früh vorbeikäme. Im Mietvertrag sei doch ganz genau festgeschrieben, welche Mietpartei in welcher Woche den Mülldienst zu erledigen habe, und wenn die Tonne nicht draußen stünde, dann würde der Müll nicht mitgenommen und eine teure Ersatzleerung müsse organisiert werden. Ich nickte. Sie holte tief Luft. Außerdem soll in dieser Woche auch noch der Hof gekehrt werden. Das letzte Mal haben Sie das auch vergessen, zeterte Frau Lübbe weiter, und die Kinder verzogen sich kichernd in ihre Zimmer. Ich versprach, mich um alles zu kümmern, was Frau Lübbe offenbar bezweifelte, denn sie kündigte an, notfalls noch einmal vorbeizukommen. Das werden Sie ganz bestimmt nicht tun, sagte ich gereizt. Sie sind hier nicht der Blockwart. Frau Lübbe lief rot an. Und was sind Sie? Ein rücksichtsloser Kerl. Sie denken nur an sich. Haben Sie schon mal überlegt, was es für mich heißt, wenn die Tonne nicht rausgestellt und der Biomüll nicht abgeholt wird? Der Müll stinkt von Tag zu Tag mehr, und der Gestank zieht vom Hof in meine Wohnung, ja, das bekommen Sie hier im zweiten Stock nicht mit, aber ich kann im Sommer nicht die Fenster zum Hof öffnen, wenn der Müll so stinkt. Sie wurde mit jedem Wort, das sie sagte, etwas leiser. Sie schien nicht wirklich die Kraft zu haben, mich an meine Versäumnisse zu erinnern, und nachdem ich sie gefragt hatte, ob das alles sei, ging ich an ihr vorbei, hinab in den Hof, um sofort die Biotonne auf den Gehweg zu stellen, auf dass die Müllabfuhr nur nicht vergaß, die stinkenden Abfälle mitzunehmen. Sie haben aber eine feine Nase, sagte ich, als ich von meinem Mülldienst zurückkehrte. Frau Lübbe stand noch in der Tür. Sie waren auch schon mal netter zu mir, entgegnete sie leise. Ich kann doch nichts dafür, dass Sie sich mit Ihrer Frau andauernd streiten. Sagen Sie nicht wieder, ich sei ein Blockwart, ich will das doch nicht hören, und ich will auch nicht wissen, worüber sie streiten, aber ich kann gar nicht weghören, so laut sind Sie. Ich will auch nicht wissen, wie krank ihr Baby ist, aber ich weiß es, weil Sie Selbstgespräche führen, hier im

Flur. Sie bemerken es nicht einmal, wenn ich neben Ihnen stehe. Soll ich mir Stöpsel in die Ohren stecken, sobald Sie auftauchen? Nein, natürlich nicht, sagte ich nun ebenfalls mit gedämpfter Stimme, entschuldigen Sie bitte, und Frau Lübbe schaute mich verständnisvoll an.

Als ich mich schon abgewandt hatte, lud sie mich auf eine Tasse Kaffee ein. Wenn Sie mal mit jemanden reden wollen …, sagte sie, und weil mich das rührte, nickte ich. Frau Lübbe ging davon aus, ich hätte ihre Einladung angenommen. Dann können Sie mir auch mal erzählen, sagte sie, welche Lieder Sie in letzter Zeit singen. Ja, das sei ihr auch aufgefallen, immer dieselben englischen Lieder! Auch wenn ich mir nicht vorstellen konnte, mit Frau Lübbe über The Cure zu sprechen, machte sie mich doch neugierig, da sie sich sogar die Zeilen eines Liedes gemerkt hatte, das ich wohl zu oft gesungen hatte: *The words all left me / Lifeless / Hoping / Breathing like the drowning man.* Mein Englisch ist nicht so gut, sagte Frau Lübbe und lächelte verschmitzt. Ich mag die anderen Lieder lieber, die mit den Trompeten und dem Gequieke! Frau Lübbe schien sich bei The Cure gar nicht so schlecht auszukennen. Ich verabschiedete mich und versprach ihr, auf jeden Fall mal auf einen Kaffee vorbeizukommen. Ihre Gesänge und Selbstgespräche hören sich an, als wären Sie sehr einsam, sagte Frau Lübbe und verzog sich in ihre Wohnung. Sie ließ mich etwas ratlos zurück. Hatte sie recht? Tatsächlich sehnte ich mich nach Gesprächen, die ich nicht mit mir selbst führte. Ich wollte mehr reden, über Emma und mich, über meine Gefühle und Ängste, ich wollte mit Stefan sprechen, vielleicht mit meinen Freunden in Berlin, Tanja und Richard, ich wollte reden und reden und durfte mich nicht länger in meinem Gefühlsnebel verirren.

Ich würde zu der Therapeutin gehen. Ich nahm mir vor, auch mit Nina mehr zu reden. *Das Baby ist in meinem Bauch, also werde letzten Endes ich entscheiden.* Das kann doch nicht das letzte Wort gewesen sein, dachte ich, während ich die Treppe hinaufging.

Als ich oben ankam und Nina lächelte, wahrscheinlich über die gute Frau Lübbe, nahm sie mich an die Hand und holte beide Kinder ins Wohnzimmer. Auch Nina wollte reden. Wisst Ihr was? sagte sie. In meinem Bauch ist ein Baby. Und es ist ein Mädchen. Grete sagte: Wow! Und Leonie wollte wissen, ob wir schon einen Namen ausgesucht hatten. Ich sah, wie Nina zögerte. Wir haben sie Emma genannt, erklärte ich, und Leonie schien der Name zu gefallen. Sie ging durch das Wohnzimmer und trällerte: Wir bekommen eine Emma, wir bekommen eine Emma! Grete wollte Leonies überschwängliche Freude nicht teilen, denn nach ihrem ersten Erstaunen erkundigte sie sich gleich, in welchem Zimmer das Baby schlafen werde. Gerade wollte ich antworten, Emma werde die ersten Nächte ganz bestimmt bei uns im Elternbett liegen, als Nina ihre Mimik änderte. Grete bemerkte das sofort. Nein, sagte sie, bei mir schläft sie später nicht, woraufhin Nina ihr zusicherte, Emma werde ganz bestimmt nicht in ihrem Zimmer schlafen. In meinem auch nicht, rief Leonie gelangweilt; sie schien sowieso nicht damit zu rechnen. Leider muss ich euch noch etwas sehr Trauriges sagen, unterbrach Nina die Zimmerdiskussion. Die kleine Emma ist leider sehr krank, möglicherweise wird sie gar nicht auf die Welt kommen. Mehr sagte Nina nicht, sie kämpfte mit den Tränen, was auch die Kinder sahen. Leonie starrte betroffen auf den Bauch ihrer Mutter, und Grete suchte die Hand ihrer älteren Schwester. Wir haben das nicht so gemeint, die Emma darf natürlich in meinem Zimmer schlafen, sagte Leonie. Grete nickte heftig. Auch in meinem, schoss es aus ihr heraus. Was ist das für eine Krankheit? wollte Leonie wissen, und Ninas Blick verriet mir, dass sie nicht wusste, was sie ihren Töchtern sagen sollte. Ich zögerte, holte tief Luft und begann von einem Bauplan zu sprechen, der nicht stimmte. Wie bei Andy? ging Grete dazwischen, und ich sah an Ninas erstauntem Blick, dass sie gar nicht wusste, dass Andy eine Lego-Figur war, mit der Grete auch deshalb so gerne spielte, weil die Figur fehlerhaft produziert worden war. Ich wollte Emma nicht mit einem Spielzeug vergleichen, aber ich nickte trotzdem, um Grete das Verständnis zu erleichtern. Emma hat keine Beine? fragte Grete daraufhin entsetzt, doch ich konnte sie beruhigen, die Beine seien da. Für andere Fehler im Bauplan schien sich Grete dann nicht mehr zu interessieren. Leonie schon. Weil ich nicht beschreiben wollte, was eine Lippen-Kiefer-Gaumen-Spalte ist, weil ich nicht von einem blinden und tauben Kind reden, weil ich Emma nicht zum Monster machen wollte, sprach ich von einem Herzfehler, der sehr gefährlich sei. Kann man den nicht reparieren? beschwerte sich Grete, Andy sei auch repariert worden. Das Baby ist nicht aus Lego, zischte die große Schwester. Grete verzog ihr Gesicht. Weiß ich, brüllte sie. Aber ich weiß nicht, wie viele Lego-Steine in deinem Kopf sind, denn da ist auch was nicht in Ordnung. Ich war beeindruckt von Gretes Schlagfertigkeit, und auch Nina lächelte.

Jetzt hört mal zu, ihr Streithennen! sagte sie. Es gibt eine Lego-Welt und eine Menschen-Welt, und beide sind ganz unterschiedlich. Papa hat mit dem Vergleich nur erklären wollen, dass Emma nicht so gesund ist wie ihr. Sie wird wahrscheinlich nie mit Lego spielen können. Wieso denn nicht? fragte Leonie betroffen, und ich antwortete, wir wüssten das auch nicht, aber kaum hatte ich das gesagt, kam ich mir auch wie eine Lego-Figur mit defektem Bauplan vor: Da war wieder das große T und die Möglichkeit, dass Emma das Chromosom, das zu viel war, von mir geerbt haben konnte. Nina setzte sich mit den Kindern aufs Sofa und las Ihnen eine Pippi-Langstrumpf-Geschichte vor. Der ungeheure Optimismus der Heldin munterte die beiden auf, Emma und ihr kaputter Bauplan waren erst einmal vergessen. Ich ging ins Badezimmer, versteckte mich in der Duschkabine, um ungestört übers Handy ins Internet zu gehen. Ich fütterte die Suchmaschine mit den Begriffen Translokation und Trisomie 13, und es dauerte nicht lang, bis ich wieder die einschlägigen Seiten aufgerufen hatte. In der Dusche sitzend, las ich Texte über Mutationen, die ich schon zigmal gelesen hatte, nur dieses Mal wirkten sie anders, zumindest achtete ich auf Hinweise, die mir Hoffnung gaben. Vielleicht litt Emma unter einer partiellen Trisomie und nur ein kleiner Chromosomenabschnitt lag verdreifach vor, damit wären, schrieb ein Arzt, die Symptome weniger stark ausgeprägt. Ja, rief ich in der Dusche, Emma hat eine Chance. Warum habe ich Langenfeld nicht zugehört, als er mir das Ergebnis der Chromosomenanalyse erläutern wollte? Scheiße, er hat mir bestimmt sagen wollen, dass es Hoffnung gibt, nur war ich zu blöd, ihn ausreden zu lassen! Verdammte Scheiße, hörte ich mich brüllen und dachte an Nachbarin Lübbe, die meine Selbstgespräche belauschte. Ich lachte bitter. Was war überhaupt peinlich an einem Selbstgespräch? Waren Menschen, die mit sich selbst sprachen, tatsächlich verrückt oder einsam oder beides zugleich? Und wenn schon, dachte ich, wer zum Selbstgespräch überhaupt in der Lage war, konnte so verrückt gar nicht sein, und was war auch schon schlimm am Verrücktsein? *The words all left me / Lifeless / Hoping / Breathing like the drowning man.* Ich stellte das Wasser an und spürte schon bald die Feuchtigkeit in meinen Klamotten. Ich warf das Handy, das auch schon ein paar Tropfen abbekommen hatte, auf die Duschmatte, so vernünftig war ich dann doch. Das Wasser prasselte auf meinen Kopf, und ich bewegte mich nicht, bis Leonie ins Bad kam, weil sie auf Toilette musste, aber sie rannte gleich wieder schreiend raus, sodass bald auch Nina und Grete vor mir standen. Ist heute Waschtag? frotzelte Nina. Nein, gab ich zurück, wahrscheinlich habe ich Lego im Kopf. Grete lief sofort zu ihrer Schwester, um die Neuigkeit zu verkünden. Lego im Kopf? Ich hörte Leonies Stimme. Ach, was. Der spinnt nur ein wenig. Das tun doch alle Erwachsenen. Grete kam zurück ins Badezimmer, als Nina mir half, die nasse Jeans auszuziehen. Ich will bald erwachsen sein, sagte Grete. Darf ich dann auch duschen, ohne mich auszuziehen? Nina lachte. Wenn du das unbedingt willst, kannst du das heute schon mal ausprobieren. Ich mache ja ohnehin gleich den Trockner an. Das ließ sich Grete nicht zweimal sagen, und ich richtete den warmen Wasserstrahl auf ihr buntes Sommerkleid. Sie quiekte und lachte. Noch mehr, noch mehr, sagte sie, und dann kam auch Nina in die Dusche, mit T-Shirt und Rock, auch sie wollte nass gemacht werden, und Grete quiekte und lachte noch lauter, bis Leonie auftauchte und sagte: Haben denn hier alle Lego im Kopf?

Als ich am nächsten Morgen ins Büro kam, war Stefan noch nicht da. Ich ging in die Küche, schaltete die Espresso-

Maschine ein und warf eine Aluminiumkapsel in das Gerät. Nach der Aufwärmphase ein Knopfdruck, schon war der Kaffee in der Tasse, die ich gleich in die Hand nahm, um meine Hände zu wärmen. Es war kalt und nass geworden mitten im Hochsommer; in den Bergen hatte es sogar geschneit. Ich betrachtete die Kaffeekapseln in der Vorratsschachtel und begann mir vorzustellen, wie es wohl wäre, wenn man auch Gefühle, Stimmungen oder Haltungen in Kapseln konservieren könnte. Niemand tränke Kaffee am Morgen, da war ich mir sicher, auch ich würde jetzt auf die bitter-süße Brühe verzichten, ich nähme jetzt, wenn es denn ginge, eine Kapsel Mut und ganz bestimmt auch eine Dosis Zuversicht. Bald würde Stefan kommen, und ich fürchtete mich vor dem Gespräch. Ich wollte unsere Geschäftspartnerschaft endlich beenden, und ich wusste, was ich sagen musste, damit er meinen Wunsch auch akzeptierte. Ich schlich in sein Zimmer und blickte auf den Schreibtisch, sah zahlreiche Vermittlungsverträge, unter anderem auch Unterlagen zu Ruths Haus am Flughafen. Ich blätterte darin und stellte fest, dass meine Ersteigerung annulliert worden war, weil ich die Sicherheit nicht hinterlegt hatte. Die Bank hatte sich in der Zwischenzeit offenbar mit Ruth, dem Insolvenzvollstrecker und einem Käufer geeinigt. Eine erneute Versteigerung war nicht nötig, und das Haus gehörte nun einem Maximilian Weber. Ich überlegte, warum der neue Besitzer nicht ein anderes Haus ohne Flugzeuglärm ausgewählt und sich sogar auf die relativ hohe Kaufsumme eingelassen hatte. Überall wurden preiswertere und ruhigere Immobilien angeboten. In den Papieren waren auch keine Sonderprovisionen vermerkt, nicht einmal die Bank schien mehr von Ruths Zahlungsunfähigkeit profitieren zu wollen. Ihre Schulden wurden mit der Summe verrechnet, die Maximilian Weber bereits überwiesen hatte. Dann fand ich den Ausdruck einer Mail und die Begründung für den guten Ausgang der Geschichte: Weber hatte ein Haus in unmittelbarer Nähe des Flughafens gesucht. Um von der Terrasse aus beobachten zu können, was er jahrzehntelang selbst getan hatte, nämlich Flugzeuge zu fliegen. Der Mann war Pilot und wollte, so schrieb er in der Mail, auch in seinem *Ruhestand die berauschende Unruhe eines Flughafens* nicht missen. Gerade legte ich die Akte zur Seite, als Stefan hereinkam, vom Regen durchweicht, aber gut gelaunt.

Schön dich zu sehen, sagte er. Aber was machst du da? Eine Betriebsprüfung? Ich lachte, und bevor ich ihm erklären konnte, warum ich vor seinem Schreibtisch stand, warf er mir die Flughafenhausakte mit der Bemerkung zu, die Frau habe wirklich Glück gehabt. Prima, nuschelte ich und verließ Stefans Zimmer. Er lief mir hinterher. Schade nur, dass wir leer ausgegangen sind, sagte er, und ich wunderte mich, wie gelassen er seinen Vorwurf aussprach. Jetzt eine Kapsel Mut, dachte ich. Wir standen im Flur unserer Büroetage, und Stefan nahm wohl an, dass ich wieder über meinen Ausstieg reden wollte. Das Baby in Ninas Bauch hat Trisomie 13, begann ich, und falls du weißt, was das bedeutet, kannst du vielleicht auch nachvollziehen, warum ich keine Lust habe, mich mit irgendwelchen Immobilien zu beschäftigen. Er lief in die Küche und rief: Du hast keine Lust, das ist ja schön! Ich hörte, wie er eine Kapsel in den Automaten legte. Doch bevor der Kaffee fertig war, kam er zurück und starrte mich an: Was hast du gesagt? Trisomie 13? Ich nickte, und er setzte sich auf einen Sessel im Flur, den wir gekauft hatten, als wir noch hofften, wir bekämen so viel Laufkundschaft, dass ein Wartebereich mit Sesseln nötig wäre. Von einem Moment zum nächsten wurde sein Gesicht aschfahl. Ich erzählte ihm von den Besuchen beim Langenfeld, von den Diagnosen und Prognosen. Von Zahlenverhältnissen und vermeintlichen Gewissheiten. Alles, was ich über Trisomie 13 inzwischen gelernt hatte, trug ich vor. Er schien auch alles hören zu wollen. Jedes Detail interessierte ihn, und ich war froh, mit ihm über Herzfehler und Gaumenspalten zu reden. Als ich von den Streitereien mit Nina berichtete, von unseren Meinungsumschwüngen und meiner Angst, verrückt zu werden, nahm er seine Geldbörse zur Hand, eine seltsame Metallschatulle, über die ich mich oft gewundert hatte, weil sie so unpraktisch dick war. Er hatte sie immer bei sich, und zwar im Jackett, weil sie in keine Hosentasche passte. Du wirst schon nicht verrückt, sagte Stefan, und ich wunderte mich, warum er sich so sicher war. Bevor ich ihm von den Nebelschwaden und meinen exzessiven Fluchten in die Musik meiner Jugend erzählen konnte, öffnete er die Schatulle und holte ein Bild hervor.

Das ist Evi, sagte er mit einer ungewöhnlich weichen Stimme, und ich fragte mich, ob es wirklich Stefan war, der da sprach. In seiner Schatulle schien er viel mehr als ein Foto eingekapselt zu haben. Wir, sagte er und machte eine kurze Pause, wir waren zusammen, als wir Abi machten. Sie wurde schwanger, weißt du, wir waren so jung, und als ich mich zu ihm setzte, schüttelte er den Kopf, nein, so jung war ich auch wieder nicht, ich meine, Evi und ich wussten wirklich nicht, was wir tun sollten, das war eine große Scheiße, diese Blicke der Eltern, die Vorwürfe. Ob wir unser Leben wegwerfen wollen, haben sie uns gefragt, was für eine blöde Frage, natürlich wollten wir das nicht, aber wir wollten auch nicht das Leben in Evis Bauch wegwerfen, weil wir uns auf das Baby gefreut haben, was uns niemand geglaubt hat, so eine bekloppte Situation. Evis Eltern wären am liebsten sofort zu einem Abtreibungsarzt nach Holland gefahren, aber Evi hat sich geweigert, wir beide sind daheim ausgezogen, mit achtzehn. Wir sind in ein dunkles Kellerloch geflohen, haben uns Mut gemacht, wir werden das schaffen, und vielleicht hätten wir das auch geschafft, aber der Preis war für Evi zu hoch. Sie wollte nicht Mutter werden und gleichzeitig ihre eigenen Eltern verlieren, und dann ist sie doch nach Holland gefahren. Auch meine Eltern waren erleichtert. Wenigstens Evi ist vernünftig, haben sie gesagt. Stefan begann zu weinen, und das irritierte mich noch mehr als das, was er mir erzählte. Alles ging so schnell, flüsterte er, Baby weg, Evi weg, Eltern weg. Als ich meinen Arm auf seine Schultern legte, lachte er bitter. Er wolle mich nicht mit dieser Scheiße belästigen. Und dann flenne ich auch noch. Soll nicht wieder vorkommen, sagte er. Ach was, entgegnete ich. Warum nicht flennen, wenn einem danach ist? Du kannst dir nicht vorstellen, wie oft ich das in letzter Zeit getan habe. Mir fiel auf, dass Stefan ohnehin nicht *flennte*. Sein Weinen war leise und zart; es passte nicht zu dem Mann, den ich kannte. Ich dachte an unsere Studienzeit und die vielen Gespräche mit Rinderschmorbraten. Die Geschichte mit Evi hatte er nie erwähnt.

Stefan stand auf und reichte mir die Hand. Diese Geste trieb auch mir wieder Tränen in die Augen. Vielleicht gründen wir eine Männergruppe für Heulsusen, meinte Stefan, und nun lachten wir beide. Hast du noch Kontakt zu Evi? fragte ich nach einer Weile, und Stefan stöhnte laut. Musst du mir nicht erzählen, schob ich nach, und er gab mir zu verstehen, dass er auch nicht viel erzählen könne: Sie ist nach der Abtreibung in Holland wieder bei ihren Eltern eingezogen, gutes Abi, schnelles Studium, sie ist Lehrerin geworden, hat einen Lehrer geheiratet, zwei Kinder. Manchmal treffen wir uns. Wir sitzen dann ein paar Stunden in einem Café und reden über die Vergangenheit. Der Mann weiß nichts davon, ist schon merkwürdig. Aber wahrscheinlich besser so. Neulich hat sie mir ein Foto ihres ältesten Sohnes gezeigt, und soll ich dir was verraten? Der Bengel sieht mir ein wenig ähnlich, ist das nicht verrückt? Kommt darauf an, erwiderte ich. Wenn es dein Kind ist, halte ich gewisse Ähnlichkeiten für möglich. Nein, sagte er, als das Kind gezeugt wurde, war ich in Indien zur Meditation. Stefan schaute zur Decke, und ich staunte nicht schlecht. Von seiner Indienleidenschaft wusste ich auch nichts. Eigentlich wäre ich längst mal wieder dorthin geflogen, fuhr er fort, wenn unser Büro etwas mehr Geld abwerfen würde. Aber vielleicht läuft das Geschäft auch deshalb so schlecht, weil wir uns seit Jahren keine Auszeit genommen haben. Was meinst du? Lass uns nach Indien fahren! Stefan lachte. Indien? Kann ich mir gerade nicht vorstellen, sagte ich. Nein, nicht jetzt, entgegnete Stefan. Vielleicht in einem Jahr. Man muss sich doch auf was freuen, oder nicht? Ich nickte und fragte mich, welche Aussicht mir derzeit wirklich Freude bereitete. Dass ich mit dem Immobiliengeschäft aufhörte? Wenn es etwas gab, auf das ich mich wirklich freute, war es das Cure-Konzert. Viel war das nicht. Ich ging in mein Zimmer. Stefan folgte mir.

Als ich die Bilder von Leonie und Grete in meine Tasche packte, bat mich Stefan, bis zu einer gemeinsamen Indienreise nicht auszusteigen. Du meinst, man muss nur lange genug meditieren, um ein ordentlicher Immobilienhai zu werden, lästerte ich, aber Stefan ging nicht darauf ein. Er bat mich noch einmal, jetzt nicht alles einzupacken, und weil seine Stimme wieder weich wurde, stellte ich die Bilder zurück. Ich hörte die Espresso-Maschine, die mit einem Piepton signalisierte, sie werde sich jetzt ausstellen. Freundschaft geht besser ohne Kapsel, dachte ich, und ich nahm mir zum ersten Mal seit Jahren den Ordner mit den Bilanzen zur Hand. Ich brauchte eine Weile, um mich in die Zahlen einzuarbeiten, aber dann begriff ich, dass die Umsätze, wie Stefan erzählt hatte, geringer wurden, die Kosten allein fürs Büro aber deutlich gestiegen waren. Ich schaute mir auch unsere beiden Firmenkonten an, stieß in älteren Jahresabschlüssen auf erschreckende Ausgaben für monatliche Sollzinsen und wunderte mich über eine hohe Strafzahlung für säumige Gewerbesteuern. In den vergangenen Jahren allerdings schrieben wir schwarze Zahlen, obwohl die Vertragsabschlüsse weiter zurückgingen. Ich entdeckte Bareinzahlungen, die ich mir nicht erklären konnte. Hier mal zweitausend, dort mal dreitausend. Besonders auffällig waren die vielen kleineren Beträge, die in kurzer Zeit überwiesen worden waren. Neunzig Euro, vierzig Euro, siebzig Euro. Zwischendurch wurden tausend abgehoben. Woher das Geld kam und wohin es ging, war nicht auszumachen. Ich kramte weiter, und stellte fest, dass in jüngster Zeit erstaunlich hohe Bareinzahlungen und Abhebungen verbucht worden waren. Mich erstaunte, dass die Bank nicht misstrauisch geworden war, deuteten anonyme Transfers in dieser Größenordnung doch meistens auf Schwarzgeld hin. Mir kam Stefans Freund aus dem Golfclub in den Sinn: Hatte der Banker alles gedeckt, machten die beiden gemeinsame Sache? Stefan schien bester Laune zu sein. Er pfiff Charlie Parkers *Yardbird Suite*, und ich fragte mich, ob ihm sein Unterbewusstsein einen Streich spielte. Er mochte das Stück, das wusste ich, und er spielte es regelmäßig auf seinem Saxofon, aber es war doch kein Zufall, dass der Titel dem Knastleben gewidmet war. Wie kam das Geld auf unsere Konten? In welcher Kapsel trieb Stefan bloß sein Unwesen? Oder bildete ich mir etwas ein? Wie so oft in letzter Zeit. Ich dachte an unser Gespräch vor ein paar Minuten, an seinen Vorschlag, gemeinsam nach Indien zu fahren. Ich schaute auf die Uhr und legte die Unterlagen zur Seite. Stefan kam herein. Ich schwieg. Alles in Ordnung? fragte er. Denke schon, sagte ich und bemerkte, wie schlecht ich log. Lass uns doch heute Mittag zum Italiener gehen, schlug er vor. Geht leider nicht, sagte ich. Habe gleich noch einen Termin beim Pränataldiagnostiker. Ich ging zur Tür, ohne ihn anzuschauen. Alles wird gut, rief er mir hinterher. Ich blieb stehen. Dann umarmten wir uns, als sähen wir uns nie wieder. Habt ihr euch entschieden, ob …? Stefan sprach den Rest der Frage nicht aus, und so fiel es mir leichter, ihm eine ehrliche Antwort zu geben. Ja und nein, sagte ich.

Als ich ins Wartezimmer kam, lagen die Zeitschriften, die sonst akkurat gestapelt auf einem Beistelltisch waren, auf dem Boden verstreut. Aus einem Magazin waren sogar ein paar Blätter herausgerissen, und als ich mich bückte, um ein wenig aufzuräumen, kam Langenfeld ins Zimmer. Entschuldigen Sie bitte, das war mein Sohn, er mag offensichtlich keine Zeitschriften, in denen Babys abgebildet sind. Wieder schien eine geheimnisvolle Kapsel aufzugehen, denn dass Langenfeld ein Kind hatte, kam mir vollkommen unmöglich vor, er, der Pränataldiagnostiker, konnte gar nicht Vater werden, weil er doch jeden Test machen und bei jedem Embryo etwas finden würde, was einen Abbruch der Schwangerschaft rechtfertigte, oder? Langenfeld bat mich in sein Besprechungszimmer. Hatte der Mann etwa so viele Eizellen seiner Frau befruchtet, bis die Gene stimmten? Plötzlich schrie eine Frau: Kannst du endlich mal damit aufhören? Und ein Kind schrie zurück: Nein, nein, nein. Trotzphase, sagte Langenfeld und schloss die Tür. Wie geht es Ihrer Frau? fragte er. Na ja, antwortete ich. Und ärgerte mich, dass er sich nicht auch nach *meinem* Befinden erkundigte. Wir setzten uns.

Wie kann ich Ihnen helfen? wollte er wissen. Helfen? gab ich schnippisch zurück. Sie können meine Gene untersuchen und mir sagen, wie kaputt mein Erbgut wirklich ist. Ob mir das hilft, bezweifle ich zwar, ich will aber endlich wissen, was los ist. Langenfeld blickte in seine Unterlagen, holte den Stammbaum hervor, den er beim ersten Gespräch gezeichnet hatte. Fühlen Sie sich schuldig? fragte er, und ich wäre beinahe aufgesprungen, um hinauszulaufen, denn ich wollte hier nicht über meine Schuldgefühle sprechen, ich wollte meine Erbanlagen analysieren lassen. Das ist hier keine Praxis für Psychotherapie, oder doch? entgegnete ich, und weil Langenfeld nicht auf meine Bemerkung einging und wieder in seinen Unterlagen blätterte, stand ich nun doch auf. Nehmen Sie mir nun bitte das Blut ab, beschwerte ich mich. Oder soll ich mir daheim ein Stück Haut abschneiden und das dann irgendeinem Labor schicken? Es reicht ein wenig Speichel, sagte Langenfeld distanziert. *All it takes is just a little bit of a spit* … kennen Sie diesen Spruch? Das ist der Werbeslogan einer Firma, die im Internet einen Gentest verkauft, der garantiert billiger ist als meine Untersuchung. Was ich Ihnen anbiete, ist ein Gespräch über die Daten. Das hat mit Psychotherapie nicht viel zu tun, ich meine aber …, ich ließ Langenfeld nicht ausreden, mir ging dieses Weißkittelgehabe so sehr auf die Nerven, dass ich den Raum verließ, ohne mich zu verabschieden. Stattdessen rief ich: Sie können gar nicht nachempfinden, was es heißt, wenn etwas nicht stimmt mit den Chromosomen und Genen, wie wollen Sie mich beraten, was bilden Sie sich überhaupt ein? Ich lief durch den Flur der Praxis, und fast hätte ich ein Kind umgerannt, das aus dem Wartezimmer kam und eine Zeitschrift mit Babybildern in der Hand hielt. Entschuldigung, nuschelte ich und zog weiter, als das Kind wieder zu schreien begann: Nein, nein, nein. Ich drehte mich um und beobachtete, wie Langenfeld das Kind in den Arm nahm. Auch seine Frau tauchte auf. Verzeihen Sie die Störung, sagte sie, und wenn der Kleine nicht weiter gebrüllt hätte, wäre mir nicht aufgefallen, dass er anders aussah als die Zeitschriftenkinder, die der Kleine offenbar nicht mochte.

Das ist Lennart, sagte die Frau, und Lennart versteckte sich hinter den Beinen seiner Mutter. Er war viel älter, als seine Stimme vermuten ließ. Er war so groß wie ein Schulkind, aber er verhielt sich wie ein Junge, der gerade in den Kindergarten gekommen war. Nein, nein, nein, rief er wieder, und nun bemerkte ich auch, wie undeutlich er sprach. Ich sah sein rundliches Gesicht, die hangenden Augenlider. Ich heiße Jan, sagte ich, und er machte Grimassen, als wollte er mich erschrecken. Das war Langenfelds Sohn? Ein behindertes Kind? Ich hatte in diesem Moment nur einen Wunsch, ich wollte mich pulverisieren und in eine Kapsel pressen lassen. Ich stellte mir vor, wie heißes Wasser durch mich laufen würde, und ich wäre glücklich gewesen, als verbrauchte Kapsel im Müll zu landen. Mein Körper war verseucht von miesen Gedanken. Wie kamen bloß die vielen Vorurteile in meinen Kopf? Ich hatte nichts gewusst über Stefans Leben, ich kannte Nina kaum, Langenfeld war mir ein Rätsel, und ich hätte auch nicht sagen können, wer ich selbst war. Ich begann zu schwitzen, bekam Atemnot und fiel, wie man mir später erzählte, in Ohnmacht.

Als ich aufwachte, lag ich auf einem Sofa in Langenfelds Besprechungszimmer. Wie heißen Sie? fragte ein Mann, der sich als Notarzt vorstellte, und als ich meinen Namen sagte und außerdem noch wusste, welcher Wochentag war, verschwand der Arzt wieder. Langenfeld schien erleichtert zu sein. Ich war nicht tot. Aber in mir war alles leer. Wer war ich? Diese Frage hatte der Notarzt nicht gestellt. Wozu auch. Möchten Sie etwas trinken? Wasser vielleicht? erkundigte sich Langenfeld. Gerne, sagte ich, und dann zeigen Sie mir bitte noch den Napf, in den ich reinspucken soll. Langenfeld begriff nicht, was ich meinte. Sie haben doch behauptet, etwas Spucke würde ausreichen. Langenfeld schüttelte den Kopf. Ich weiß nicht, flüsterte ich und machte eine Pause. Ich weiß nicht, wer ich bin. Vielleicht …, wieder stockte ich, vielleicht liegt die Antwort in meinen Genen. Ich wusste sehr wohl, wie unsinnig das war, was ich sagte, aber meine Neugierde war größer als die Sorge, nicht ganz ernst genommen zu werden. Auch Langenfeld schien mit mir nicht länger diskutieren zu wollen. Vielleicht fürchtete er, ich würde gleich wieder in Ohnmacht fallen. Wenn sie meinen, sagte er und bat mich, den Mund zu öffnen. Mit einem langen Wattestäbchen nahm er einen Abstrich von meiner Mundschleimhaut. Mir wäre es lieber gewesen, wenn ich meine Gene schnell in ein kleines Gefäß hätte spucken können, aber Langenfeld hörte nicht auf, mit dem Stäbchen in meinem Mund herumzustochern. Und er begann, von der Familie Kastan zu erzählen. Von Silke, Frank und ihrem Sohn Malte Kastan, einem, wie er sagte,

T-13-Kind. Ich wollte mir die Leidensgeschichte der Kastans nicht anhören, aber solange ich meinen Mund aufzureißen hatte, konnte ich schlecht das Thema wechseln. Besuchen Sie die Kastans doch mal, sagte Langenfeld, und ich dachte: Gibt es keine ärztliche Schweigepflicht? Wird der Mann vielleicht auch uns irgendwelche Leute auf den Hals hetzen, wenn Emma entgegen aller Erwartungen auf die Welt kommt? Der Arzt schien zu bemerken, was mich beschäftigte. Die Kastans, erklärte er, haben mich ausdrücklich darum gebeten, ihnen bei der Kontaktaufnahme mit Eltern zu helfen, die auch ein Trisomie-13-Kind haben oder eines erwarten. Ich glaube, ein Besuch bei den Kastans würde Ihnen mehr helfen als ein paar genetische Informationen. Langenfeld trat zur Seite. Die Wattestäbchennummer war beendet. Mein Mund gehörte wieder mir. Aber ich bewegte ihn nicht.

Langenfeld gab mir die Telefonnummer der Familie Kastan. Ich steckte den Zettel ein. Langenfeld reichte mir die Hand. Warum sind Sie überhaupt Pränataldiagnostiker geworden? fragte ich. Er lachte. Das sei eine lange Geschichte. Er habe Leid verhindern wollen, wie jeder Arzt. Langenfeld öffnete die Tür. Das war die Theorie, sagte er. Dann kam die Praxis. Meine Frau wurde schwanger. Langenfeld schaute den Flur entlang, als sähe er dort am Ende des Ganges in die Vergangenheit. Er habe schon sehr früh gewusst, dass Lennart krank sei. Langenfeld sprach nun sehr leise. Er habe es seiner Frau zunächst verschwiegen. Aus Angst, Lennart zu verlieren. Seine Ehrlichkeit beeindruckte mich. Langenfeld reichte mir die Hand, und es kam mir vor, als spürte ich sein Mitgefühl.

Morgen habe ich Geburtstag, morgen werde ich fünf Jahre alt! rief Grete. Leonie widersprach: Nee, erst nächste Woche!

Was Grete nicht davon abhielt, wieder mal die Kinder aufzuzählen, die sie zu ihrer Geburtstagsfeier einladen wollte. Nina hatte die Regel eingeführt, dass mit jedem Jahr ein Kind mehr eingeladen werden durfte. Doch kaum hatte sie ihre fünf Gäste aufgezählt, verschwand ihre Geburtstagsvorfreude. Was ist denn los? fragte Nina, und als Grete sagte, sie wolle zwei Gäste zusätzlich einladen, ging Leonie dazwischen, nein, auf keinen Fall, das habe sie auch nicht dürfen. Gleich zwei mehr? erkundigte sich Nina. Grete nickte. An wen hast du denn gedacht? fragte ich, aber Grete wollte die Namen erst verraten, wenn sie die Erlaubnis hatte, die beiden auch wirklich einzuladen. Das wären meine *Ehrengäste*, sagte Grete sichtlich stolz, aber Leonie unterstellte ihrer kleinen Schwester, sie wisse gar nicht, was ein Ehrengast sei. Grete lächelte. Nina und ich schauten uns ratlos an. Sie wird fünf Jahre alt und darf fünf Kinder einladen, stänkerte Leonie, woraufhin Grete sofort entgegnete, ihre Ehrengäste seien gar keine Kinder. Ach so, sagte Leonie und schmierte sich ein Leberwurstbrot. Erwachsene zum Kindergeburtstag? Das war uninteressant. Hauptsache, ihre kleine Schwester blieb bei den fünf kleinen Mädchen. Leonie schüttelte den Kopf. Und ich habe schon gedacht, Grete will uns ihre heimlichen Verehrer vorstellen, sagte sie und kicherte. Verehrer? kreischte Grete. Die Jungs sind doch voll blöd! Wir lachten alle und hörten gar nicht mehr auf zu feixen, wir lachten bald über unser Lachen, so herzerfrischend war die gute Stimmung, ja, mein Herz schien sich nach dieser Erfrischung zu sehnen, doch dann stand Grete auf und verkündete, sie wolle uns doch sagen, wen sie gerne dabei hätte, nämlich Oma und Opa. Die besuchen uns doch sowieso! meckerte Leonie, die enttäuscht war, dass wir nicht mehr lachten. Nö! rief Grete.

Ich meine die anderen, Mamas Eltern. Plötzlich war Ruhe im Raum.

Leonie starrte ihre Schwester an, Grete erwartete von ihrer Mama eine Antwort, aber Nina versuchte, allen Blicken auszuweichen, sodass ich mich gezwungen sah, Grete zu fragen, wie sie denn darauf komme. Aber sie gab keine Begründung. Stattdessen wurde sie zickig. Wenn Oma Elke und Opa Heinrich nicht kämen, wolle sie gar keinen Geburtstag feiern. Leonie verließ den Tisch mit der Bemerkung, ihre Schwester sei böse und wolle nur eines, nämlich Mama ärgern, was sich Grete nicht gefallen ließ, nein, Leonie sei gemein. Grete begann zu weinen. Ich habe, sagte sie, eine Oma und einen Opa, die mich nicht besuchen. Warum eigentlich? Ich habe denen doch nichts getan. Und warum bin ich böse, wenn ich mir wünsche, dass sie zu meinem Geburtstag kommen? Ich nahm sie in den Arm und versicherte ihr, dass ich mit Mama reden werde, und kaum hatte ich das gesagt, meldete sich Nina zurück, ich solle bloß nicht so tun, als sei sie nicht anwesend. Komm mal zu mir, rief sie ihrer Tochter zu, aber Grete wollte nicht, klammerte sich an mich und ließ erst locker, als Nina ihr versprach, noch heute Abend bei Oma Elke und Opa Heinrich anzurufen. Ich konnte kaum glauben, was ich hörte, war aber froh, dass sich Nina nicht gegen Gretes Wunsch sperrte, und als ich der Kleinen sagte, wie sehr auch ich mich auf ihren Geburtstag freute, ging sie zufrieden in ihr Zimmer. Ich lächelte ihr hinterher. Wie schlau sie doch war. Und ein wenig durchtrieben. Keine Feier ohne Oma Elke und Opa Heinrich. Das war Erpressung. Auch wenn die Sehnsucht dahinter liebenswert war. Ich wollte meine Eltern ohnehin besuchen, sagte Nina, und bevor sie zu Gretes Geburtstag kommen, werde ich mich bei ihnen mal sehen lassen. Ich schlug vor, sie zu begleiten, aber Nina schüttelte den Kopf.

Sie begann, von ihrer Kindheit zu erzählen, und es machte ihr sichtbar Mühe, etwas Nettes über ihre Mutter zu sagen. Sie versuchte es, indem sie die Puppenkleider beschrieb, die ihre Mutter für sie und später auch für Leonie und Grete genäht hatte, sie schwärmte von der mühevollen Kleinarbeit, um sich dann aber wieder über die Lieblosigkeit in ihrem Elternhaus zu beschweren. Ich glaube, fuhr Nina fort, meine Mutter wollte nie Mutter werden. Ich kann mich nicht daran erinnern, dass sie mir jemals gesagt hat, Nina, ich hab dich lieb. Das muss man sich mal vorstellen! Sie hat für mich gekocht. Sie hat mich in den Kindergarten gebracht. Aber Liebe gab es nicht. Vielleicht war es ihre Art, Gefühle zu zeigen, wenn sie mir was genäht hat. Ja, vielleicht möchte ich mir eine Nähmaschine kaufen, um mich daran zu erinnern, dass meine Mutter doch nicht ganz so lieblos war. Auf jeden Fall hat sie mir ständig zu verstehen gegeben, dass ich alles falsch mache. Mal war ich zu dick, mal zu dünn. Mal war ich zu blöd fürs Gymnasium, weil ich eine Drei in Mathe nach Hause gebracht habe, und wenn ich in Deutsch lauter Einsen geschrieben habe, unterstellte sie mir, ich würde mich für was Besseres halten. In ihren Augen war ich ein neunmalkluger Rotzlöffel, ja, so hat sie mich noch genannt, als ich schon siebzehn war. Meine Freunde waren immer die falschen, meine Freundinnen sowieso doof. Das seien Nutten, meinte sie, nur weil unsere Röcke kürzer waren als ihre. Ständig beschwerte sie sich über meine, wie sie sagte, geschmacklosen Klamotten, selbst wenn sie mir das Zeug gekauft hatte. Ich dachte damals, meine Mutter sei verrückt, und irgendwann hat mein Vater sie auch zum Arzt geschickt, aber der hat nichts finden können. Wenn hier jemand krank ist, hat sie nach den Untersuchungen gesagt, dann seid ihr das doch. Meinen Vater hat sie mindestens so gehasst wie mich. Ich habe bis heute nicht verstanden, warum er nicht abgehauen ist. Wie kann man das aushalten? rief sie. Keine Ahnung, sagte ich. Vielleicht fühlt er sich verantwortlich. Nina knirschte mit den Zähnen, als wollte sie die Erinnerung an ihre Kindheit zermalmen. Ich wusste nicht viel über den Mann, nur dass er Nina im Studium heimlich, also ohne das Wissen der Mutter, ein paar Geldscheine zugesteckt hatte, und ich hätte gerne mehr über ihn erfahren, aber Nina wollte jetzt über ihre Mutter sprechen. Wir haben uns ständig gestritten, sagte sie. Über Kleinigkeiten. Ich glaube, ich war noch sehr klein, so alt wie Grete vielleicht, da haben wir uns schon angeschrien, Tag für Tag. Ich hatte das Gefühl, ich würde sie stören, abhalten von irgendwas Wichtigem. Ich habe mich schon als kleines Mädchen schuldig gefühlt und mich gefragt: Was mache ich falsch, warum liebt mich meine Mutter nicht? Ich weiß es bis heute nicht. Vielleicht bilde ich mir alles auch nur ein.

Nina stöhnte und begann, auf ihren Fingernägeln herumzukauen. Seit ich sie kannte, hatte sie das noch nie getan. Grete soll nicht denken, ich habe sie nicht lieb, sagte Nina, Grete soll nicht denken, sie habe etwas falsch gemacht. Ich werde nicht dieselben Fehler machen, nein, niemals. Machst du bestimmt nicht, entgegnete ich, und deshalb fahren wir auch zu deinen Eltern. Und ich freue mich, sie endlich kennenzulernen. Nina blickte kurz auf ihre Fingernägel und steckte ihr Hände in die Hosentasche. Als wolle sie die abgekauten Nägel verstecken. Freu dich nicht zu früh, sagte sie. Ich streichelte ihren Bauch. Wirst du ihnen von Emma erzählen? fragte ich und Nina meinte, sie habe keine Lust mehr auf Heimlichtuereien. Wahrscheinlich wäre es meinem Vater lieber, mutmaßte sie und erhob sich, wenn nur *er* davon wüsste, an diesem Geheimnis hätte er eine große Freude. Ach was, entfuhr es mir, doch ich fürchtete, dass es stimmte. Warum sollte sie das auch erfinden? Ich ging in die Küche und holte etwas zu trinken. Stellte zwei Gläser auf den Tisch. Nina starrte auf den Boden. Ich legte meine Hand auf ihre Schulter. Möchtest du auch? Sie schüttelte den Kopf. Ich reichte ihr einen kleinen Zettel mit der Telefonnummer der Familie Kastan. Die haben auch ein T-13-Kind, sagte ich. Wir könnten sie besuchen. Nina legte den Zettel in ihre Handtasche, ging aber nicht darauf ein. Bestimmt hat Mutter, sagte sie leise, von all den Geheimnissen zwischen mir und meinem Vater gewusst und mich deshalb gehasst. Ob das nicht etwas übertrieben sei? fragte ich. Vielleicht, sagte Nina. Vielleicht aber auch nicht. Weißt du, was besonders schlimm ist? Ich habe mich auch mit dem Geheimnisvirus infiziert, ja, ich bin krank, verhalte mich genauso wie mein Vater, ich habe dir zum Beispiel nicht erzählt, dass ich den Kontakt zu ihm nie abgebrochen habe, dass ich mit ihm telefoniere, jede Woche, es ist doch verrückt, dir das zu verschweigen, aber ich habe es getan. Nina griff sich in die Haare und schaute mich mit müden Augen an. Das ist doch vollkommen in Ordnung, sagte ich, ich weiß gar nicht, warum du mir alles erzählen musst, ich meine, es wäre doch viel schlimmer, wenn es gar keine Geheimnisse in einer Familie gäbe, wir wirklich alles wüssten. Wenn wir unsere Gehirne zusammenschließen könnten, um jedes Geheimnis zu tilgen, wir wären keine Menschen mehr. Grete braucht Geheimnisse, Leonie, du und ich, und wenn die Geheimnisse niemandem schaden, wenn sie nicht zur großen Lüge werden, na, was ist schon dabei? Habe ich dir überhaupt schon von Ruth erzählt? Das ist die Mutter von Timo, dem Pommeskind vom Badesee. Nina lachte. Triffst du dich mit ihr heimlich? Nein, sagte ich, in aller Öffentlichkeit, zum Beispiel auf dem Amtsgericht. Da habe ich das Haus ersteigert, in dem sie wohnt, weil sie es sich nicht mehr leisten kann. Nina hielt das für einen Witz, aber als ich zu erklären versuchte, dass es doch eine Gemeinheit der Bank sei, die Kredite zu kündigen, Frau und Kind vor die Tür zu setzen, nur weil es mal mit der Tilgung nicht so gut läuft, verhärteten sich ihre Gesichtszüge plötzlich und ihr Tonfall wurde schärfer. Du hast das Haus wirklich ersteigert? Mit welcher Kohle denn? Das muss ja eine tolle Frau sein, dass du so viele Schulden machst. Keine Sorge, entgegnete ich, die Versteigerung wurde nicht rechtskräftig, ich konnte die nötige Sicherheit nicht hinterlegen, und Stefan lehnt solche Sozialarbeit kategorisch ab.

Zwei Kinderstimmen unterbrachen mich. Grete und Leonie hatten sich in die Haare bekommen. Es ging um Leonies alte Puppe, mit der sie aber nicht mehr spielte, und so hatte Grete das pausbackige Puppenmädchen adoptiert. Leonie war aber nicht damit einverstanden, wie Grete sie anzog. Das Kleid ist total hässlich, schrie Leonie. Das ist jetzt meine Puppe, brüllte Grete. Nina überließ es mir, den Streit zu schlichten, was nicht so einfach war, aber dann holte ich ein altes Fotoalbum, blätterte darin, bis ich eine Aufnahme von Nina fand. Sie stand zwischen ihren Eltern. Schau mal, sagte ich und reichte das Album Leonie. Das ist deine Mutter. Gefällt dir, was sie trägt, dieses orange braune Wollkleid? Nicht? Das war in Mode, als Mama ein Mädchen war. Klar, der Geschmack ändert sich. Außerdem kann man nur kaufen, was in den Läden angeboten wird. Es sei denn, sagte Nina, man hat eine eigene Nähmaschine und genügend Zeit, dann kann man die eigene Mode entwerfen. Leonie starrte auf das Bild. Das orange-braune Wollkleid schien sie aber nicht länger zu interessieren. Da waren Oma und Opa. Opa lächelte der kleinen Nina zu, und Oma schaute über den Kopf der Tochter zu ihrem Mann, liebevoll, zärtlich, stolz. Nun kam Grete ins Wohnzimmer, und als sie das Foto sah, meinte sie, Mama sähe auf dem Bild so aus wie Leonie, und so falsch war das nicht. Bis auf das Wollkleid, entgegnete ich, das würde Leonie bestimmt nicht anziehen. Ich nahm die beiden in den Arm. Das Kleid ist ja total hässlich, sagte ausgerechnet Grete, woraufhin sie nun von Leonie belehrt wurde, Mode würde sich ständig ändern. Was Grete wiederum mit Genugtuung zur Kenntnis nahm. Sag ich doch, jubelte sie und tanzte mit ihrer Puppe durch das Wohnzimmer. Du bist nicht hässlich, du bist nicht hässlich!

Leonie gab sich geschlagen und schaute sich weiterhin das Fotoalbum an. Obwohl ich die Bilder kannte, kam es mir vor, als sähe ich sie zum ersten Mal. Ich hatte bislang nicht bemerkt, dass der Vater nicht in Richtung Kamera schaute, sondern immer zur Tochter. Die Mutter schenkte dem Fotografen ab und zu ein aufgesetztes Lächeln, wenn sie nicht aufsah zu ihrem Ehemann; für die kleine Nina schien sie sich tatsächlich nicht zu interessieren. Ich brachte das Album zurück ins Regal.

Gretes Kindergeburtstag war ein großer Erfolg: Fünf Mädchen verwüsteten an einem Freitagnachmittag unsere Wohnung, und waren, als sie von den Eltern wieder abgeholt wurden, erschöpft vom Spielen und Futtern. Nina und ich waren froh, dass wir so viele Programmpunkte vorbereitet hatten. Vor allem die Geburtstagsklassiker wie Topfschlagen kamen gut an. Nina hatte kleine Leinwände und Fingerfarben organisiert, sodass die Kinder nach der Feier ihr eigenes Gemälde mit nach Hause nehmen konnten. Am frühen Abend sollte eigentlich Frau Kühn kommen, um uns beim Aufräumen zu helfen und kurz durch die Wohnung zu wischen, aber sie hatte kurzfristig abgesagt, ihr sei unwohl, sie habe ein Fischbrötchen gegessen, das ihr gar nicht bekommen sei, und daher wolle sie den Tag lieber im Bett verbringen. Ich hatte ihr gute Besserung gewünscht und gedacht, der Magen unserer Putzfrau ist in letzter Zeit besonders sensibel, denn es war nicht das erste Mal, dass sie uns versetzte. Als wir zusammen mit Grete und Leonie die gröbsten Spuren der Kindersause beseitigten, war ich sogar froh, dass Frau Kühn nicht da war, denn auch das Aufräumen war ein schönes Familienerlebnis. Leonie und Grete lieferten sich einen kleinen Wettkampf, wer denn am meisten schaffte und am schnellsten war. Ich verstaute die dreckigen Teller in der Spülmaschine und überlegte, ob unserer Frau Kühn noch mehr aufstieß als ein Fischbrötchen, denn sie wirkte in letzter Zeit äußerst reserviert. Sie wusste, dass Nina schwanger war, aber von der Trisomie hatten wir ihr nichts erzählt. Vielleicht ahnte sie, was los war und fühlte sich schlecht behandelt, weil wir sie nicht informierten. Frau Kühn arbeitete seit über zehn Jahren für Nina, und ich dachte immer, dass sie in gewisser Weise zur Familie gehörte, aber Nina versuchte Distanz zu wahren. Frau Kühn ist unsere Angestellte, hatte Nina gesagt, als ich vorschlug, sie zu einem kleinen Abendessen einzuladen. Ich schaltete gerade die Spülmaschine an, als Grete und Leonie in die Küche stürmten und mitteilten, dass sie ihre Zimmer aufgeräumt hätten. Dann könnt ihr ja gleich ins Bett gehen, sagte ich und rechnete mit großem Protest, aber selbst Leonie moserte nicht und ging ins Bad, um sich die Zähne zu putzen. Nina meinte, die beiden seien so folgsam, weil sie sich auf den nächsten Tag freuten.

Wir waren mit Oma Elke und Opa Heinrich im Zoo verabredet. Grete war so aufgeregt, dass sie kaum etwas frühstückte, uns aber mit der Ankündigung überraschte, die Puppe, die sie von Leonie übernommen habe, werde sie an Emma weiterverschenken. Gute Idee, sagte Leonie, dann bekommt die Puppe endlich wieder schönere Klamotten angezogen. Das konnte Grete nicht unkommentiert stehen lassen: Vielleicht haben Oma und Opa, rief sie, noch das orange-braune Kleid von Mama, das wir dann meiner Schwester geben können! Wir lachten, und weil wir die ganze Fahrt über dieses Kleid redeten und ständig lachten, erreichten wir den Zoo, ohne dass die Kinder auch nur einmal gefragt hatten, wann wir endlich da seien. Ninas Eltern warteten schon am Eingang. Elke trug einen hellblauen Sommermantel, eine dunkelblaue Stoffhose und Wanderschuhe, die überdimensioniert wirkten. So große Füße konnte eine so zierliche Frau gar nicht haben. Abgesehen von der ungewöhnlichen Größe fielen auch die Leuchtdioden auf, die in die Sohle eingearbeitet waren und die aufschienen, wenn sich Elke bewegte. Die Schuhe sahen aus wie ein missglückter Versuch der Wanderindustrie, Teenager zum Kraxeln zu überreden. Warum aber trug Elke diese Dinger? Ninas Vater war in Jeans, T-Shirt und schwarzen Lederslippern gekommen. Er wirkte deutlich jünger als seine Frau mit ihren Leuchtschuhen. Hallo, ich bin Heinrich, sagte er und schüttelte mir die Hand. Heinrich war ein massiger Kerl mit grauem, schütterem Haar. Seine Gesichtshaut war überraschend glatt und straff, als verwendete er eine Spezialcreme, die jede Alterung verhinderte. Falten sah man nur, wenn er lächelte. Dagegen wirkte seine Frau wie eine Greisin, der das Leben übel mitgespielt hatte. Die hellwachen Augen und schnellen Bewegungen verrieten allerdings, dass in ihr eine ungewöhnliche Kraft steckte. Sie ging auf die Kinder zu und strich ihnen über die Haare. Oma Elke, du siehst genauso aus wie auf dem Foto in Mamas Album, sagte Leonie, und Ninas Mutter lächelte bitter. Ich habe zwar kein Foto von dir, entgegnete Elke, aber ich hätte dich trotzdem erkannt. Ja, ja, ich weiß, rief Leonie, ich sehe aus wie Mama. Nina schien ihre Mutter zu ignorieren, unterhielt sich mit ihrem Vater, wobei nicht zu verstehen war, worüber sie sprachen, obwohl sie neben mir standen. Sie flüsterten. Gehen wir nun in den Zoo oder bleiben wir hier draußen? fragte Grete, woraufhin Heinrich die Eintrittskarten aus der Tasche zog. Die Kinder rannten los, Nina hakte sich bei ihrem Vater ein, und ich blieb bei Elke. Wir haben uns noch gar nicht richtig vorgestellt, sagte sie, aber das hätte eigentlich auch meine Tochter machen müssen. Sie erklärte mir, warum sie es gar nicht mochte, einen, wie sie betonte, *wildfremden Menschen,* gleich zu duzen, was sie dann doch tat. Wir gaben uns die Hände. Jan, sagte ich. Elke, sagte sie. Ich lächelte. Sie nickte. Die Kinder bestanden darauf, zuerst die Affen anzuschauen; sie kannten sich so gut aus in dem Zoo, dass sie uns den schnellsten Weg zu ihren Lieblingstieren wiesen. Als wir vor dem Affenhaus standen, wollte Elke aber nicht hineingehen. Da stinkt es immer so fürchterlich, sagte sie, und als ich vorschlug, die Schimpansen zumindest durch ein großes Außenfenster zu beobachten, schüttelte sie ebenfalls den Kopf. Ach, die armen Affen, seufzte sie. Werden beglotzt und können nicht abhauen. Also warteten wir beide am Eingang des Affenhauses auf die Kinder. Mögen Sie keine Zoos? fragte ich nach einer Weile, aber sie gab keine Antwort. Stattdessen rügte sie mich, dass ich wieder zum Sie übergangen war. Ich übe noch, sagte ich freundlich, und Elke nickte, als hätte ich auch mit dieser Bemerkung genau das Falsche gesagt. Elke starrte auf einen überfüllten Abfalleimer. Was ist das bloß für ein Dreck! schimpfte sie. Bei diesen Eintrittspreisen könnte der Müll auch regelmäßiger geleert werden, oder nicht? Ich wollte gerade den Zoo verteidigen, als sie schon wieder das Thema wechselte. Eine Familie mit drei Kindern näherte sich dem Affenhaus, und weil die Kleinen große Eistüten in den Händen hielten, fühlte Elke sich berufen, als Ernährungsberaterin aufzutreten: Bei dem Zuckerkram muss der Nachwuchs ja fett werden! rief sie den Leuten zu. Die Eltern schauten erst sich, dann ihre keineswegs fetten Kinder an und lachten. Ich fragte mich, warum Elke so griesgrämig war, warum sie sich nicht mit mir unterhalten wollte, stattdessen alles, was sie sah, mit Extremnoten bewertete. Dieses war sehr gut, jenes war furchtbar schlecht. Wie eine Lehrerin, die nur Einsen und Sechsen vergab. Wobei sie häufiger schlechte Zensuren verteilte. Auch wenn ich nicht nachvollziehen konnte, was sie antrieb, machte sie mich neugierig. Ich suchte nach Erklärungen, irgendetwas musste in ihrem Leben geschehen sein. So abweisend war doch niemand ohne Grund. Vielleicht schlugen die Gene ihrer Eltern durch. Elke schien sich ihrer Wirkung durchaus bewusst zu sein. Ist nicht lustig, mit mir durch den Zoo zu gehen, nicht wahr? sagte sie, um Sekunden später über den ihrer Meinung nach viel zu kurzen Rock einer Besucherin zu meckern. Dann griff sie mich persönlich an: Warum ich nichts sagen, die Schwiegermutter nicht unterstützen würde, ich sei ja ein ziemlicher Waschlappen. Ich tat, als hätte ich ihre Beleidigung nicht gehört, wobei es mir nicht leicht fiel, meinen Ärger zu verbergen, zumal sich Elke gerade wie Nina angehört hatte. Ich ging vor dem Affenhaus auf und ab, entfernte mich mit jedem Schritt weiter von Elke und dachte: Die kann mich mal! Weit kam ich nicht. Ein Kind schrie: Mami! Und Elke rief: Das machst du nicht noch einmal! Die Mutter brüllte: Ich hole die Polizei. Ich ging dazwischen, versuchte die Gemüter zu beruhigen, entschuldigte mich für etwas, das ich nicht getan hatte. Mutter und Kind zogen fluchend ab, und Elke berichtete stolz, dass sie der Kleinen einen Klaps auf den Hintern gegeben hatte. Ich war sprachlos. Das Miststück hat mir die Zunge rausgestreckt, empörte sie sich. Niemand erzieht mehr die kleinen Giftkröten. Die glauben, sie könnten machen, was sie wollen, aber nicht mit mir. Sie schüttelte den Kopf. Nicht mit mir, wiederholte sie, und als sie sich etwas beruhigt hatte, sagte ich: Wer schlägt, erzieht nicht. Sie starrte mich an. Offenbar hatte sie Widerspruch nicht erwartet. Sie wandte sich ab, ging zu einer Bank und setze sich hin. Ich schaute zur Tür des Affenhauses und überlegte, wie viel Elke wohl in Nina steckte, und nicht nur das, die Vorstellung, dass auch Emma mit Elkes Grummelerbgut, mit diesen Aggressionen ausgestattet sein könnte, machte mir so viel Angst, dass ich in diesem Moment die Trisomie 13 vergaß.

Endlich kam Nina mit den Kindern aus dem Affenhaus. Elke sprang auf, als wäre nichts geschehen. Leonie erzählte, wie zwei Schimpansenkinder in einer Hängematte gespielt hatten, und Nina legte einen Arm auf meine Schulter. Heinrich war noch nicht zu sehen und Elke fragte, ob ihr Mann bei den Primaten geblieben sei, wo er hingehöre. Während sie ihren Mann beleidigte, schaute sie mich an. Nina zuckte mit den Schultern, und als Heinrich auftauchte, lachend und Grimassen schneidend, pöbelte Elke: Sag ich doch, wie ein Affe! Ich begriff allmählich, warum sich Nina von ihrer Mutter fernhielt, aber auf die Frage, warum sich Elke so seltsam, so unverschämt verhielt, konnte ich von Nina keine Antwort bekommen. Sie hatte, das zeigte ihre Körpersprache, ihre Mutter aufgegeben, ignorierte sie. Wir gingen zum Elefantengehege, und auf dem Weg dorthin schien Elke mit sich selbst zu sprechen. Ich verstand nicht, was sie vor sich hinnuschelte, aber ich war gespannt, in welche Richtung sie die nächste Beleidigung abschießen würde. Gleich werden die Elefanten gefüttert, sagte Nina, und dann kam der Tierpfleger auch schon mit einer Schubkarre Gemüse, das nicht mehr ganz frisch zu sein schien. Elke rümpfte die Nase. Immerhin sind die Viecher Vegetarier, sagte sie, das macht sie mir fast schon sympathisch. Ich lächelte, was Elke gar nicht gefiel. Sie sagte: Meine Tochter ist ziemlich fett geworden, nicht wahr? Elke grinste, und ich war ratlos. War das ihre Art herauszufinden, ob Nina schwanger war? Der gewölbte Bauch war ja nicht zu übersehen. War Elke verrückt? Oder einfach nur böse? Was sollte ich dieser Frau sagen? Die Wahrheit? Und wie würde sie darauf reagieren? Mit Häme? Hass? Ich wollte es nicht wissen. Also entgegnete ich mit tiefer Stimme: Sahnesuppen, Buttersaucen, saftiges Fleisch, fetter Fisch, Pudding und Kuchen, ja, wir essen gerne und viel. Warum sollen Frauen auch immer so dünn sein? Mir ist es lieber, wenn ich was zum Anfassen habe. Elke starrte mich an, als hätte ich etwas wirklich Schlimmes gesagt. Sie setzte sich ab, ging nicht mehr auf dem geteerten Weg, sondern auf dem Rasen, zwischen Bäumen umher. Ich war sie los. Und hatte sofort ein schlechtes Gewissen. Mein Lob des dicken Bauchs kam mir ziemlich albern vor, ich schämte mich für den Unsinn und wäre auch zu Elke gegangen, um mich zu entschuldigen, wenn ich nicht gesehen hätte, wie wohl sie sich im Gestrüpp fühlte. Es konnte kein Zufall sein, dass sie die klobigen Wanderschuhe trug; sie hatte sich auf diesen Ausflug ins Dickicht vorbereitet. Die Büsche schienen sie vor der feindlichen Menschen- und Tierwelt zu schützen. Ich gesellte mich zu Nina, und bevor ich sie fragen konnte, was denn mit ihrer Mutter los sei, gab sie mir zu verstehen, dass sie nicht darüber sprechen wolle. Ihr Blick sagte: Wir können das nicht ändern. Sie ist, wie sie ist. Nun weißt du Bescheid.

Wir gingen zu den Giraffen und den Zebras, wir sahen die Tiger und Löwen, aber ich schaute weniger in die Käfige als vielmehr in die Parkanlagen, als ob ich auch dort ein wildes Lebewesen vermutete. Elke versteckte sich immer besser. Hatte sie bemerkt, dass ich Ausschau nach ihr hielt? Wir kamen zu den Eisbären, die faul in der Sonne lagen. Bärchen, steh doch mal auf, rief Grete und klopfte an die meterhohe Schutzscheibe. Tatsächlich erhob sich der große, alte Eisbär, trottete zu einem künstlichen Felsplateau, ging dort hin und her, und das erinnerte mich an mein Auf und Ab vor dem Affenhaus. Traurig sah der Bär aus. Hinkte er? Seine Bewegungen waren ruckartig, wirkten seltsam unnatürlich, wobei ich mich fragte: Was weißt du schon über die Natur der Eisbären? Guck mal Grete! rief Leonie. Dort in der Höhle ist noch ein Bär. Ja, bestätigte Grete, das ist Oscar! Die Zeitungen hatten über den Nachwuchs der Eisbärenfamilie berichtet, und der kleine Oscar war derzeit der Star des Zoos. Oscar, Oscar! riefen Grete und Leonie, aber der Kleine blieb in seiner Höhle. Nina hakte sich bei mir ein. Was wohl mit Tieren geschieht, die behindert auf die Welt kommen? fragte sie und gab gleich auch eine Antwort: Im Tierpark habe ich noch keine Zebras mit drei Beinen gesehen, die werden der Öffentlichkeit bestimmt vorenthalten. Ist wahrscheinlich auch besser so. Kranke Tiere will doch kein Mensch sehen. Ja, sagte ich, kranke Menschen will auch niemand sehen. Nina verzog ihr Gesicht und ging zu ihrem Vater. Wo ist überhaupt Oma? wollte Grete wissen. Schon heimgegangen, behauptete Heinrich. Aber das stimmte nicht. Ich sah Elke immer wieder hinter Hecken, und als die Kinder eine Waffel bekamen, hielt sie sich hinter dem Verkaufshäuschen versteckt. Sie geht, ohne sich zu verabschieden? beschwerte sich Leonie. Das ist aber gar nicht nett.

Wir schlenderten zum Ausgang, und bevor wir den Zoo verließen, tauchte Elke wieder auf. Sie ging zu den Kindern und zog ihre Mundwinkel auseinander, sodass man ihre makellosen Zähne sehen konnte. Sie stand da und starrte uns an. Erschöpft und glücklich sah sie aus, als hätte sie nach einer anstrengenden Jagd doch noch fette Beute gemacht. Ihr Mund stand offen, und für einen Moment hielt ich es für möglich, dass sie zubiss, wie ein wildes Tier, das den Nachwuchs einer anderen Art raubte, doch als ich mich näherte, trollte sie sich. Ich schaute Elke hinterher, und Heinrich entschuldigte sich für das Verhalten seiner Frau. Jetzt muss ich aber los, sagte er und umarmte mich. Der füllige Körper roch so stark nach altem Schweiß, dass ich froh war, als er sich wieder von mir löste. Nina und ihr Vater umarmten sich nicht. Er strich ihr zärtlich über die Wange, und sie küsste seine Hand. Komm uns bald mal besuchen, rief Grete ihm zum Abschied hinterher. Das macht Opa ganz bestimmt, versprach Nina. Leonie stieg schweigend ins Auto, und als wir losfuhren, sagte sie: Oma macht mir Angst. Woraufhin Grete brüllte: Leonie ist ein Angsthase, Leonie ist ein Angsthase. Ich versuchte zu erklären, dass Oma krank sei, aber meine Bemerkungen gingen in Gretes Geschrei unter. Besser ein Angsthase als keine Augen im Kopf, konterte Leonie. Hast du nicht gesehen, dass Oma total plemplem ist? Aber Grete ließ sich nicht überzeugen. Angsthase, Angsthase, rief sie und lachte. Ich glaube nicht, mischte sich Nina ein, dass meine Mutter krank ist. Was ist sie dann? fragte ich. Aber Nina gab keine Antwort. Angsthase, Angsthase. Oma ist nicht krank, kicherte Grete, die wohl damit rechnete, dass Leonie den Streit fortsetzte, aber die Schwester hielt sich zunächst zurück, um dann, als nur noch der Autolärm zu hören war, gezielt zurückzuschlagen: Oma ist genauso bekloppt wie du, fauchte sie. Grete brauchte eine Zeitlang, um zu begreifen, was ihre Schwester gesagt hatte, dann begann sie zu plärren. Leonie hat behauptet …, beschwerte sie sich mit verheulter Stimme, aber Grete kam nicht dazu, den Satz zu beenden, denn Leonie übernahm das: Ja, Oma ist genauso bekloppt wie du, Grete. Aber das ist auch nicht schlimm. Bald haben wir ja noch eine Schwester, die nicht richtig tickt. Schluss jetzt! ging Nina dazwischen. Wenn ich jetzt noch ein Wort höre, gibt es zwei … Wochen Fernsehverbot! Ich schaute zu Nina, aber sie zuckte hilflos mit den Schultern. Die Kinder schwiegen. Fernsehverbot hatte Nina noch nie erteilt. Ich konzentrierte mich auf den dichten Verkehr und ärgerte mich, dass wir nicht den Zug genommen hatten. Wau, wau, wau, hier ist Stau, hörte ich Grete sagen, und alle lachten. Grete hatte es wieder mal geschafft, mit einem ihrer Nonsensreime die schlechte Stimmung zu vertreiben. Kommenden Mittwoch bin ich unterwegs, eine Versteigerung in London, sagte Nina, als habe sie auf den richtigen Augenblick gewartet, um den Kindern mitzuteilen, dass sie spät nach Hause kommen werde. Ich dachte: Diese ständigen Flüge tun Emma bestimmt nicht gut. Aber ich sagte nichts. Mama, bringst du eine Überraschung mit? bettelte Grete, und Leonie kündigte an, sie werde so lange wach bleiben, bis ihre Mutter wieder daheim sei. Nina schaltete das Radio ein. Es lief eine Reportage über einen Mann aus Chicago, der eine Bank überfallen, aber nur einen Dollar von der Kassiererin verlangt hatte. Wie blöd ist der denn, sagte Leonie, und als der Reporter erläuterte, dass der Mann die Bank nur überfallen hatte, weil er ins Gefängnis wollte, um dort auch ohne Krankenversicherung von einem Arzt behandelt zu werden, rief Leonie wieder dazwischen, das sei wirklich ein blöder Bankräuber. Nina versuchte ihr zwar zu erklären, dass nicht der Bankräuber blöd sei, sondern eine Gesellschaft, in der jemand erst im Gefängnis gesund werde, aber wie sollte ein Kind das verstehen? Blöde Gesellschaft, blöde Gesellschaft, sang Grete auf der Rückbank. Nina und ich lachten, nur Leonie fand ihre Schwester nicht komisch. Mama, wollte sie wissen, gehst du auch ins Gefängnis, damit das Baby in deinem Bauch gesund wird? Nina schüttelte den Kopf. Hier geht niemand ins Gefängnis, sagte sie, und dabei schaute sie mich mit einem selbstsicheren Lächeln an, das mir alle Sicherheit nahm. Ich dachte an Stefan und die Bareinzahlungen auf unserem Geschäftskonto. Papa im Gefängnis? War das möglich? Weil der Partner unter die Betrüger gegangen war? Dann hörte ich Nina schreien: Du bist gerade bei Rot über die Ampel gefahren! Willst du doch in den Knast?

Als die Kinder im Bett waren, ging ich zu Nina in die Küche und erzählte, dass Elke im Zoo ein Kind geschlagen hatte. Nina wollte über die Handgreiflichkeiten ihrer Mutter aber nicht sprechen. Als ich das Thema gewechselt und vorgeschlagen hatte, noch eine Kleinigkeit zu kochen, fragte sie gereizt: Du willst doch bestimmt wissen, ob die Frau auch mich verprügelt hat? Ich widersprach, aber Nina bestand darauf, dass es mir nur darum ginge, mehr über die Prügel in ihrer Kindheit zu erfahren. Das gehört zu meinem Leben, sagte sie aufgewühlt. Erst Mutter, dann die Männer. Scheiß Elke, scheiß Tobias. Weißt du überhaupt, dass mich schon mein erster Freund vermöbelt hat? Nein? Das war Hans. Damals habe ich gelernt, mich zu wehren. Diesem Typen habe ich doch glatt einen Zahn ausgeschlagen. Ist verrückt, nicht? Ich kann es heute noch kaum glauben. Eigentlich erstaunlich, dass ich an dich geraten bin. Nina schüttelte den Kopf. Hast du mitbekommen, dass mich deine Mutter einen Waschlappen genannt hat? fragte ich, und nun begann Nina, laut zu lachen. Erst lachte ich mit, aber bald hatte ich den Eindruck, dass wir über sehr verschiedene Dinge lachten. Waschlappen, wiederholte Nina. Und kicherte. Was ist daran überhaupt so komisch? beschwerte ich mich. Weil es stimmt, sagte sie. Und ich bin froh darüber. Jan, du kannst dir gar nicht vorstellen, wie froh ich bin, dass du kein Prügeltobias, sondern ein ganz normaler Waschlappen bist. Sie lachte wieder. Danke für das Kompliment, sagte ich und stellte die Töpfe zur Seite. Heute würde ich nichts mehr kochen. Ich verließ die Küche. Jetzt sei nicht eingeschnappt! rief Nina, aber das war ich. Nina hatte mir oft vorgehalten, ich sei übersensibel, und der Gesprächsverlauf schien ihren Vorwurf zu bestätigen. Warum lachte ich nicht über mein Waschlappendasein? Es war so einfach:

Weil ich kein Waschlappen sein wollte. Weil ich es nicht war. Ebenso wenig wie Mutters Kämpfernatur. Mir waren diese Abziehbilder zuwider. Ich war aber nicht selbstbewusst genug, um sie zu ignorieren. Leider. Nina lachte noch immer, und dieses Gelächter verletzte mich noch viel mehr als alle Kraftausdrücke, die sie mir schon an den Kopf geworfen hatte. Nina gab sich Mühe, wieder mit mir ins Gespräch zu kommen, doch ich legte mich ins Bett, ohne ein Wort mit ihr zu wechseln.

Während Nina am nächsten Morgen den sonntäglichen Frühstückstisch deckte, spielte ich mit den Kindern. Als wir zusammensaßen, schaute ich Nina nicht ein einziges Mal an. Am Abend gehe ich in ein Konzert, sagte ich. Wir erhoben uns vom Tisch. Was für ein Konzert denn? wollte Nina wissen. The Cure, sagte ich, und Leonie schaute mich fragend an: Wer ist das denn? Nina lächelte. Das ist eine Gruppe, die wir gehörten haben, als wir jung waren, erklärte sie, und ich wollte ihr eigentlich widersprechen, denn *ich* hörte The Cure noch immer. Die Kinder gingen in ihre Zimmer und Nina sagte, sie würde mich gerne begleiten, aber ich gab ihr zu verstehen, dass ich den Abend lieber allein verbringen wollte. Nina war so enttäuscht, dass sie sich nun auch keine Mühe mehr gab, freundlich zu sein. Leonie fragte, ob sie sich ein paar Minuten mein Notebook ausleihen dürfe. Ich gab ihr das Gerät, nachdem ich die Chronologie der besuchten Seiten gelöscht hatte. Ich wollte verhindern, dass Leonie die Bilder der Trisomie-13-Kinder sah. Mit Frankas trauriger Lebensgeschichte musste sich Leonie nicht beschäftigen, wobei ich wieder überlegte, ob es nicht besser sei, mit den Kindern über das zu reden, was Nina und ich über Franka erfahren hatten. Leonie interessierte sich jetzt allerdings für The Cure. Sie hatte ein Bild der Gruppe hochgeladen und rief: Wie sehen die denn aus? Das ist ja abgefahren. Bist du früher auch so rumgelaufen, mit rotem Lippenstift und so? Ich lachte. Ja, gab ich zu, manchmal schon. Ungläubig schaute sie mich an, ging mit dem Laptop zu Grete und sagte: So sah Papa früher aus! Daraufhin kam die Kleine aus dem Zimmer gerannt und brüllte: Iiiih, die sehen aus wie Hexen! Gut, dass du heute keine Haare mehr hast, Papa! Nina kam hinzu und schlug vor, zum Badesee zu fahren. Die Kinder waren begeistert. Ich auch. Weil ich dann allein daheim bleiben konnte. Was Grete gar nicht gefiel. Komm doch mit, drängte sie, aber ich ließ mich nicht erweichen. Als sie aufbrachen und ich den Kindern einen schönen Tag wünschte, fragte Leonie: Sehen wir dich heute Abend noch? Ich schüttelte den Kopf, und die Kinder spürten, dass irgendetwas anders war als sonst. Leonie gab mir einen Kuss und sagte: Dann erzählst du uns morgen, wie das Konzert gewesen ist. Versprochen? Sie schaute mich mit einem prüfenden Blick an und ergänzte: Mama hat auch bestimmt nichts dagegen, wenn du ihren Lippenstift benutzt. Die Kinder verließen lachend die Wohnung. Nina und ich standen uns gegenüber. Bis dann, sagte sie. Bis dann, sagte ich und ging ins Wohnzimmer.

Bevor Nina die Tür hinter sich zuzog, rief sie noch: Gutes Konzert! Danke, antwortete ich bewusst leise, sodass sie mich nicht mehr hören konnte. Ich holte ein Cure-Bootleg aus meiner Plattensammlung. Als sich die Scheibe auf dem Plattenteller drehte und die ersten Gitarrenriffs zu hören waren, kam ich mir sehr alt vor. *All the faces, all the voices blur / Change to one face, change to one voice.* Für die Schwarzpressungen von Konzerten aus den frühen achtziger Jahren hatte ich mal viel Geld gezahlt. Heute wirkten die schwarzen Platten seltsam unzeitgemäß. Und die Musik? Erstaunlich, dass es die Gruppe überhaupt noch gab. Vielleicht war es auch ein Fehler zu dem Konzert zu gehen, denn warum sollte ich auch meine guten Erinnerungen durch eine Veranstaltung beschädigen, auf der sich ein paar ältere Herren auf der Bühne lächerlich machen würden, vor einem Publikum, das keines mehr war. *The people seemed so close / playing expressionless games.* Ich sah mich umgeben von einer kleinen Gruppe ergrauter Fans, die sich noch mal an gute alte Zeiten erinnern wollten, die nicht tanzten und brav applaudierten, wenn ein Song abgespielt war. *Sometimes I'm dreaming / where all the other people dance.* Aber als ich dann ein Lied nach dem anderen hörte und eintauchte in die skurrilen Dissonanzen einer Band, die es geschafft hatte, lustige Liebeskatzenhits zu schreiben, aber auch gruselige Schlaflieder vom Spinnenmann, ließ ich mich durch nichts mehr stören, jedenfalls nicht durch ein Telefonklingeln. *Sometimes I'm dreaming.* Später bemerkte ich, dass Nina auf meinem Handy angerufen hatte, aber ich hörte ihre Nachricht nicht ab, ich war auf dem Weg zu der Konzerthalle, und ich wollte mir jetzt die Vorfreude nicht nehmen lassen, die noch stieg, als ich die überfüllten Busse und Bahnen sah. Da waren die alten Fans, zu denen ich gehörte. Es kamen Teenager, die offensichtlich von ihren Eltern mitgenommen worden waren, und ich traf Zwanzigjährige, die ohne Mama und Papa unterwegs waren und die Melodien pfiffen, die fast dreißig Jahre alt waren. Ich kaufte mir ein Bier und ging Richtung Bühne, weil ich die Show aus nächster Nähe miterleben wollte. Endlich waren die ersten Töne des *Plainsongs* zu hören, und die Masse hinter mir jubelte, als käme gleich der Messias.

Langsam schritt Robert Smith auf die Bühne und hauchte die ersten Zeilen ins Mikrofon. Neben mir stand ein Mann, der seinen Blick zum Boden senkte und den Text wie ein Gebet mitsprach. Eine junge, auffällig bunt gekleidete Frau schien den *Plainsong* auch auswendig gelernt zu haben, nur schrie sie sich die Kehle aus dem Hals, und das wirkte, vor allem im Vergleich zu dem Mann, der weiterhin auf den Boden starrte, sehr erfrischend. Sie schien zu merken, dass ich sie beobachtete. Die Frau hatte sich offenbar leuchtend grüne Kontaktlinsen eingesetzt, lächelte mich an, und als dann *Why can´t I be you* gespielt wurde, begann sie zu tanzen. Sie umkreiste mich wie ein Derwisch. *You're so gorgeous I'll do anything!* Du könntest meine Tochter sein, dachte ich, und dann war sie auch schon wieder in der Menge verschwunden. Ich versuchte mir vorzustellen, mit Emma hier zu sein, aber es gelang mir nicht. Ich werde niemals mit meiner Tochter in ein Konzert gehen, dachte ich traurig. Über die Bühne wehte ein dichter Kunstnebel, der mal blau, mal rot, dann wieder grün angestrahlt wurde, und als die Schwaden von der Bühne hinunterwehten und der süßliche Duft des Nebels in meine Nase stieg, dachte ich an das gruselige Grau, das mich in den vergangenen Tagen so oft heimgesucht hatte. Dieser Kunstnebel aber hatte mit meinen düsteren Fantasien nichts zu tun. Der Bühnendunst amüsierte mich. Seltsame Strichmännchen wurden, als Robert Smith wie ein Kobold über die Bühne hüpfte, auf eine große Leinwand projiziert. *I'll kiss you from your feet / To where your head begins / You're so perfect you're so right as rain / You make me / Make me hungry again / Everything you do is irresistable / Everything you do is simply kissable / Why can't I be you?* Robert Smith lachte, als er hörte, wie seine Fans auch ohne ihn weiter sangen, und ich dachte, ja, das ist ein wunderbarer Mitgrölsong, aber ich konnte den Text nicht länger ertragen. Ich dachte an Nina und fragte mich, was mit uns geschehen war? Sie machte mich nicht mehr hungrig, und ich wollte sie nicht mehr küssen, schon gar nicht ihre Füße. *Why can't I be you?* Robert Smith spielte eine Endlosversion, trällerte den Refrain wie ein überdrehtes Kind, als wolle er sich lustig machen über das, was er vortrug. Mich machte das Lied traurig, denn das Gefühl, jemanden so kindisch und grenzenlos zu lieben, wollte ich auch wieder spüren.

Die nächsten Songs rauschten an mir vorbei. Mit *Faith* hörte das Konzert auf. Wie immer. *I went away alone / With nothing left / But faith.* Neben mir stand eine Frau, die ähnlich alt wie ich zu sein schien, so genau konnte man das nicht erkennen, denn sie hatte sich schwarze Farbe ins Gesicht geschmiert. War das schön, sagte sie, und ich dachte: Schön ist anders. Sie wollte aber ein Gespräch beginnen und fragte, welche Konzerte ich besuchte hätte, und als sie, ohne eine Antwort abzuwarten, davon erzählte, wie sie seit Jahren der Gruppe hinterherfuhr, hätte ich ihr am liebsten gesagt, das wäre mir zu langweilig, aber ich gab mich aufgeschlossen und begleitete sie zur Straßenbahn. Wollen wir noch etwas trinken gehen, fragte sie, aber ich entschuldigte mich mit der Ausrede, Frau und Kinder würden daheim auf mich warten. Das Gespräch war beendet. Die überfüllte Straßenbahn fuhr durch das Industriegebiet, und die Frau, deren Namen ich nicht einmal kannte, wiederholte leise die letzten Sätze des Konzerts. *I went away alone / With nothing left / But faith.* Es ist so einfach, dachte ich, Cure-Texte aufs eigene Leben zu beziehen, denn Smith hatte ja vor allem Liebeslieder geschrieben, fröhlich verdrehte, naive und aggressive, sehnsüchtige und schwermütige Liebeslieder, und irgendeine Stimmung passte immer. Als ich nach Hause kam, schlief Nina, und bevor der Wecker klingelte, war ich schon aufgestanden. Ich hinterließ einen Zettel. Habe einen frühen Termin, stand darauf. Als ich die Wohnung verließ, überlegte ich kurz, den Zettel zu zerreißen, ließ ihn aber liegen.

Wir sind umgezogen, schrieb Ruth. Wohnen jetzt im Erlenweg 2. Komm doch mal vorbei. Schöne Grüße auch von Timo. Kaum hatte ich ihre Mail beantwortet, rief sie im Büro an. Wie geht es dir? fragte sie, und ich antwortete mit einer Gegenfrage: Wie ist der Umzug gelaufen? Wir mussten, begann sie, die Kisten in den siebzehnten Stock schleppen, weil der Aufzug kaputt war. Das war weniger lustig. Tja, das kann passieren, wenn man in ein Hochhaus einzieht. Aber weißt du was? Wir sehen vom Wohnzimmer aus den Flughafen. Timo ist begeistert. Ruth erzählte, er habe sich mehrfach nach mir erkundigt, und ich versprach, ihm bestimmt mal wieder eine Portion Pommes auszugeben. Wir könnten zum Beispiel ..., sagte ich, aber Ruth ließ mich nicht ausreden: Vorher lade ich dich mal ein. Was hältst du von einem Mittagessen? Zum Beispiel ... heute? Hier im Erlenweg? Ich lachte. Zögerte. Weil sich Stefan wieder mit seinem Bankerfreund im Golfclub traf, wollte ich mich etwas genauer mit unserer Buchhaltung beschäftigen. Aber ich war neugierig. Ich war aufgeregt. Wie ein Schuljunge. Nach dem Essen können wir ja Timo vom Kindergarten abholen, sagte Ruth. Bis später, entgegnete ich. Jetzt hatte ich noch etwas zu tun. Ich durfte nicht trödeln, auch wenn ich gerne etwas länger mit ihr telefoniert hätte. Ich freue mich, sagte sie; ich sah sie vor mir, wieder in einem viel zu großen Herrenhemd, nur dass sie nicht durch einen Vorgarten flatterte, sondern auf einem Hochhausbalkon stand. Ich mich auch, sagte ich und legte auf.

Einen Moment lang hielt ich inne. Dann öffnete ich die Akte auf meinem Schreibtisch. Bis zur Mittagspause wollte ich das Gutachten beendet haben. Ich kannte das Objekt. Ein Mehrfamilienhaus im Stadtzentrum, das einem Installateur gehörte. Er hatte das Haus von seinem Onkel geerbt und sich nach der Testamentseröffnung nach dem Verkehrswert seiner Erbschaft erkundigt. Damals hatte er nicht verkaufen wollen. Jetzt war er sogar mit einem deutlich niedrigeren Preis einverstanden. Ich wollte gar nicht wissen, was in der Zwischenzeit passiert war, ich wollte einfach nur meinen Job machen, auch damit Stefan mir später nicht vorwerfen konnte, wegen meiner Arbeitsverweigerung sei er gezwungen gewesen, sich auf die Geschäfte des ehrenwerten Golffreundes einzulassen. Als Stefan sah, wie hektisch ich den Text in den Computer eingab, fragte er: Ist was? Ich arbeite, sagte ich, und er lachte. Bevor ich mich in die Mittagspause verabschiedete, gab ich Stefan, was er für das Kundengespräch brauchte. Er überflog die Unterlagen und bedankte sich, als hätte ich etwas vollkommen Ungewöhnliches getan. Kannst du mir verraten, was dich plötzlich antreibt? wollte er wissen. Die Aussicht auf ein gutes Mittagessen, antwortete ich, aber Stefan schien mir nicht zu glauben. Viel Spaß! sagte er, da eilte ich schon los. Ich raste durch die Stadt, überfuhr diesmal ganz bewusst eine rote Ampel, hetzte die endlose Treppe in dem Hochhaus hinauf, denn der Aufzug wurde gerade repariert. Als ich schnaufend vor ihr stand, sagte Ruth lachend: Du bist aber pünktlich. Hast du Sorge, etwas zu verpassen? Ich fühlte mich ertappt, schaute in die Wohnung, aus der ein feiner Blumenduft strömte und stand bewegungslos im Türrahmen. Ruth nahm meine Hand und sagte, nun komm schon! Ich dachte an Nina und ihr Waschlappengelächter. Dass ich meine Hand nicht zurückzog, kam mir wie eine kleine süße Rache vor, die ich sehr genoss. Ruth führte mich hinein in ihr neues Reich, zunächst ins Wohnzimmer, ich sah die Blumensträuße auf dem Wohnzimmertisch und ärgerte mich, dass ich ein kleines Mitbringsel vergessen hatte, aber ich hatte keine Gelegenheit, länger darüber nachzudenken, Ruth zog mich in Timos Zimmer. Über seinem Bett hing ein Bild, das er gemalt hatte. Zu sehen war ein See. Am Ufer saßen zwei Menschen, die hinausschauten auf das Wasser. Wer sie waren, konnte man nicht genau erkennen. Timo hatte sich für eine Perspektive entschieden, von der aus nur die Rücken der beiden zu sehen waren. Es war wohl ein Kind und ein Mann. Sein Vater? überlegte ich. Ruth lächelte. Der Mann saß auf einem gestreiften Badetuch, das meinem ähnelte. Das Kind hockte nicht auf dem Tuch, sondern auf dem Rasen. Hand in Hand standen Ruth und ich vor dem Bild, und als sie mich sanft aus Timos Zimmer drängte, dachte ich, sie würde mich nun in ihr Schlafzimmer führen, aber das tat sie nicht, wir gingen in die Küche. Die Forellen müssten gleich fertig sein, sagte Ruth und deutete auf den Ofen. Sie habe die Fische, erklärte sie, mit ein paar Kräutern in Alufolie eingewickelt. Magst du überhaupt Fisch? fragte sie, und als ich behauptete, ich hätte eine schreckliche Angst vor den Gräten, ließ sie meine Hand los und frotzelte, sie könne noch ein paar Fischstäbchen braten. Ich habe immer welche im Eisfach, sagte sie. Timo liebt die Dinger. Ruth holte eine Pfanne aus dem Schrank, doch bevor Ruth sie auf den Herd stellen konnte, unterbrach ich sie, Forelle sei wunderbar. Vielen Dank für die Einladung, flüsterte ich. Schön, dass du gekommen bist, erwiderte sie und umarmte mich. Ich schloss die Augen, strich mit meiner Hand durch ihre glatten, blonden Haare. Die Locken hat Timo von seinem Vater, dachte ich. Plötzlich ging Ruth einen Schritt zurück. Vielleicht hätte ich das nicht tun sollen, sagte sie. Immerhin …, aber bevor sie weiterreden konnte, zog ich sie wieder zu mir. Ich kam mir wie ein Süchtiger vor, wie einer, der vor ewigen Zeiten regelmäßige Dosen dieses Glücksgefühls genossen hatte, der lange ohne diesen Stoff leben konnte und jetzt wieder schwach geworden war. Mehr, dachte ich, mehr davon. Als ich sie küssen wollte, klingelte der Küchenwecker.

Die Forellen, sagte Ruth und grinste. Die Forellen, wiederholte ich und setzte mich an den Küchentisch. Ich dachte an den Wecker, der mich vom Küssen abgehalten hatte und kam mir nun wirklich wie ein Waschlappen vor. Andererseits war ich froh, dass wir uns nicht geküsst hatten. Was mache ich hier überhaupt? fragte ich mich. Ein Mittagessen mit einer attraktiven Frau. Ein kleiner Flirt, der sich zum großen Betrug entwickeln würde. Gerade jetzt! Ich wollte schon aufstehen und mich verabschieden, als Ruth mir eine Schüssel gab und mich bat, den Salat mit der Sauce zu vermengen. Unhöflich wollte ich nicht sein. Ich blieb und probierte die Sauce, die nach Senf, Joghurt und auch etwas Knoblauch schmeckte. Lecker, sagte ich und dachte an Nina, die Salatsaucen zubereitete, indem sie Olivenöl mit einem Spritzer Essig mischte. Das Rezept für die Sauce, sagte Ruth, habe ich aus diesem Kochbuch. Ruth war die Frau mit den Rezepten. Ich brachte den Salat ins Wohnzimmer, wo der Esstisch stand. Statt wieder zurück in die Küche zu gehen, öffnete ich die Balkontür und trat hinaus. Obwohl die Sonne schien, kam mir die Stadt dort unten dunkel und fremd vor. Mein Blick fiel auf das Haus, in dem ich mit Nina und den Kindern lebte, und sofort fragte ich mich, ob ich auch hier oben stünde, wenn Emma gesund wäre. *Das Baby ist in meinem Bauch, also werde letzten Endes ich entscheiden. Verstehst du das? Der du doch für alles immer Verständnis hast? Ich bin die Frau, du bist der Mann. Komm, sei mal männlich!* Ninas Worte gingen mir nicht aus dem Kopf. In der Ferne stieg ein Flugzeug in den Himmel, und Ruth rief: Die Forellen stehen auf dem Tisch. Was möchtest du trinken, Weißwein vielleicht? Wasser, sagte ich. Ruth lächelte, reichte mir die Wasserflasche und schenkte sich Wein ein. Sie wünschte mir einen guten Appetit, und ich bedankte mich noch einmal für die Einladung. Etwas förmlich, distanziert. Ich konnte nicht anders. Ruth wirkte enttäuscht. *Komm, sei mal männlich!* Aber was hieß das überhaupt? Wir saßen da und schauten uns in die Augen. Ich hielt das nicht lange aus und blickte bald wieder auf meinen Teller, entfernte die Forellenhaut, und als ich bemerkte, dass auch die Fische mit Knoblauch gewürzt waren, fragte ich Ruth, ob sie Angst vor Vampiren hätte.

Sie lachte endlich wieder und erkundigte sich mit einem etwas übertriebenen Kopfschütteln, ob ich noch nichts von der Studie gehört hätte, nach der Knoblauch absolut unwirksam sei, um sich nachtaktive Blutsauger vom Leib zu halten. Ich hatte keine Ahnung. Ruth aber kannte sich bestens aus mit Vampirromanen und Vampirfilmen, und während wir die Knoblauchforellen aßen, beschrieb sie mir in allen Einzelheiten, woran diese Ungeheuer zu erkennen seien und dass ein Holzpflock ins Herz gestoßen werden müsse, um einen Vampir …, sie machte eine Pause, um dann fortzufahren: zu vernichten. Tot ist er ja schon, erklärte sie. Ich nickte. Und sie fragte keck: Wollen wir das Thema wechseln? Ihre Vorliebe für das Leben der Untoten war mir zwar nicht geheuer, aber ich hatte den Eindruck, dass es keinen besseren Gesprächsstoff für dieses Mittagessen gab. Meine Schwermut war wieder verflogen. Ich dachte nicht mehr an meine Tochter, hier waren keine Nebelschwaden und kein weinender Engel; es war, als würde Ruth mit ihren Vampirgeschichten die schlimmsten Ängste aus meinem Körper saugen. Ihre Geschichten wirkten wie meine musikalische Medizin, und so erzählte ich ihr auch von dem Cure-Konzert. Ich beschrieb die schwarz gewandeten und stark geschminkten Fans, die aussahen, als wären sie einer Gruft entstiegen, und Ruth sagte, sie habe sich auch überlegt, dorthin zu gehen. Hättest du dich verkleidet? fragte ich ungläubig. Sie lächelte und versuchte zu erklären, dass sie sich nicht verkleiden würde, wenn sie als Vampir herumliefe. Sie stand auf, ging um den Tisch und näherte sich meinem Hals. Ruth fletschte die Zähne, und ich sagte: Wenn Nacht wäre, würde ich jetzt fliehen. Sie erwiderte: Wenn Nacht wäre, hättest du keine Chance zu entkommen. Aber es war mitten am Tag und mir war dieses Spiel nun doch etwas unangenehm. Ich muss jetzt gehen, sagte ich, als vom Fisch nur noch Haut und Gräten auf dem Teller lagen. Ihr Blick verriet mir, dass auch sie mich für einen Angsthasen oder Waschlappen hielt. Sie räumte das Geschirr weg. Ich fragte, ob ich helfen könne. Aber sie wollte sich nicht helfen lassen. Na dann, sagte ich, und sie verabschiedete mich mit der Bemerkung, am späten Nachmittag sei sie mit Timo am Badesee, aber ich ging nicht darauf ein, stattdessen wiederholte ich noch einmal, wie gut sie gekocht habe. Der Aufzug schien wieder zu funktionieren, auf jeden Fall sah ich die geöffnete Tür, eilte in die Kabine und drückte auf das große E für Erdgeschoss. Es tat sich nichts, Ruth kam zum Aufzug und wünschte mir noch einen schönen Tag. Dann schloss sich die Tür endlich, und ich fasste mir an den Kopf. Du hast sie wirklich küssen wollen! dachte ich. Das kann doch alles gar nicht wahr sein. Ich schaute auf das Display meines Handys und sah, dass Nina mehrfach versucht hatte, mich anzurufen. Zunächst hörte ich die Nachrichten ab, die sie auf die Mobilbox gesprochen hatte, bevor ich zum Cure-Konzert gegangen war. Hallo Jan, sagte sie auf Band. Ich habe mich danebenbenommen. Es tut mir leid. Ruf mich bitte an. Dann hatte sie aufgelegt. Die nächste Nachricht: Jan, wir müssen reden. Bitte melde dich. Und noch eine, dieses Mal mit den Stimmen von Grete und Leonie: Papa, wann kommst du endlich nach Hause? Ich fuhr heim, und kaum hatte ich die Tür geöffnet, fiel mir Nina um den Hals. Ich bin so froh, sagte sie. Ich bin so froh, dass du wieder da bist. Ich hätte nicht …, flüsterte ich, aber ich schaffte es nicht, den Satz zu beenden, der eine lange Aufzählung hätte werden müssen. Es gab so viel, das ich in letzter Zeit besser nicht gesagt oder getan hätte. Wo sind die Kinder? fragte ich und löste mich aus ihrer Umarmung. In der Schule und im Kindergarten, antwortete Nina. Heute ist Montag, die Ferien sind vorbei. Die Antwort war wie ein Schlag ins Gesicht. Wieder hatte ich etwas versäumt. Nina schien zu merken, wie peinlich es mir war, dass ich die beiden nicht zur Schule und nicht zum Kindergarten gebracht hatte, obwohl ich es ihnen versprochen hatte, und sie wechselte schnell das Thema. Wie war das Konzert? fragte sie. Und ich sagte: So wie früher. Laut und dunkel. Nina nahm mich wieder in den Arm. Wir küssten uns, und es dauerte nicht lange, da weinten wir auch.

Du bist kein Waschlappen, sagte sie, und ich hasse mich dafür, dass ich dich mit diesem doofen Wort gequält habe. Ich weiß nicht, warum ich das getan habe. Ich glaube, es hat viel weniger mit dir als mit mir zu tun. Ich würde so gerne stark sein. Ich würde so gerne sagen: Emma, du bist todkrank, und jetzt lassen wir dich sterben, aber ich kann das nicht, ich bin so unsicher, und dieses Gefühl, alles andere als stark und sicher zu sein, treibt mich dazu, dich runterzuputzen, der du natürlich dasselbe durchlebst wie ich. Wir sitzen beide in derselben Scheiße, schluchzte sie, und ich wollte gerade widersprechen, dass ich sehr wohl ein Waschlappen sei, als sie sagte: Wir müssen endlich eine Entscheidung treffen. Wir müssen uns wirklich beraten lassen. Und ich habe etwas getan, ohne es mit dir abzustimmen, aber ich habe es gestern nicht mehr ausgehalten, einfach nur auf dem Sofa zu sitzen, allein mit dem kranken Kind im Bauch. Nina schaute mich mit einer solchen Verzweiflung an, dass ich annahm, sie werde gleich morgen zur Abtreibung gehen, dabei sagte sie nur: Ich habe Familie Kastan angerufen. Wollen wir sie morgen Nachmittag besuchen? Einen Moment lang nahm ich an, die Kastans wären eine Elternbekanntschaft aus Leonies Schule oder Gretes Kindergarten, also sagte ich erleichtert, das können wir gerne machen, nur haben wir unseren Kindern versprochen, am Dienstagnachmittag gemeinsam zum Badesee zu fahren. Frag die Kastans, ob sie mitkommen wollen, schlug ich vor. Nina schaute mich verwundert an. Ihr Sohn Malte, entgegnete sie gereizt, wird wohl nicht ins Wasser gehen können. Wieso denn nicht? wollte ich wissen, und als Nina kopfschüttelnd aus dem Raum lief, erinnerte ich mich endlich an den Zettel mit der Telefonnummer, den mir Langenfeld gegeben und den ich Nina weitergereicht hatte.

Sie kam gleich wieder zurück, und ich entschuldigte mich für meine, wie ich sagte, Gedankenlosigkeit, aber diese Entschuldigung wollte Nina zunächst nicht annehmen. Ich habe mir fest vorgenommen, rief sie, nicht mit dir zu streiten, aber jetzt streiten wir wieder, ist das nicht schrecklich? Nur weil ich den Namen Kastan nicht sofort zuordnen konnte? beschwerte ich mich. Und wer sagt, dass Malte sich nicht freuen würde, im Sand zu buddeln? Nur weil er behindert ist, muss man ihn doch nicht zu Hause einsperren! Aber das ließ Nina nicht gelten. Darum geht es doch gar nicht, rief sie und holte tief Luft. Dass du den Namen der Kastans vergessen hast, ist wirklich nur eine Kleinigkeit, die aber gut zu dem passt, was wir hier in letzter Zeit mit dir erleben. Das ist selbst Grete aufgefallen, behauptete sie. Was denn? fragte ich. Jan, sagte sie nach einer Weile, ich bin momentan auch nicht ganz zurechnungsfähig, ich schreie dich an, ich beleidige dich, aber du bist so seltsam entrückt, als würdest du Drogen nehmen. Du stellst gebrauchte Teller nicht in die Spülmaschine, sondern in den Kühlschrank. Du antwortest nicht, wenn man dich etwas fragt. Du hast dir neulich sogar Zahnpasta ins Gesicht geschmiert, weil du wohl angenommen hast, es sei Hautcreme. Ich mache mir, beklagte sie, mittlerweile mehr Sorgen um dich als um Emma. Ich erschrak. Weil ich mich weder an die Teller im Kühlschrank noch die Zahnpasta erinnern konnte und weil ich solche Ausfälle für harmlos hielt, wenn ich sie mit meinen Horrortrips im Nebel verglich. Ja, sagte ich. Vor allem zu mir selbst. Nina schaute mich empört an. Was, ja? Sie tippte mit ihren Fingernägeln auf den Tisch, als wolle sie mir demonstrieren, dass sie immer noch auf eine Erklärung wartete. Ich bin, antwortete ich nach einer Weile, völlig durcheinander, ich verliere meinen Verstand, ich rede mit mir selbst, meine Gedanken laufen mir davon, ich sehe Spukgestalten und mache Sachen, die ich zwei Minuten später bereue, ich vergesse Termine. Ich … ich … ekle mich vor mir selbst. Was redest du denn da? unterbrach mich Nina. Ja, ich werde zur Familie Kastan mitkommen, sagte ich, und ja, ich werde endlich die Psychotherapeutin aufsuchen, die Langenfeld empfohlen hat. Ich halte mich und meine Gedanken nicht mehr aus. Dr. Gerber heißt die Frau, wenn mich mein getrübter Verstand nicht wieder im Stich lässt. Und, ja, ich weiß, dass du mit dieser Therapeutin nichts zu tun haben willst, du brauchst das vielleicht auch nicht. Ich brauche den Beratungsschein, unterbrach mich Nina. Wir hielten inne, saßen regungslos am Tisch. Ich werde übrigens nicht zu der Versteigerung nach London fliegen, sagte sie nach einer Weile. Dann standen wir auf und umarmten uns. Lass uns gemeinsam zu Dr. Gerber gehen, schlug sie vor. Ich nickte. Nina eilte zum Telefon. Wählte eine Nummer. Sie schien keine Sekunde länger warten zu wollen.

Mein Mann und ich, hörte ich sie sagen, hätten gerne einen Termin. Was erst in drei Wochen? Das ist zu spät. Ich habe ein todkrankes Baby im Bauch und brauche einen Beratungsschein! Damit bekamen wir ganz schnell einen Termin. Wir galten als Notfall. Morgen, sagte Nina, ist die Zeit des Wartens vorbei. Um drei Uhr fahren wir zur Familie Kastan, um vier dann die Gerber, und um fünf geht es mit den Kindern zum Badsee? fragte ich ungläubig. Was tun wir, wenn wir für den ersten Termin mehr Zeit brauchen? Mir kam dieser Plan nicht nur ambitioniert, sondern auch ignorant vor. Wie konnte man eine Familie mit einem schwer behinderten Kind besuchen, um dann, komme was wolle, nach einer dreiviertel Stunde wieder zu verschwinden, möglicherweise noch mit dem Argument: Unsere Therapeutin wartet. Wir werden wahrscheinlich auch über den Besuch hier bei Ihnen reden. Sie verstehen das doch, oder? Ich holte tief Luft. Nina legte mir einen Finger auf den Mund und sagte: Wir schaffen das. Bitte.

Drei

Kurz nach drei standen wir vor dem Haus der Familie Kastan. Nina klingelte, aber niemand öffnete. Ich drückte noch einmal auf den Klingelknopf. Ob heute überhaupt Donnerstag sei, wollte Nina wissen. Das darfst du mich nicht fragen, gab ich zurück. Ich bin in unserer Ehe für das Durcheinander zuständig. Sie lachte, und in diesem Moment stand Frank in der Tür. Mein erster Gedanke war: Er ist jünger als ich. Frank trug abgeschnittene Jeans und ein bis zum Brusthaar aufgeknöpftes weißes Hemd. Mit seiner sonnengebräunten Haut und den verstaubten Sandalen sah er aus, als wäre er gerade auf dem Weg zu einem Karibikstrand. Kommt herein, sagte er und umarmte mich, das heißt er versuchte, seine Arme um meine Schulter zu legen, aber ich erwiderte die Geste nicht, mir war diese Nähe nicht geheuer: Nur weil der Mann ein Kind hatte, das genauso krank war wie Emma, hieß das nicht, dass wir uns verbrüdern mussten, aber als ich sah, wie Nina ihn in die Arme schloss, selbstverständlich und selbstbewusst, schämte ich mich, nicht herzlicher gewesen zu sein, offener für die Offenheit dieses Vaters.

Silke empfing uns in einem dunkelblauen Leinenkleid, ihre rotblonden Haare hatte sie zu einem Zopf zusammengebunden. Ich reichte ihr die Hand, und auch sie fiel mir um den Hals, was mich besonders irritierte, weil sie ihren großen Busen gegen mich presste. Schön, dass ihr da seid, sagte sie.

Wir gingen in ein Haus, in dem mir alles fremd vorkam. Der blumige Duftstäbchengeruch, die hellen Kiefernmöbel, die bunten Comictierbilder an den Wänden. Ich schaute mir die Bilder etwas genauer an und bemerkte, dass sie auf Aluminiumplatten aufgezogen waren. Als Malte noch nicht auf der Welt war, erzählte Silke, hatte ich noch Zeit zu malen, und ich fragte mich, ob sie eine freundliche Bemerkung über ihr künstlerisches Talent erwartete. Ich schwieg, und Nina behauptete, ihr gefielen die kräftigen Farben. Während der Wohnungsführung wich Silke nicht von meiner Seite, und immer wenn ich einen Schritt zur Seite machte, näherte sie sich gleich wieder, sodass wir uns berührten. Silke zeigte uns die Küche und das Klo, und ich kam mir vor, als würden wir zur Verwandtschaft gehören, die das neue Heim der jungen Familie besichtigte. Der kleine Rabauke schläft gerade, sagte Silke und deutete auf eine Zimmertür, die halb geöffnet war. Der Raum war abgedunkelt, und aus dem Dämmerlicht war die Ankündigung eines Radiomoderators zu hören, auch in der nächsten Stunde würden die größten Hits aller Zeiten gespielt. Das ist Maltes Lieblingsprogramm, meinte Frank verschmitzt. Ach so, sagte ich, und Silke erklärte, sie habe den Sender immer während der Schwangerschaft gehört. Etwas zu trinken? Wasser? Tee? Ein Bier vielleicht? fragte Frank, und ich sagte, später vielleicht. Silke hakte sich bei Nina ein. Wir beide trinken jetzt einen kleinen Prosecco, nicht wahr? flötete sie mit hoher Stimme, als habe sie schon etwas getrunken. Sie zwinkerte Nina zu, die sich auf die Gastfreundschaft einließ, wahrscheinlich aus Protest gegen meine Zurückhaltung, so kam es mir jedenfalls vor, und als sich Frank ein Glas einschenkte und nur ich nichts in der Hand hatte, gab ich nach. Auf die Gesundheit, rief Silke in die Runde. Sie lachte und ihre Augen leuchteten. Ich setzte mich in die Ecke einer riesigen Sofalandschaft. Auf dem Couchtisch stand ein weißer Kasten mit Tasten und Schläuchen, der mich an ein Spielzeug aus Leonies Arztkoffer erinnerte. Das ist Maltes Ernährungspumpe, sagte Frank und brachte das Gerät in die Küche. Malte hat ein wenig Probleme mit der Verdauung, ergänzte Silke. Zum Glück gibt es diese Technik. Jetzt kann er etwas länger schlafen, ohne dass wir ihm ständig irgendwas in den Magen pumpen müssen, das macht das Ding von sich aus. Da ist ein kleiner Computer drin, und wenn etwas nicht funktionieren sollte, werden wir sofort auf unserem Handy angerufen. Das ist doch fantastisch, nicht wahr? Vor zwanzig Jahren wäre das gar nicht möglich gewesen. Silke redete weiter, aber ich hörte nicht mehr zu, lauschte einem Lied, das in Maltes Zimmer gespielt wurde. *Wild boys* ..., brüllte der Sänger, ... *always shine*, und ich dachte, wie unpassend, aber das schien Frank anders zu sehen, er wippte mit und sagte, ja, unser Malte ist wirklich ein wilder Junge. Wollt ihr ihn mal sehen? fragte Silke, und bevor ich eine Antwort geben konnte, war Nina schon aufgestanden, huschte mit Silke in Maltes Zimmer, und auch Frank drängte mich hinein. Da lag er nun, mit einer, wie Silke sofort erklärte, Atemmaske, um sicherzustellen, dass er auch im Schlaf genügend Luft bekam. Entweder Atemmaske oder Ernährungspumpe, sagte Frank. Die Maske mag er aber lieber. Da schläft er sofort ein. Malte machte kurz die Augen auf, um sich dann zur Seite zu drehen. Hatte er uns bemerkt? Der Kleine ist ziemlich aktiv, wenn er pennt, sagte Silke. Ich habe immer Angst, dass er sich mal mit seinem Luftschlauch die Kehle zuschnürt, aber die Ärzte meinen, das sei nicht möglich. Silkes Gesichtszüge verhärteten sich und auch ihre Stimme wurde leiser.

Sie streichelte die Wangen ihres Sohnes. Malte stieß einen wohligen Brummlaut aus. Letzte Woche hat er Mama gesagt, zum ersten Mal, flüsterte Silke. In seinem Alter konnte Grete ihren Namen schreiben, dachte ich und fühlte mich an die Geschichte von Franka erinnert, die Nina und ich im Internet gelesen hatten, an die Freude der Eltern, dass Franka kurz vor ihrem Tod doch noch sitzen gelernt hatte, während gleichaltrige Kinder längst Laufrad fahren und auf Bäume klettern konnten. Ninas Hände verkrampften sich. Nervös schaute sie auf die Uhr. Wir gingen zurück ins Wohnzimmer. Nina ließ sich in die Sofalandschaft fallen. Sie stöhnte, legte die Hand auf ihren Bauch. Habt ihr nie gezweifelt? Habt ihr nie …? brach es aus ihr heraus. Ja, haben wir, sagte Silke ernst. Und ich weiß auch heute noch nicht, ob unsere Entscheidung richtig war. Versteh mich nicht falsch, ich liebe Malte, aber wenn ich ihn im Bettchen sehe, wie er röchelt, wie er schreit, weil ihm wieder der Magen schmerzt, dann denke ich: Wer sind wir, dass wir mit der ganzen Technik nicht nur sein Leben, sondern auch seine Schmerzen verlängern. Und wenn es bloß bei dem Atemgerät und der Ernährungspumpe bleiben würde, wäre das ja fast schon zu ertragen, aber wir muten dem Jungen eine Operation nach der anderen zu, damit er ein paar Monate, Wochen, Tage länger leben kann. Malte wurde schon häufiger operiert als ich, und nächste Woche haben wir wieder einen Termin beim Kardiologen, das ist wirklich furchtbar … Silke wischte sich eine Träne aus den Augen und ergänzte leise: Aber wenn ich mir vorstelle, er wäre nie auf der Welt gewesen, schlimmer noch: er könnte irgendwann nicht mehr da sein, macht mich das genauso fertig. Frank nickte stumm. Silke wollte noch etwas sagen, hielt aber inne, als wir einen lauten Schrei aus

Maltes Zimmer hörten. Frank eilte zu seinem Sohn, und als er nicht zu schreien aufhörte, sagte Silke, das könne jetzt schon mal zwei Stunden so gehen, und ich dachte: Das halte ich keine zwei Minuten aus. Maltes Geschrei wurde noch lauter und greller, als wollte er Fensterscheiben zum Klirren bringen. Er machte keine Pause, schien keine Luft holen zu müssen, und plötzlich war dieses unmenschliche Kreischen mitten im Wohnzimmer.

Frank hielt Malte im Arm. Der Kleine starrte uns an. Und verstummte. Nur noch das Radio in Maltes Zimmer war zu hören. Silke übernahm ihren Sohn, strich über sein schmales Gesicht. Lachte er? Erst jetzt fiel mir auf, dass er das Atemgerät nicht mehr trug. Malte nuschelte irgendetwas vor sich hin, und Silke strahlte ihn an. Habt ihr das gehört? Er hat wieder … Mama gesagt. Mama, Mama, Mama, rief sie, und ich dachte, wenn ich sein Vater wäre, würde ich wahrscheinlich auch etwas verstehen. Oder mir einbilden, dass mein Kind nicht nur unverständliche Zischgeräusche und Knacklaute von sich gibt. Willst du ihn mal halten, fragte Silke und wandte sich an Nina. Ich sah Panik in ihren Augen, aber sie nickte. Silke legte ihren Sohn zwischen Ninas Beine, sodass er seinen Kopf auf ihren leicht gewölbten Bauch legen konnte. Geht´s? fragte Silke. Nina rang sich ein Lächeln ab. Malte bewegte sich hektisch hin und her, riss seinen Kopf herum und fiel zur Seite. Er konnte nicht sitzen. Er war drei Jahre alt und konnte nicht sitzen. Malte murrte grimmig. Nein, aus diesen Lauten konnte Silke kein Wort mehr heraushören. Aus seinem Mund lief Spucke. Wie bei einem Baby. Ich kann das nicht, sagte Nina und gab Malte wieder der Mutter zurück, und darüber war er offenbar so froh, dass er seine Arme fest um Silke schlang. Ich konnte kaum glauben, was dann geschah: Malte öffnete und schloss seinen Mund, langsam und kontrolliert, als wolle er etwas sagen; schließlich gelang ihm das Wort, das ich bislang nicht verstanden und das ihm nun sehr deutlich über die Lippen kam. Mama. Und noch einmal. Mama. Es war ein kleines Wunder. Ich setzte mich neben Silke und nahm seine kleine Hand. Ich wollte ihn berühren. Mich entschuldigen, dass ich ihn so unterschätzt, ihn im Grunde nicht für einen Menschen gehalten hatte. Ich spürte eine Träne auf meiner Wange. Aber ich wischte sie schnell weg, nicht nur weil ich mich schämte, sondern auch weil ich dachte: Was sollst du, kleiner Malte, denn davon halten, wenn du ständig von Leuten umgeben bist, die bei deinem Anblick zu heulen anfangen? Nein, Silke hatte schon recht mit ihrer anstrengend guten Laune, also zwang ich mich, ihn anzulächeln, und ich wurde belohnt, er erwiderte mein Lächeln, ja, er war ein kleines Wunder, wie jeder andere Mensch auch. Nina erhob sich. Wir müssen los, sagte sie, und als ich aufstand, zitterten meine Knie, ich konnte mich kaum auf den Beinen halten. Ich schlich zum Tisch, auf dem eine halbvolle Sektflasche stand. Möchtest du noch einen Schluck? fragte Frank. Sehr gerne, sagte ich und Nina warf mir einen bösen Blick zu, aber ich genoss das Getränk, hatte das Gefühl, als würde die Kohlensäure in meinem Körper weiterblubbern und mir wieder Kraft geben. Malte schlug mit seinen Armen um sich, und ich dachte zunächst, wie schön, er freut sich mit mir. Aber leider hatte ich seine Reaktion missverstanden. Er schien keine Luft zu bekommen. Frank rannte ins Schlafzimmer, holte das Atemgerät, setzte Malte die Silikonmaske auf Mund und Nase. Ich wunderte mich, wie fachmännisch er dies tat. Malte beruhigte sich und atmete wieder regelmäßig.

Wie oft passiert das? erkundigte ich mich, und Frank lachte. So gut wie gar nicht, behauptete er. Zwei oder drei Mal im Monat. Silke schüttelte den Kopf, wollte aber darüber nicht länger sprechen. Habt ihr schon einen Namen für eure Tochter, wechselte sie das Thema, und weil Nina und ich nicht antworteten, schob Silke eine Frage hinterher: Es wird doch ein Mädchen, nicht wahr? Wir nickten. Nina sagte: Wir nennen sie Emma. Wenn ich ein Mädchen geworden wäre, offenbarte Frank, hätte ich auch Emma geheißen. Das kann doch kein Zufall sein! Was für ein schöner Name … Silke runzelte die Stirn. Welche Woche? unterbrach sie ihren Mann und schaute zu Nina, die mit einem Achselzucken antwortete: Ich habe aufgehört zu zählen, seitdem wir wissen, dass Emma krank ist. Silke nickte. Habe ich auch so erlebt, sagte sie. Ist ja auch nicht so wichtig. Die Zeit läuft mit einem behinderten Kind sowieso anders. Ständig sagen dir die Ärzte, das Kind könne jeden Moment sterben, und dann ist es plötzlich doch drei Jahre alt, ich meine, ein Tag mit Malte kann wahnsinnig lang sein, weil er bis heute nicht einsieht, dass die Nacht zum Schlafen da ist, aber wenn ich zurückblicke, dann kommt es mir vor, als wäre er erst vorgestern auf die Welt gekommen. Silke hielt Malte, der inzwischen eingeschlafen war, fest im Arm und sagte: Klar, ich freue mich, wenn du pennst und wir ein paar Minuten für uns haben, aber ich bin auch über jede Sekunde froh, in der du wach bist, du kleiner Rabauke. Sie stand auf, brachte ihn ins Kinderzimmer, und Frank trug das Atemgerät hinterher. Lass uns gehen, bat Nina mit rauer Stimme. Machen wir, versprach ich. Wir standen im Flur, um uns von Silke und Frank zu verabschieden, aber sie ließen uns warten. Nina lief nervös auf und ab. Soll ich mal nachschauen? fragte ich, und in diesem Moment kam Silke aus Maltes Zimmer. Irgendwas hat mit dem Atemgerät nicht funktioniert, entschuldigte sie sich. Frank wisse aber, wie man das Gerät wieder hinbekommt. Wir haben noch einen Termin, versuchte ich unseren hastigen Aufbruch zu rechtfertigen. Silke lächelte freundlich, und ich dachte an ihre Äußerungen über das andere Zeitgefühl von Eltern mit behinderten Kindern. Zur Gerber kommen wir sowieso zu spät, dachte ich, und obwohl es mir unangenehm war, die Frau warten zu lassen, erschien mir der Besuch bei Silke, Frank und Malte viel wichtiger als das Gespräch mit der Therapeutin. Ihr könnt uns gerne wieder besuchen, verabschiedete sich Silke mit einem Lächeln, und ich hörte Nina leise sagen, nur das nicht. Ich hoffte, dass Silke die Bemerkung überhört hatte, die mir peinlich war. Wie konnte Nina so etwas Unverschämtes von sich geben? Dann geschah etwas, was mich so sehr verstörte, dass mir schwindelig wurde: Bevor Nina vor die Tür trat, drehte sie sich noch einmal um. Warum kommt ihr das nächste Mal nicht zu uns? fragte sie. Mitsamt dem Atemgerät und der Ernährungspumpe? Ich bin mir sicher, Leonie und Grete werden sich rührend um Malte kümmern. Sie haben sich ja immer ein Brüderchen gewünscht. Silke nahm die Einladung an. Wir melden uns, sagte sie. Das klang wie eine Drohung. Ich dachte: Wie passt das alles zusammen? Ich stolperte über die Türschwelle und lag plötzlich im Vorgarten. Nina schrie. Und half mir wieder auf die Beine. Nichts passiert, behauptete ich, aber in meinem Kopf drehte sich alles, ich hatte Mühe, ins Auto einzusteigen.

Nina bestand darauf, sich ans Steuer zu setzen. Als wir losfuhren, wurde mir übel. Ich versuchte den Würgereflex zu unterdrücken, denn ich wollte wissen, ob sie die Kastans tatsächlich eingeladen hatte. Warum denn nicht? entgegnete Nina. Ich dachte: So ein Wahnsinn. Und brüllte: Weil du mich mehrfach darum gebeten hast, endlich aufzubrechen, und weil du uns allen sehr deutlich zu verstehen gegeben hast, hier nie wieder auftauchen zu wollen. Nur das nicht, hast du gesagt. Nina bremste und fuhr in eine Parklücke. Spinnst du? rief sie. Das hast du gesagt! Du wolltest weg! Du hast dich benommen, als hätte dich jemand zu diesem Besuch gezwungen. Dabei war das doch deine Idee. Und ich bin froh, dass wir die drei kennengelernt haben. Nina starrte mich an, und ich kämpfte gegen meine Übelkeit. Ich … habe … du … hast. Ich bekam keinen vollständigen Satz mehr heraus, und Nina reagierte empört. Wie bitte? Du glaubst mir nicht? Sollen wir zurückfahren und Silke fragen? Ich schüttelte wieder den Kopf, riss die Wagentür auf und kotzte auf die Straße. Als das Zeug draußen war, hörte ich Ninas Stimme, obwohl sie nichts sagte. Die Sätze, die sie mir unterschieben wollte, waren nicht mehr aus meinem Kopf zu bringen, und sie klangen, als würde man im Radio einen Beitrag zu schnell abspielen. Ich schlug mir mehrfach auf die Stirn, und als hätte es in meinem Gehirn einen Wackelkontakt gegeben, liefen die Sätze nach einem ganz besonders heftigen Schlag wieder im Normaltempo. Außerdem wurden sie jetzt nicht mehr von Nina, sondern von mir vorgetragen. Mein Gedächtnis spielt mir einen Streich, dachte ich sofort, obwohl es mir schwer fiel, überhaupt irgendetwas zu denken. Ich zitterte am ganzen Körper, öffnete wieder die Tür und erbrach einen sauren Rest. Ich bin am Ende, hörte ich mich sagen. Der Besuch bei den Kastans hatte alles verändert. Weil ich nicht ertrug, was ich sah, hatte ich Nina meinen Horror untergeschoben. So ging es nicht weiter. Nein, mit einer Ernährungspumpe und einem Atemgerät, mit wöchentlichen Operationen und der Aussicht, dass alle Anstrengungen doch nicht ausreichten, wollte ich Emma nicht ins Leben schicken. Ich schwitzte und zitterte noch immer. Ich wollte diese Entscheidung nie treffen. Ich wollte Emma retten. Jetzt kam ich mir wie ein Versager vor. Nina brachte mich nach Hause. Ich schleppte mich ins Bett und wachte erst spät am nächsten Morgen wieder auf.

Schöne Grüße von Grete und Leonie, sagte Nina und strich mir übers Haar. Wie geht es dir? Du hast die ganze Nacht über gefiebert, hast nach mir gerufen, obwohl ich neben dir lag. Ich konnte mich nicht daran erinnern, aber sehr wohl an das, was am Tag zuvor passiert war. Ich entschuldigte mich bei Nina und sagte, da sei was nicht in Ordnung in meinem Kopf und Körper, woraufhin Nina mich bat, nicht länger den Doktor zu spielen. Das wollte ich auch nicht. Ich war mir nur sicher, dass ich noch nie in meinem Leben so verunsichert gewesen war und dass ich große Angst hatte, all das, was noch vor uns lag, nicht zu verkraften. Ich wollte und konnte nicht länger ertragen, was ich seit Tagen erlebte, die starken Kopfschmerzen, die Aussetzer, die Stimmen, den Nebel, all das musste aufhören, bevor ich gar nicht mehr herausfand aus der großen Unordnung. Ich möchte Emma nicht an Ernährungspumpen und Atemgeräte anschließen, sagte ich. Nina nickte und teilte mir mit, sie habe mit Dr. Gerber gesprochen. Wenn du willst, können wir heute um zwei bei ihr vorbeikommen. Dass wir gestern nicht aufgetaucht sind, hat sie uns nicht übel genommen. Sie meinte, wir sollten uns keinen unnötigen Stress machen. Ich richtete mich auf und schaltete den digitalen Kalender meines Handys ein, das auf dem Nachttisch lag. Heute um zwei? rief ich erschrocken. Spricht was dagegen? wollte Nina wissen. Ich zögerte. Jan, was ist los? hakte sie nach. Nichts ist los, sagte ich, außer dass ich vor dem Gerbertermin noch bei Langenfeld vorbeigehen muss, um die Ergebnisse abzuholen. Nina schaute mir in die Augen, als wolle sie überprüfen, ob ich die Wahrheit sagte: Welche Ergebnisse? Wir haben keinen Termin bei Langenfeld! Du fantasierst wieder, schimpfte sie, und weil ich mir nach den Erfahrungen am Tag zuvor selbst nicht mehr sicher war, was ich mir ausdachte und was nicht, stand ich auf, ging zu meinem Handy, rief die Nachrichten auf meiner Mobilbox ab. Die zweite kam von Langenfeld. Die Ergebnisse meiner Chromosomenanalyse seien da, und er wolle gerne mit mir darüber sprechen. Ich solle einen Termin ausmachen. Ende der Nachricht. Das hatte ich offensichtlich schon getan. In meinem Kalender war für diesen Tag eingetragen: Langenfeld, 14 Uhr. Außerdem hatte ich mir vorgenommen - auch das war schriftlich fixiert - eine Stunde später im Büro zu sein. Stefan schien zu dieser Zeit wohl unterwegs zu sein. Aber sollte ich mich mit den geheimnisvollen Einzahlungen auf unseren Konten überhaupt noch beschäftigen? Ich würde mit Stefans Geschäften bald nichts mehr zu tun haben, außerdem gab es jetzt wichtigere Dinge als ein paar Ungereimtheiten in den Bilanzen. Ich werde, sagte ich, heute erfahren, was mit meinen Genen los ist.

Nina zeigte mir einen Vogel. Du bist wie ein Autist, sagte sie. Immer geht es nur um dich und deine Probleme. Tut mir leid, rief ich, und knallte das Handy in die Ecke des Schlafzimmers. Aber hast du eine Vorstellung, fragte ich verbittert, was es *für mich* tatsächlich bedeutet, wenn das Labor eine balancierte Translokation festgestellt hat?

Höchstwahrscheinlich werde ich an einer ganz und gar nicht balancierten Leukämie erkranken. Noch habe ich keinen Blutkrebs, aber ich habe Angst vor dieser Krankheit. Ich weiß, meine Ängste kotzen dich an. Ich kann es nicht ändern. Ich werde mir auch Vorwürfe machen, wenn der Langenfeld bestätigt, was ich befürchte, dass nämlich ich unserem Kind diese grauenhafte Trisomie eingebrockt habe, ja, das macht mich wahnsinnig. Dieses Mal erscheint mir unsere ungeplante Planung wirklich sehr sinnvoll, denn die Gerber wird mich nach dem Termin beim Langenfeld in ein Irrenhaus einweisen können. Du kannst ja schon mal vorgehen und sie warnen, dass da ein autistischer Spinner kommt, einer, der nur sich und seine Krankheiten im Kopf hat, der ein Waschlappen und ein Sackgesicht ist. Ich rannte aus dem Schlafzimmer in die Küche, nahm mir eine Flasche Mineralwasser aus dem Kühlschrank und schüttete mir den Sprudel in die Kehle, sodass ich mehrfach aufstoßen musste und der faulige Gestank meines Magens in meine Nase stieg. Benommen von meinem eigenen Körpergeruch setzte ich mich auf die Küchenbank. So stinkt der Tod, dachte ich und stellte mir vor, wie meine Organe innerlich verrotteten, ohne dass ich es merkte. Ich zitterte, fror und schwitzte zugleich. Dass Nina neben mir saß, bemerkte ich erst, als sie mich fragte: Wollen wir einen Tee trinken? Eine einfache Frage, aber ich war nicht in der Lage, eine Antwort zu geben. Tee? entgegnete ich ratlos. Wir dürfen uns nicht aufgeben, sagte sie. Wir werden das schaffen. Wenn wir uns gegenseitig helfen. Und wenn wir Hilfe annehmen. Nina legte ihre Hand auf meine, und diese Berührung ließ mich nicht mehr an das faulende Gewebe in meinem Körper denken. Das Zittern ließ nach, nur dass Nina weiter redete, störte mich, ich wollte ihre Beschwörungsformeln nicht hören. *Wir dürfen uns nicht aufgeben.* Hatte sie das gerade wieder gesagt? Translokation, Blutkrebs, sie habe keine Ahnung. Sie werde sich damit beschäftigen, ich müsse mehr mit ihr reden. *Wir werden das schaffen.* Da bin ich mir nicht so sicher, dachte ich. Wie oft hatten wir geschwiegen, obwohl ich reden wollte. *Wenn wir uns gegenseitig helfen.* Ich nickte, gab ihr aber zu verstehen, dass ich jetzt über nichts mehr sprechen wollte. Nina bot an, mich zu *unserem Pränataldiagnostiker* zu begleiten. Sie wartete meine Antwort nicht ab. Danach gehen wir zur Gerber? fragte sie. Erschöpft sagte ich: So machen wir das. Endlich schwieg sie.

Auf Langenfelds Tisch lag ein Bild meiner Chromosomen. Er machte es kurz. Karyogramm … Translokation … Phänotyp …, ich hörte gar nicht richtig zu. Ich wusste, kaum hatte ich ihm die Hand gegeben, was los war. Die Ergebnisse mussten mir auch nicht erklärt werden, denn ich hatte mich ja schon im Vorfeld über die Hintergründe meiner, wie Langenfeld ganz besonders betonte, *balancierten* Verlagerung meiner Erbinformation informiert. Ich wusste, dass sich in diesem Fall die genetischen Informationen zwar nicht an der richtigen Stelle, aber doch in einem gewissen Gleichgewicht befanden, und Langenfeld wusste, dass er auf einen langen Vortrag verzichten konnte. Aber Nina verlangte mehr *Informationen.* Bitte nicht, dachte ich. Wie ist das denn möglich? rief sie. Was kann man dagegen unternehmen? Eine Frage formulierte sie nicht zu Ende: Hat meine Tochter also …? *Unsere* Tochter, dachte ich. Ihr Kind hätte durchaus gesund sein können, sagte Langenfeld, mit einer theoretischen Wahrscheinlichkeit von 25 Prozent. Da musste ich lachen. Gibt es auch eine praktische Wahrscheinlichkeit? fragte ich und in Langenfelds Welt gab es sie tatsächlich. Die meisten Föten mit einer Trisomie 13 seien nicht lebensfähig, verteidigte sich der Arzt. Sie sterben, ohne dass es die Mutter bemerkt. Also ist die Wahrscheinlichkeit, dass Sie Eltern eines gesunden Kindes werden, praktisch etwas höher. Es sei denn, beide Elternteile weisen eine balancierte Trisomie auf. Dann ist die Chance gleich null, ein gesundes Kind zu zeugen. Um das herauszubekommen, müssten wir das Blut Ihrer Frau analysieren, und falls Sie eine weitere Schwangerschaft in Betracht ziehen, würde ich eine solche Analyse auch empfehlen. Dann könnten wir die befruchteten Eizellen auf genetische Defekte untersuchen, bevor sie in die Gebärmutter implantiert werden. Sie haben sicher schon davon gehört? Wir nennen das Präimplantationsdiagnostik. Für mich war das Gespräch beendet.

Eine weitere Schwangerschaft? nuschelte Nina entsetzt. Ich stand auf. Langenfeld blieb demonstrativ sitzen und blätterte in seinen Unterlagen. Sie sind jetzt in der 17. Schwangerschaftswoche, sagte er und schaute zu Nina. Und wie es aussieht, entgegnete sie, wird die Kleine theoretisch und praktisch noch eine Weile in meinem Bauch bleiben! Ich will auch nicht wissen, wie meine Gene aussehen. Heute nicht und morgen nicht. Niemals! Mit diesem Präimplantationsdingsbums werde ich mich ohnehin nicht beschäftigen. Langenfeld lächelte gequält. Haben Sie sich schon mit Frau Dr. Gerber in Verbindung gesetzt? wollte er wissen. Nina schaute auf die Uhr und stöhnte. Wir müssten längst bei ihr sein, die arme Frau, gestern haben wir den Termin abgesagt, und heute kommen wir zu spät. Sie lächelte verschmitzt. Wahrscheinlich liegt es an unseren Genen, dass wir nichts auf die Reihe bekommen! Nina stolzierte aus dem Zimmer, und ihr frecher Abgang gefiel mir so gut, dass ich am liebsten applaudiert hätte. Als wir die Praxis verließen, überraschte mich Nina mit einem weiteren Vorschlag: Wir fahren jetzt zur Gerber und sagen ihr, dass Wetter sei zu gut, um sich über traurige Dinge zu unterhalten. Verwundert schaute ich sie an: Ob sie Regen bräuchte, um über Emma zu sprechen, fragte ich, aber sie ließ sich nicht beirren. Wir haben auch noch zwei andere Kinder, und die freuen sich bestimmt, wenn wir sie jetzt aus der Nachmittagsbetreuung holen, um mit ihnen an den Badesee zu fahren. Immerhin haben wir das gestern nicht geschafft, und wenn wir uns heute mit unseren schlechten Genen rausreden, finden die das bestimmt nicht komisch. Ich lachte. Und wie wollen wir das der Gerber erklären? Wir sollten die Frau besser nicht verärgern, ich meine, vielleicht sind wir bald auf ihre Unterstützung angewiesen. Über den Einwand ging Nina mit der Bemerkung hinweg, ich solle das mal ihr überlassen, und das tat ich dann auch.

Kurze Zeit später standen wir vor einer verwitterten Villa und fragten uns, ob das überhaupt die richtige Adresse sei. Nur ein kleines Schild wies den Weg. Beratungszentrum, dritter Stock. Wir nahmen den Aufzug, der nicht besonders einladend wirkte. Die Beleuchtung fiel auf der Fahrt aus, immerhin öffnete sich die Tür im richtigen Stockwerk. Wir wurden von einer Mitarbeiterin empfangen, die uns fragte, womit sie uns helfen könne, und ich sagte, wir hätten einen Termin bei Frau Gerber, da begrüßte uns auch schon eine grauhaarige Dame im schwarzen Anzug. Nina zögerte nicht, ihr zu erklären, warum wir gleich wieder gehen wollten, und die schmächtige Frau lachte mit einer Lautstärke, die ich nicht erwartet hätte. Das würde ich an Ihrer Stelle auch machen, amüsierte sich die Therapeutin, als sei ein Ausflug zum Badesee ohnehin die allerbeste Therapie. Ihre Fröhlichkeit irritierte mich; immerhin versetzten wir sie nun zum zweiten Mal, aber sie schien viel Erfahrung mit wankelmütigen Eltern zu haben. Damit Sie mich nicht falsch verstehen, ich freue mich auf unser Gespräch, sagte sie immerhin. Aber es gibt keine Eile. Nehmen Sie sich Zeit! Für sich und für Ihr Kind. Nina gab die selbstbewusste Mutter und streichelte ihren Bauch. Ich fragte mich: Was ist denn mit dieser Frau los? Weiß sie überhaupt, dass unser Baby todkrank ist? Und dass ich dem Kind diese Krankheit vererbt habe? Wieder lachte die Frau. Bloß weg von hier, dachte ich.

Grete und Leonie spielten am Ufer des Sees, als ich Timos Stimme hörte. Er rannte über den Rasen, hielt einen halben Meter vor meinem Badetuch an, um dann in meinen Schoß zu hüpfen. Quak! machte er und grinste. Wer bist du denn? fragte Nina erstaunt, und Timo entgegnete: Ich bin ein Frosch. Hörst du das nicht? Und wer bist du? Bevor Nina antworten konnte, tauchte Ruth auf. Sie hatte ihre blonden Haare hochgesteckt und trug türkisfarbenen Plastikschmuck, handgroße Ohrringe, eine Kugelkette und einen Armreif, die gut zu dem weißen, bodenlangen Stoffkleid passten. Beinahe hätte ich gesagt: Erstaunlich, wie gut sich Vampire verkleiden können! Aber ich hielt mich zurück, begrüßte sie mit einem knappen Hallo und war froh, nicht aufstehen zu können, weil es sich Timo inzwischen auf meinem Bauch bequem gemacht hatte. Komm da mal runter, forderte sie ihren Sohn auf, der aber nicht gehorchte. Tut mir leid, sagte sie, und ich versuchte Nina zu erklären, dass ich Timo schon mal eine Portion Pommes ausgegeben hatte und wir seitdem Freunde waren. Du hast davon erzählt, sagte Nina zu meiner Überraschung. Hatte ich das? Ich konnte mich nicht erinnern. In meinem Kopf herrschte ein so großes Durcheinander, dass ich nicht hätte sagen können, ob ich Ruth schon mal erwähnt hatte. Grete und Leonie eilten herbei. Was will der Typ da? meckerte die Große, und die kleine Schwester ergänzte frech: Hoffentlich macht er nicht Pipi auf dein Badetuch! Die beiden hätten ihn beinahe zur Seite gestoßen, wenn ich nicht dazwischengegangen wäre. Der Typ heißt Timo, und er ist kein Baby mehr, erklärte ich. Was man von dir, liebes Gretchen, nicht immer behaupten kann. Doofe Jungs, fauchte Leonie und zog wieder ab. Grete bewies, dass auch Mädchen doof sein können, indem sie den Spruch ihrer Schwester nachplapperte. Bringst du mir eine Pommes? fragte Timo, und seine Mutter schüttelte heftig den Kopf. Komm, wir gehen ins Wasser, schlug ich vor, und damit war er einverstanden. Flugs hatte er Hose und Hemd ausgezogen. Setzen Sie sich doch zu uns, sagte Nina, und Ruth lächelte schüchtern. Timo nahm seine Schwimmflossen, auf die Frösche gedruckt waren, und lief Richtung Wasser. Ich beeilte mich, ihm zu folgen. Als wir Leonie und Grete erreichten, kreischten die Mädchen: Iiiihh, die doofen Jungs kommen! Was sie aber nicht davon abhielt, mit uns zu spielen. Grete gab Timo sogar ihr geliebtes Boot, und Leonie warf mir ihren aufblasbaren Strandball zu und erwartete, dass ich ihn zurückköpfte. Seitdem sie mal ein altes Foto von mir im Fußballdress einer Schülermannschaft gesehen hatte, meinte sie, ich solle unbedingt wieder Fußball spielen, schon allein wegen des Trikots. Außerdem hatte der Vater einer Schulfreundin nach einem kleinen Turnier unter Betriebssportgruppen einen stattlichen Pokal nach Hause gebracht, und nun wollte Leonie, dass auch ich so ein Ding anschleppte. Wenn du schon nicht in einen Fußballverein gehst, rief sie mir zu, darf ich das wenigstens? Klar, antwortete ich. Spricht nichts dagegen. Was Grete ganz anders sah. Sie watete durch das knietiefe Wasser und stellte sich vor ihre Schwester. Fußball? quiekte sie. Das ist Jungssport. Aber Leonie wusste dieses Argument zu entkräften. Nur im Kindergarten! erklärte sie. Aber ich bin schon in der Schule, da spielen auch Mädchen Fußball. Grete gefiel das gar nicht, aber sie konnte ihre Meinung schnell ändern: Gut, dass ich nächstes Jahr in die Schule komme. Dann kann ich das ja auch mal ausprobieren. Doch Timo hatte eine viel bessere Idee. So lange willst du warten? fragte er ungläubig. Ich habe einen echten Fußball dabei. Soll ich dir den mal zeigen? Grete war neugierig, hatte ihr Wasserspielzeug schon vergessen. Wie heißt du überhaupt? fragte er, und als sich die beiden nahezu formvollendet vorgestellt hatten, zogen alle drei ab, um sich den Fußball zu holen. Ich beobachtete, wie sich Ruth und Nina unterhielten. Sie schienen sich viel zu erzählen zu haben, was mir gar nicht gefiel. Als ich sie auch noch lachen hörte, hätte ich gerne gewusst, ob ich der Grund für die Heiterkeit war. Was mich allerdings weitaus mehr beunruhigte, war mein Gedächtnis, das mich wieder im Stich ließ: Ich konnte mich immer noch nicht erinnern, was ich Nina über Ruth erzählte hatte. Wusste sie von dem Haus am Flughafen und der Zwangsversteigerung? Hatte ich das Mittagessen im Erlenweg erwähnt? Mir war auch vollkommen unklar, ob ich wiederum mit Ruth über Emma, Grete oder Leonie, vielleicht sogar über meine Ehe gesprochen hatte. So sehr ich mich auch anstrengte und mein Gedächtnis durchwühlte, ich fand keine Bilder, Sätze oder Stimmungen, die ich hätte abrufen können. Ich suchte weiter, geriet in einen Gedankennebel, in dem ich nur auf Silben und Zahlen stieß, mit denen ich nichts anfangen konnte. Ich kam mir wie ein Computer vor, von dessen Speicher wichtige Informationen gelöscht worden waren. Zurückgeblieben waren nur verschlüsselte Hinweise, die darauf hindeuteten, dass es dort mehr Daten zu diesem Thema gegeben hatte. Ich konnte mich zwar daran erinnern, dass ich Ruth in der neuen Wohnung besucht und sie uns Fisch zubereitet hatte, ich wusste sogar, dass wir über Vampire geredet hatten, aber ich war mir vollkommen unsicher, was ich bei ihr sonst noch getan hatte. War ich mit ihr im Bett? Nein, bestimmt nicht. So blöd konnte ich nicht gewesen sein. Hatte ich sie geküsst? Scheiße, ich wusste es nicht mehr. Ich hatte sie küssen wollen, ja, schlimm genug, aber was war geschehen? Ich schüttelte den Kopf, aber die Erinnerung kam nicht zurück.

Papa, was ist denn los? beschwerte sich Leonie. Ich werfe den Ball genau auf Kopfhöhe und du triffst ihn nicht, duckst dich sogar weg! Vielleicht solltest du doch nicht Fußball spielen, meinte sie, nachdem ich den Ball wieder nicht erwischt hatte. Verärgert verließ sie das Wasser, und ich schwamm hinaus auf den See, fast bis ans gegenüberliegende Ufer. Hier war ich allein. Die Sonne brannte mir auf den Schädel, und ich hatte den Eindruck, nicht nur meine kahle Kopfhaut, sondern mein ganzes Leben würde zerfließen. Meine ungeborene Tochter würde sterben, meine Frau sich von mir trennen, vor allem weil es unmöglich war, mit einem Verrückten zu leben, einem Verzweifelten, ich würde Leonie und Ruth, aber auch Timo bald nicht mehr sehen, weil auch Ruth bald bemerken musste, wie es um mich bestellt war. Beruflich hatte ich versagt, und meiner Berufung war ich nie gefolgt. Stefan war wohl ein Betrüger, und ich betrog ihn mit meiner Unfähigkeit. Mein Hirn verflüssigte sich, und es war ein Wunder, dass ich noch nicht abgesoffen war, denn meine Lebensbilanz fiel so erschütternd aus, dass ich mich kaum mehr bewegen konnte, und als ich dann endlich untertauchte, kam mir der Weg in die Tiefe fast wie eine Befreiung vor, zumal die kühleren Wasserschichten mir gut taten, weil sie meinen völlig überhitzten Kopf etwas beruhigten. Nur meine schmerzenden Lungen erinnerten mich daran, dass ich auftauchen musste, aber mein Kopf war mir wichtiger, mit jeder Sekunde in diesem Kältebad schienen meine verlorenen Erinnerungen wiederzukommen. Ja, ich hatte Ruth von Emma erzählt, und Nina gegenüber war ich zwar nicht ehrlich gewesen, aber ich hörte mich über die Zwangsversteigerung reden, auch wenn die einzelnen Worte seltsam verzerrt waren. Ich kämpfte mich weiter in die Tiefe vor, ich wollte mein ganzes Gedächtnis zurück, und wenn es nur diesen Weg gab, meinen Speicher wiederherzustellen, würde ich ihn wählen, so dachte ich jedenfalls, als alle Stimmen wieder verschwanden und ich plötzlich ein regelmäßiges Pumpgeräusch hörte. Es war Maltes Atemmaschine. Hier im See? Das Geräusch wurde lauter und lauter, und ich tauchte tiefer und tiefer, um jetzt den Maschinentönen zu entfliehen. *The words all left me / Lifeless / Hoping / Breathing like the drowning man.* Endlich war da wieder eine menschliche Stimme zu hören. The Cure begleitete mich bis zum Seegrund. Ich hatte den Eindruck, noch einmal durch das Konzert zu schwimmen, das ich besucht hatte. Nur wurden die Lieder hier unten nicht ausgespielt, ich hörte lediglich kurze, schrille Musikfetzen. Ein paar Sekunden aus dem bunten Popmarsch *The Walk*, ein paar Takte aus der Liebeshymne *In between days.* Schließlich erreichten mich die beruhigenden Gitarrenriffs aus *Faith.* Der Text kam als leises Echo bei mir an. *I went away alone.* Ich schwamm weiter. *With nothing left.* Jetzt kam ich zu einem Schmerzpunkt, den ich nicht mehr aushielt. *But faith.* Ich gab auf, schoss nach oben, vergaß den Druckausgleich, sodass sich nicht nur meine Lungen, sondern auch die Trommelfelle anfühlten, als würden sie zerreißen. Als ich die Sonne wieder sah, versuchte ich, das Wasser, das ich geschluckt hatte, aus mir herauszupressen und gleichzeitig nach Luft zu schnappen, was mir aber nicht gelang. Ich konnte auch meine Arme und Beine nicht mehr bewegen, wie ich wollte, sank wieder in die Tiefe und hatte nur einen Gedanken: Das ist das Ende. War es aber nicht. Ich spürte zwei Hände, die mich festhielten, meinen Körper aus dem Wasser zogen und mich an Land schleppten. Als ich in Ninas verängstigtes Gesicht blickte, verlor ich das Bewusstsein. Ich war nicht lange weggetreten, wie mir Nina später versicherte. Sie war mir nachgeschwommen, weil sie mich nicht mehr gesehen und sich Sorgen gemacht hatte. Was denn passiert sei, wollte sie wissen, aber ich war in dem Moment genauso ratlos wie sie.

Wir saßen in einer kleinen Bucht am anderen Ende des Sees. Weit entfernt vom Trubel des bewachten Badestrandes. Nach einer Weile sagte ich: Ohne dich hätte ich es nicht geschafft. Ich erzählte, was ich dort unten im See gesehen und gehört hatte, und Nina schüttelte den Kopf. Versprich mir, dass du nie wieder so etwas tust! Weil ich nicht reagierte, schlug sie mir auf den Bauch. Versprich es mir! kreischte sie, und ich hätte, so erschrocken war ich über ihre Lautstärke, beinahe gefragt: Was denn? Aber ich legte meinen Arm auf ihre Schulter und erklärte stockend: Ich will nicht sterben.

Ich schaffe das gar nicht, mich umzubringen. Sie senkte ihren Kopf, und als ich ihr mitteilte, ich müsse ihr noch viel mehr erzählen, als ich begann, von Dingen zu sprechen, die mir peinlich seien, wollte sie mich nicht ausreden lassen. Ist jetzt nicht wichtig, unterbrach sie mich. Ich weiß das sowieso. Nina klammerte sich so fest an meinen Oberkörper, dass mir wieder die Luft wegblieb. Bist du verliebt? fragte Nina ernst. Ich schüttelte den Kopf, wusste aber selbst nicht so genau, worauf sich mein Kopfschütteln bezog, auf Ninas Frage oder auf meinen gescheiterten Versuch, mit ihr über meinen Nebelhorror zu reden. Nein, ich war nicht in Ruth verliebt. Ich war auf der Suche nach einem Glücksgefühl, dass ich nicht fand. Scheiß drauf, sagte Nina. Ich will, dass du bei uns bleibst. Was auch immer wir in den nächsten Wochen erleben. Willst du das auch? Die Frage hörte sich an, als wollte sie mich hier am schlickigen Ufer des Sees noch einmal heiraten. Ich lächelte erschöpft, und in diesem Moment näherte sich ein Flugzeug der Landebahn, sodass sich meine Antwort hinauszögerte. Ich erinnerte mich daran, wie wir, ohne Gäste und ohne Kinder, vor vier Jahren das Standesamt aufgesucht hatten. Wir hatten keine Zeremonie und keine Reden gewollt. Nach den Unterschriften hatten wir eine Flasche Champagner getrunken und waren ins Bett gegangen; mittlerweile bereute ich, dass wir nicht gefeiert und aus unserem Hochzeitstag mehr gemacht hatten, und so dachte ich jetzt: Das ist unsere zweite Chance. Ich streichelte Nina, mir liefen Tränen über die Wangen, die anders schmeckten als die vielen, die ich in den vergangenen Wochen vergossen hatte. Ja, ich will, antwortete ich mit einer Stimme, die tatsächlich nach Eheversprechen klang, was Nina zum Anlass nahm, die Szene zu Ende zu spielen.

Du darfst die Braut jetzt küssen, sagte sie, was ich auch tat, und als unsere Lippen sich berührten, wollte ich noch viel mehr, nämlich eine Hochzeitsnacht mitten am Tag, und Nina schien auch daran gedacht zu haben. Sie zog mir die Badehose aus und löste die Schleifen ihres Bikinis. Endlich gab es mal keine Missverständnisse zwischen uns. Zu schön, um wahr zu sein, dachte ich, als ich Ninas sanftes Stöhnen hörte. Wir haben zu wenig Sex, sagte sie leise. Ich presste mein Becken gegen ihres, und dann ging es doch zu schnell. Fortsetzung folgt, flüsterte Nina und lächelte. Wir brachen auf und schwammen, wie mir sofort auffiel, im selben Tempo zurück zum Badestrand. Von weitem sah ich, dass Ruth mit den Kindern spielte. Da seid ihr ja, begrüßte uns Leonie. Jetzt gibt es Pommes, sagte ich. Und die Kinder jubelten.

Grete war im Kindergarten, Leonie in der Schule und wir wieder im Bett. Da blieben wir bis zum Mittag, um dann bei einem Lieferservice zwei Pizzen zu bestellen. Kaum hatten wir die verzehrt, gingen wir erneut ins Bett, zogen die Decken über die Köpfe, als müssten wir uns verstecken. Wir streichelten uns. Stundenlang. Am Nachmittag rief Ninas Freundin Barbara an und sprach auf den Anrufbeantworter. Ich mache mir Sorgen, lautete ihre Nachricht. Wenn du dich heute nicht meldest, werde ich die Polizei informieren. Auch Jan ist nicht im Büro. Was macht ihr eigentlich? Nina sprang aus dem Bett, nahm den Hörer in die Hand und antwortete kichernd: Wir machen Flitterwochen. Nina schaltete die Mithörfunktion ein, aber von Barbara war nicht viel zu hören. Wir bleiben den ganzen Tag im Bett, erklärte Nina. Ich fühle mich wie ein Teenager, der zum ersten Mal mit einem Typen im Urlaub ist. Und wie lange soll der Spaß noch gehen? wollte Barbara schließlich wissen. Wieder kicherte Nina. Noch eine Woche. Und vielleicht noch eine. Dann entschuldigt die Störung, sagte Barbara, die, bevor sie auflegte, sich noch nach Emma zu erkundigen versuchte, aber Nina beendete das Gespräch und legte das Telefon zur Seite. Ich habe mit Barbara darüber gesprochen, sagte Nina, als wolle sie sich entschuldigen, und ich gab ihr zu verstehen, dass dies doch eine Selbstverständlichkeit sei. Weißt du, fragte sie, warum ich nicht viel früher mit Barbara geredet habe? Ich mutmaßte: Weil du die Frage nach der Abtreibung nicht hören wolltest? Sie nickte. Als wir wieder im Bett lagen, bemerkte Nina, sie habe jetzt keine Angst mehr vor der Frage. Selbst wenn sie keine Antwort wisse. Nina kuschelte sich bei mir ein und schlug vor, eine Woche lang nicht nach einer Antwort zu suchen. Wir nehmen uns eine Auszeit, erklärte sie. Ich lachte und sagte: Aber wir verschweigen nicht, wenn einer von uns das nicht durchhält. Versprochen? Nina küsste mich. Als ich Luft holte, flüsterte sie: Versprochen.

Wie wichtig unsere Vereinbarung war, begriff ich, als drei Tage später ein schwarz umrandeter Briefumschlag in der Post lag. Silke und Frank Kastan hatten uns geschrieben. Malte war tot. Wir waren zur Beerdigung eingeladen. Ich überflog die Karte, und Nina sagte: Jetzt sind unsere Flitterwochen wohl vorbei. Ich öffnete die Fenster, um die Wohnung zu lüften, und einen Moment lang kam es mir vor, als käme wieder Nebel herein, mit weinenden Engeln und schreienden Kindern. Waren da auch Malte und sein klapperndes Atemgerät? Und ein Mädchen, das so aussah wie Emma auf dem Ultraschallbild? Ich schloss meine Augen und öffnete sie erst wieder, als ich sicher war, dass die Geister verschwunden waren. Ich lief durch alle Räume. Nichts. Was ist? fragte Nina, als ich in die Küche kam. Nichts, antwortete ich. Sie saß da und starrte auf die Todesanzeige. Ich habe einen Vorschlag, sagte sie. Statt auf Maltes Beerdigung zu gehen, kümmern wir uns um Emmas. Nina brauchte ihren Vorschlag nicht weiter zu erklären, ich wusste sofort, was sie meinte, und obwohl ich mich vor diesem Augenblick so sehr gefürchtet hatte, dachte ich: Nina hat recht. Wir gehen einen anderen Weg. Einen ohne Atemgeräte und Ernährungsschläuche. Wir sind nicht Silke und Frank. Wir haben eine Entscheidung getroffen, die uns wirklich schwer gefallen ist. Jetzt fühlte ich mich leicht und zugleich äußerst stark. Ich liebe dich, sagte ich. Wir schauten uns in die Augen. Und weinten nicht. Du bist ein toller Mann, entgegnete Nina, und ein wenig schämte ich mich für das Kompliment und für den Moment, in dem sie es ausgesprochen hatte. Aber auch dieses Gefühl der Unsicherheit verflog schnell.

Wir schauten aufs Telefon. Willst du anrufen? fragte Nina. Ich zögerte nicht lange, wählte die Nummer der Praxis Gerber und war erstaunt, dass sich die Chefin selbst meldete. Kommen Sie doch am besten gleich vorbei, sagte sie. Heute ist nicht viel los. Mit einem Lachen beendete sie das Gespräch, und eine halbe Stunde später saßen wir zusammen mit zwei Mädchen in ihrem Wartezimmer. Die eine war höchstens fünfzehn Jahre alt. Sie starrte auf den Boden, und auch als wir den Raum betraten, vermied sie Blickkontakt. Die andere, ein Mädchen mit Kopftuch, lächelte verlegen, und strich mit der Hand über ihren gewölbten Bauch, und mich überfiel die Sehnsucht, auch Ninas Bauch zu streicheln, aber dieser Wunsch verschwand genauso schnell, wie er gekommen war. Nina sagte: Hallo! Die beiden grüßten nicht zurück. Wir setzten uns hin und schwiegen. Ich dachte an das schicke Wartezimmer in Langenfelds Praxis, an die Babyfotos. Die Wände des Beratungszentrums waren leer. Hier gab es auch keine bunten Elternzeitschriften. In diesem Wartezimmer konnte man sich nicht ablenken. Hier musste man nachdenken. Es dauerte fast eine Stunde, bis wir endlich Gerbers Lachen hörten. Als wir aufgerufen wurden, deutete Nina auf die beiden Mädchen und sagte: Wir sind später gekommen. Von einer freundlichen Mitarbeiterin wurden wir aufgeklärt, dass die zwei darauf warteten, von ihren Eltern abgeholt zu werden. Manchmal tauchen die Eltern nicht auf, berichtete Gerber, nachdem sie uns in ihr Sprechzimmer geführt hatte. Und Sie? Sind Sie wieder gekommen, um mir zu sagen, dass Sie lieber zum Badesee fahren wollen? Nein, erwiderte Nina. Heute geht es in den Wald! Aber nach unserem Gespräch. Auch Nina lachte. Ich freue mich, dass Sie so gut gelaunt sind, sagte Gerber. Wir setzten uns an einen runden Tisch, auf dem Wasser und Fruchtsäfte standen. Außerdem hatte Gerber zwei rote Kerzen angezündet und Plätzchen ausgelegt. Adventsstimmung im Sommer, dachte ich, als die Therapeutin plötzlich ernst wurde: Worüber möchten Sie mit mir sprechen? Gerber schaute uns an, als habe sie es geplant, uns mit dieser Frage, die keineswegs abwegig war, zu überraschen. Über den Abbruch meiner Schwangerschaft, antwortete Nina. Gerber lehnte sich zurück. Sie haben, sagte sie, sich viel Zeit genommen, um eine Entscheidung zu treffen. Das ist wichtig. Ich möchte Sie nicht mit Fragen quälen, die Sie sich bestimmt auch schon oft gestellt haben, aber ich möchte Sie gerne etwas besser kennenlernen. Einverstanden? Wir nickten.

Stellen Sie sich doch bitte mal eine Skala von 1 bis 10 vor, sagte sie. Welchen Wert würden Sie wählen, wenn 1 für

Austragen und 10 für einen Abbruch steht? Weil ich nicht sofort antwortete, meldete sich Nina. Das sei zweifelsohne eine 10. Ich ließ mir noch eine Weile Zeit, um schließlich zu sagen: 9,9. Gerber runzelte die Stirn, und auch Nina schien sich zu wundern, also erklärte ich, dass ich mit diesem kleinen Rest der Unsicherheit gut leben könne. Ich nahm Ninas Hand und sagte: Wir haben uns entschieden. Ich weiß aber auch, dass die Entscheidung mir nicht leicht gefallen ist. Nina lächelte mich an: Wenn man es so sieht, stehe ich auch bei einer 9,9. Gerber lächelte. Solche Einigkeit sei selten, behauptete sie und schien uns nicht zu glauben. Was wir denn geantwortet hätten, wenn wir vor einer Woche gefragt worden wären, wollte sie wissen. Und ich sagte schroff: Vor einer Woche hätte ich niemals über den Tod unserer Tochter gesprochen. Ich hätte mich geweigert, ihr Tage, Wochen oder Monate zu rauben, selbst wenn sie ihr kurzes Leben mit Ernährungspumpe und Atemgerät, mit ständigen Magenschmerzen, Herzfehler und epileptischen Anfällen hätte verbringen müssen. Aber dann habe ich ein Kind kennengelernt, das mit Ernährungspumpe und Atemgerät, mit ständigen Magenschmerzen, Herzfehler und epileptischen Anfällen lebte, und ich habe gedacht: Das geht zu weit. Das können wir nicht zulassen. Ja, ich habe meine Meinung geändert. Wollen Sie auch wissen, was ich vor zwei Wochen gedacht habe? Und vor drei? Ich habe meine Meinung nicht nur einmal geändert, und ich glaube, meiner Frau erging es ähnlich. Ist das nicht normal? Gerber entschuldigte sich, sie wolle uns nicht belehren. Ich habe, sagte sie, nur oft erlebt, dass sich Paare falsch einschätzen. Nina schüttelte den Kopf. Wissen Sie, was ich interessant finde? erwiderte ich und zeigte auf das Regal. Es gibt so viele Bücher, in denen mir erzählt wird, wie schön und toll ein Leben auch mit einem T-13-Kind ist, und obwohl die meisten Paare sich für eine Abtreibung entscheiden, habe ich kein einziges Buch gefunden, in dem eine Frau oder ein Mann über diesen Weg schreibt und darüber, dass dieser Weg eben nicht zwangsläufig zum Ende einer Ehe oder zur großen Lebenskrise führt. Kennen Sie denn kein Paar, für das der Abbruch die richtige Entscheidung war? Gruber musste nicht lange überlegen: Doch, doch. Aber ein Abbruch ist und bleibt ein Bruch. Auch im Leben der Eltern. Großeltern. Geschwister. Sie erinnern sich bestimmt an die Frauen, die damals in aller Öffentlichkeit gesagt haben: Ich habe abgetrieben. Die Männer wurden erst sehr viel später gefragt, was sie davon halten. Die meisten leiden heute noch unter der Entscheidung ihrer Frauen. Wir haben gemeinsam entschieden, sagte ich und hoffte, damit sei die Diskussion beendet, aber Gerber ließ nicht locker. Was meinen Sie, warum gibt es das Buch nicht, nach dem Sie suchen? Ich kam mir vor wie in einer Talkshow, in der ich den Moderator provoziert hatte. Weil es niemand lesen würde, dachte ich. Sagte aber: Weil es eine Zumutung wäre. Über das Leben lässt sich leichter schreiben. Wer den Tod will, gehört nicht länger zu den Guten. Selbst wenn das Leben zur Qual wird. Das ist zwar verlogen, aber nicht zu ändern. Und wer will sich schon gerne ausgrenzen? Ich holte tief Luft und bemerkte, wie sich Gerber Notizen machte, während ich redete. Als ich meine Stimme senkte, ging sie sofort dazwischen: Haben Sie sich schon mal gefragt, warum ausgerechnet Dr. Langenfeld ein behindertes Kind hat? Das ist unfair, dachte ich. Ein Test vielleicht, um herauszufinden, ob wir insgeheim doch an unserer Entscheidung zweifelten. Wir sind nicht die Langenfelds, sagte Nina. Und deren Kind ist nicht unser Kind. Gerber schloss ihr Notizbuch. Ja, sagte sie, angesichts der Krankheiten, die ihr Baby zu ertragen hätte, ist der Sohn der Langefelds wohl kerngesund. Verstehen Sie mich nicht falsch, ich muss Sie das fragen, wenn ich meinen Beruf ernst nehme. Ich möchte Ihnen noch etwas erzählen: Mit Ende zwanzig habe ich eine Fehlgeburt erlebt. Die Ärzte sagten mir, dem Baby würden Teile des Gehirns fehlen. Es habe keine Überlebenschance. Damals gab es keine Pränataldiagnostik. Ich weiß nicht, ob diese Technik das Leben leichter macht. Aber ich weiß, wie erleichtert ich später über das Ende der Schwangerschaft war. Heute habe ich zwei gesunde Söhne. Darüber freue ich mich. Ist das unmoralisch? Nein. Bestimmt nicht. Aber ich habe gelitten, ich habe mir Vorwürfe gemacht, mir die Schuld für den Abgang gegeben. Dann hielt sie kurz inne, um mich direkt anzusprechen: Sie haben gesagt, dass Sie Ihre Meinung geändert haben. Können Sie mal beschreiben, was Ihnen in den vergangenen Tagen und Wochen durch den Kopf ging? Nina nickte mir zu. Ich holte tief Luft. Es sei mir peinlich, darüber zu sprechen, sagte ich, und Gerber gab mir zu verstehen, dass Peinlichkeiten, wenn sie erst mal ausgesprochen seien, ihren Schrecken verlieren würden. Also begann ich, von dem Nebel zu erzählen, von der Fratze im See, dem weinenden Engel und den Gedächtnislücken. Ich versuchte die Strategien zu beschreiben, die ich entwickelt hatte, um dem Horror beizukommen, indem ich zum Beispiel exzessiv The Cure hörte, weil die Musik nicht nur den Nebel wegpusten und das Weinen der Engel übertönen konnte, sondern weil mir die Musik ein Gefühl der Geborgenheit gab, das ich in meinem Alltag oft vermisste. Es fiel mir nicht leicht, Ninas ungläubige Blicke zu ertragen, ihre Zwischenfragen, warum ich ihr all dies verschwiegen hätte, aber darauf wollte ich jetzt nicht eingehen, denn die Hoffnung, den Nebelspuk mit meinem Monolog ein für alle Mal zu bannen, trieb mich tatsächlich an. Ich hörte gar nicht mehr auf, die unterschiedlichen Graustufen meiner Nebelvisionen zu beschreiben. Ich merkte, dass ich mich wiederholte, aber weder Nina noch die Therapeutin schienen die Geduld zu verlieren, und erst, als ich immer schneller sprach und irgendwann sogar Silben verschluckte, unterbrach mich Gerber mit der Bemerkung, ich sei ja ganz außer Atem. Ich trank einen Schluck Wasser, und nach einer kurzen Pause, die Nina nutzte, um auf die Toilette zu gehen, ging Gerber zu ihrem Computer und druckte ein Formular aus. Das ist der Beratungsschein, erklärte sie. Aber ich werde Ihnen den Schein heute nicht geben. Warum denn nicht? fragte Nina gereizt. Weil ich das Gefühl habe, dass sie mehr miteinander reden müssen, antwortete sie. Nina nickte betroffen. Ich sagte: Wir reden. Jedenfalls mehr als noch vor drei Wochen. Gerber trank einen Schluck Wasser und meinte, offensichtlich reiche das nicht. Ich werde Dr. Matei anrufen, kündigte sie mit gedämpfter Stimme an, als plante sie etwas Verbotenes. Der Mann kommt aus Rumänien und hat sein ganzes Leben dafür gekämpft, dass Frauen nicht in dreckigen Hinterhofklos abtreiben müssen. Das haben sie in Rumänien nämlich getan, solange dort Abbrüche verboten waren. Und wissen Sie was? Jetzt ist er der einzige Arzt in unserer Stadt, der sich darum kümmert. Die Kollegen fürchten um ihren Ruf. Wir erfinden immer bessere, immer genauere Methoden in der Pränataldiagnostik, wollen aber mit den Konsequenzen nichts zu tun haben. In welcher Zeit leben wir überhaupt? Ich bewundere den Mann, auch wenn ich das niemals öffentlich sagen würde. Ja, so feige bin ich, denn wenn ich meine Meinung hinausposaune, werden die Zuschüsse für das Beratungszentrum sofort gestrichen. Es ist schon verrückt, in der Therapie fordern wir unsere Patienten auf, ehrlich und offen zu sein, aber wenn es darum geht, einem schwangeren Mädchen zu helfen, darf darüber nur hinter vorgehaltener Hand geredet werden. Gerber schüttelte heftig den Kopf; ihre Wangen waren gerötet. Aber das soll jetzt nicht Ihre Sorge sein, sagte sie, als wolle sie weniger uns als sich selbst beruhigen. Einen Moment lang hielt sie inne. Dann fragte sie, ob wir uns schon Gedanken über die Beerdigung gemacht hätten. Erst dachte ich: Die Frau will uns wieder testen, will herausfinden, ob wir ein Gespräch über die Beerdigung unseres abgetriebenen Kindes überhaupt aushielten, und tatsächlich war ich geschockt, als Nina berichtete, sie habe sich beim Bestatter informiert, ob es so kleine Särge überhaupt gebe. Mein Herz raste. Ich wollte nicht länger stumm herumsitzen. Und Sie? fragte Gerber. Ich will meiner Tochter ein kleines Kuscheltier schenken, sagte ich, einen kleinen Freund, wie ihn auch Grete besaß, den sie überallhin mitnahm und mit dem sie sich unterhielt, wenn die Eltern oder die Schwester mal gerade nicht da waren. Ich begann, wieder zu weinen, aber ich sprach weiter, denn mit jedem Wort beruhigte sich mein Herz. Die Tränen gaben mir Kraft zu reden, und die Worte vertrieben meine Ängste. Wenn es auf der Welt ist, sagte ich, möchte ich das Kind ansehen und berühren, so klein und krank und tot es auch ist. Ich will Emma in ein schönes Tuch wickeln und mich verabschieden. Außerdem wünsche ich mir eine Beerdigung, die weniger Trauerfeier als vielmehr ein Sommerfest ist. Wenn ich mir vorstelle, Emma sähe uns Heulsusen vom Himmel aus, wäre das schrecklich. Jetzt weinte auch Nina. Und lächelte zustimmend. Auf der Beerdigung, wiederholte ich und stellte mit Erleichterung fest, dass mich dieses Wort jetzt nicht mehr ganz so heftig erschreckte, auf der Beerdigung, sagte ich gleich noch einmal, soll nicht nur getrauert werden, weil wir nämlich auch etwas zu feiern haben. Frau Gerber, das hört sich vielleicht etwas abwegig an, aber wir waren bis heute Morgen noch in den Flitterwochen. Nur gab es leider kein richtiges Hochzeitsfest. Nina schlug vor, das Fest nachzuholen. Nicht gerade auf dem Friedhof, sagte ich und konnte mir ein Schmunzeln nicht verkneifen. Vielleicht am Badesee, schlug Nina vor und wischte sich die Tränen aus den Augen. Erst Friedhof, dann Fest am See. Was hältst du davon? fragte Nina. Gute Idee, antwortete ich. Das wird auch Grete und Leonie gefallen. Nina gab mir einen Kuss auf die Wange. Und ich habe angenommen, sagte Gerber erstaunt, Sie seien schon viel länger verheiratet.

Der Termin in der Klinik rückte näher, aber längst war noch nicht alles organisiert. Nina und ich sprachen über jedes Detail. Ob wir eine Kerze ins Krankenhaus mitnehmen wollten und wie die Traueranzeige in der Zeitung aussehen sollte. Wir kämpften um eine eigene Grabstelle für Emma, auch wenn die Friedhofsverwaltung uns mehrfach ein Gräberfeld empfahl, auf dem, wie der Mann der Verwaltung ganz besonders korrekt formulierte, *tot- und fehlgeborene Kinder* beerdigt wurden. Unterstützt wurden wir von einem Bestattungsunternehmen, das von Zwillingsbrüdern geleitet wurde: Albrecht und Alfred Sauter begleiteten mich zum zweiten Termin mit dem Friedhofsverwalter und redeten abwechselnd auf ihn ein, bis der Verwalter unserem Wunsch nachkam. Dabei traten die Brüder sehr geschickt auf. Der eine argumentierte durchaus sachlich, aber im Tonfall etwas aggressiv, sprach von der Würde der Toten und dem Recht der Lebenden, die Bestattung in einem auch für sie angemessenen Rahmen durchführen zu können. Der andere versuchte, das Gespräch, wenn es festgefahren war, mit einer witzigen Bemerkung aufzulockern. Ich hatte mir nicht merken können, wer von beiden Albrecht und wer Alfred Sauter war, so ähnlich sahen sie sich. Mir fiel aber auf, dass sie, als wir die Friedhofsverwaltung verließen, nicht länger an ihrem rhetorischen Wechselspiel festhielten. Jetzt wirkten beide ausgesprochen freundlich. Die Brüder Sauter luden mich noch auf eine Tasse Tee in ihr Beerdigungsinstitut ein, aber ich hatte keine Zeit. Es war noch viel zu tun: Ich musste mich um unser Fest am See kümmern, einige Telefonate führen, Getränke bestellen und mit dem Besitzer der Imbissbude sprechen, ob er, abgesehen von Wurst und Pommes, noch etwas anderes anbieten könne. Nachdem ich mich mit dem Mann auf Hühnerbrüste und Maiskolben geeinigt hatte, schrieb ich Stefan eine SMS, er möge sich bitte bei mir melden. Er rief sofort an. Wie es mir gehe, wie es Nina gehe, er habe oft an uns gedacht. Ich erzählte, was geschehen war, und Stefan überraschte mich mit dem Vorschlag, beim Fest am See ein paar Saxofonstücke zu spielen. Über unsere Firma redeten wir nicht, auch wenn ich mir vorgenommen hatte, die Sache mit den anonymen Bareinzahlungen noch vor dem Fest zu klären. Melde dich, wenn du Hilfe brauchst, sagte er, bevor wir auflegten. Ninas Freundin Barbara bot an, in der Kapelle zu singen und am Grab ein Gedicht vorzutragen, und wir waren beeindruckt, als sie uns wenige Stunden später zurückrief und am Hörer eine lustige Ballade vortrug, die von einem Pinguin handelte, der fliegen konnte und seine Familie verließ, weil er seine ungewöhnlichen Fähigkeiten auf einer Reise rund um die Erde ausprobieren wollte. Sie habe auch schon ein schönes Lied gefunden. Das wolle sie uns aber noch nicht verraten. Meine Eltern wollten Grete und Leonie hüten, solange Nina und ich in der Klinik waren. Als wir den Kindern erklärten, Emma werde die Geburt nicht überleben, umarmten sie sich, als wollten sie sich gegenseitig Trost spenden. Nina erzählte auch, wie wir die Beerdigung geplant hatten, worauf die Kinder sehr unterschiedlich reagierten. Leonie wollte genau wissen, was auf dem Friedhof und was am See passieren sollte, Grete hingegen schien sich dafür nicht zu interessieren. Sie ging mit gesenktem Kopf in ihr Zimmer, streichelte ihre Stofftiere und erkundigte sich, ob sie gesund seien. Leonie gab sich abgeklärt und fragte: Das Baby wird aus Mamas Bauch geholt, damit es keine Schmerzen mehr hat, nicht wahr? Ich nickte, auch wenn das nur die halbe Wahrheit war, denn ich wusste ja nichts über Emmas Schmerzempfinden in Ninas Bauch, aber ich versuchte ihr zu erklären, dass wir Emmas Leidensweg nicht verlängern wollten. Leonie schlenderte eine Weile ziellos durch die Wohnung und kam mit einer neuen Frage zurück. Ist das eine Abtreibung? wollte sie nun wissen. Woher hast du denn das? entgegnete ich, woraufhin ich erfuhr, dass die Mutter ihrer Schulfreundin Carolin gesagt hatte, Abtreibung sei eine Sünde. Erst dachte ich: Ausgerechnet die Hagedorn. Eine Mutter, die ihre Kinder schlug und die, als sie von mir auf die blauen Flecken ihrer Tochter angesprochen worden war, sich erst mit ihrem Recht als Mutter rausgeredet und dann alles von sich gewiesen hatte. Leonie durfte ihre Freundin seitdem nicht mehr besuchen, und Carolin kam nicht mehr zu uns.

Die beiden hatten aber ihre Freundschaft nicht aufgegeben, was Mutter Hagedorn gar nicht passte; sie war sogar zur Schuldirektorin gegangen und hatte darum gebeten, Carolin in die Parallelklasse zu stecken. Mit der Begründung, Leonie hätte einen schlechten Einfluss auf ihre Tochter. Papa, was ist Sünde? fragte Leonie jetzt. Eine Antwort fiel mir schwer, denn ich wusste, dass Leonie alles, was ich jetzt von mir gab, der Freundin weitererzählen würde. Anderseits waren die Kinderfragen eine Hilfe für uns Eltern. Was ist die Seele? Was ist Sünde? Darüber hatten wir nie nachgedacht. Es gibt viele schlimme Taten, begann ich und nahm Leonie auf meinen Schoß. Wenn ich einen Menschen beschimpfe oder ihn schlage. Wenn ich etwas kaputt mache. Wenn ich etwas stehle. Aber es gibt Situationen, in denen muss ich einem Menschen auch etwas wegnehmen dürfen. Eine gefährliche Waffe zum Beispiel. Weil ich annehme, dass er mit der Waffe andere Menschen verletzen will. Sünde ist ein merkwürdiges Wort, fuhr ich fort. Es klingt, als könnte man immer sagen, was man tun und was man nicht tun darf. Wenn wir in die Klinik fahren, damit Emma sterben kann, wollen wir ihr ein Leben mit vielen Schmerzen ersparen. Das ist keine Sünde, finden wir. Ja, es ist eine Abtreibung, die das Gesetz erlaubt. Aber die Entscheidung ist schwer. Sie macht uns traurig. Andere Leute würden anders entscheiden. Leonie nickte mit Tränen in den Augen, und ich fürchtete, dass ich sie überfordert hatte. Auf jeden Fall hatte ihre Frage mich überfordert. Ich glaube, sagte Leonie nach einer Weile, ich weiß, was du meinst: Als Carolin heute von der Schule abgeholt wurde, hat ihre Mutter ganz laut geschimpft, weil Carolin mit Kugelschreiber lustige Gesichter auf ihren Schulranzen gemalt hat. Da habe ich gesagt, ich war es. Du meinst zwar immer, ich soll nicht lügen, aber wenn ich nichts gesagt hätte, wäre Carolin ganz bestimmt wieder gehauen worden. Ich nahm Leonie in den Arm und lachte. Jetzt müssen wir Carolin bestimmt einen neuen Schulranzen kaufen, aber keine Sorge, auch wir sagen Frau Hagedorn nicht die Wahrheit. Ich will ja nicht, dass meine Tochter als Lügnerin dasteht. Danke Papa, sagte sie und gab mir einen Kuss. Ich wollte sie zwar noch daran erinnern, zukünftig bitte nicht zu lügen, selbst wenn die Wahrheit weh täte, aber dazu kam ich nicht, denn das Telefon klingelte. Es war Ninas Vater, der sich erkundigte, ob er uns bei den Vorbereitungen unterstützen könne. Wir freuen uns, dass ihr kommt, sagte ich. Jan, entgegnete er, meine Frau möchte leider zu Hause bleiben. Seine brüchige Stimme verriet, wie peinlich es ihm war, diese Absage zu übermitteln, zumal Elke im Hintergrund brüllte: Diesen Affentanz will ich nicht mitmachen. Heinrich reagierte besonnen: Da verwechselst du etwas, Elke. Wir wollen nicht in den Zoo gehen, sagte er. Und getanzt werden soll auf der Beerdigung deiner Enkelin auch nicht. Dann wurde eine Tür zugeschlagen. Ich dachte: Vielleicht ist es besser, dass sie nicht kommt. Ein Tanzverbot, sagte ich, habe ich nicht ausgesprochen. Musik wird es jedenfalls geben. Heinrich lachte. Das müssen wir ja nicht verraten. Vielleicht überlegt sie es sich noch einmal und kommt doch. Ist Nina da? wollte er wissen, aber sie war unterwegs. Ich melde mich später noch einmal, verabschiedete er sich.

Nachdem ich Nina von dem Telefonat erzählt hatte, sagte sie: Der Frau sei nicht zu helfen. Sie wolle auch nicht mit ihrem Vater sprechen. Sie habe genug um die Ohren. Dann zeigte sie mir eine lange Liste, was wir noch zu erledigen hatten. Die Getränke sind organisiert, sagte ich, und Nina setzte ein Häkchen. Sie erinnerte mich auch an den Termin bei unserer Therapeutin, den ich vergessen hatte, so sehr war ich mit der Organisation des Festes beschäftigt. Auf dem Weg zur Praxis fragte sie, ob ich bemerkt hätte, wie unfreundlich Frau Kühn in den vergangen Tagen war. Hat sie wieder Fischbrötchen gegessen? frotzelte ich. Nein, es ist was anderes, entgegnete Nina. Wir müssen uns wohl bald um eine Alternative kümmern. Ich werde, sagte ich, demnächst viel Zeit haben, und als Hausmann bin ich mir nicht zu fein, auch unsere Toiletten zu schrubben. Nina lächelte, schien mir aber nicht zu glauben, und als wir von unserer Therapeutin mit der Frage begrüßt wurden, wie es uns gehe, antwortete ich: Prima, meine Frau hat mich als Putzteufel engagiert. Das ist gut, sagte Gerber. Mit dem Mopp in der Hand werden sie sich gegen unheimliche Engelwesen zu wehren wissen. Über meine Nebelvisionen sprachen wir dieses Mal nicht, sondern über unsere Kindheiten. Können Sie sich daran erinnern, wie Sie damals Geburtstag gefeiert haben? wollte Gerber wissen. Nina rückte zögerlich mit ihren Erinnerungen heraus. Sie hatte zwar viele Freunde einladen dürfen, aber ihre Mutter hatte sich um nichts gekümmert. Weder um Spiele noch um einen Geburtstagskuchen. Der war meistens von der Mutter einer Freundin mitgebracht worden. Einmal hatte es auch keinen Kuchen gegeben. Gerber erkundigte sich nach unseren Lieblingspeisen im Kindergarten und nach den Namen unserer Kuscheltiere. Wir aßen Kekse, tranken Tee, und ich fragte mich, worauf das Gespräch abzielte, aber bevor ich eine Antwort fand, war die Sitzung vorbei. Schließlich sagte Gerber: Ich schlage vor, wir treffen uns nach der Beerdigung wieder. Nina runzelte die Stirn. Sie könne sich gerade nicht vorstellen, Termine für die Zeit nach Emmas

Tod auszumachen. Ich bedankte mich für das Angebot, war mir aber unsicher, ob ich auch allein wiederkommen würde. Ja, das musste ich wohl. Noch hatte mir Gerber jedenfalls nicht erklärt, woher der Nebelspuk kam und warum ich mich mit weinenden Engeln herumschlug. Als wir Gerbers Sprechzimmer verließen, wechselte sie noch einmal das Thema und wollte wissen, ob wir mit Dr. Matei gesprochen hatten. Wir hatten tatsächlich vergessen, ihn aufzusuchen. Der entscheidende Tag stand fest. Den Termin hatte ich telefonisch ausgemacht, aber obwohl mir die Arzthelferin ein Gespräch mit ihrem Chef angeboten hatte, war ich nicht darauf eingegangen. Das stand nicht auf unserer Liste, sagte Nina. Ich versprach ihr, mich darum zu kümmern. Gerber lächelte und reichte mir einen Telefonhörer. Habe die Nummer schon gewählt, sagte sie, und obwohl ich nicht wie ein kleines Kind behandelt werden wollte, war ich doch froh, als sich Mateis Arzthelferin sofort meldete und vorschlug, am Nachmittag vorbeizukommen. Grüßen Sie mir den Kollegen, sagte Gerber. Und wundern Sie sich nicht, wenn er Ihnen etwas flapsig kommt. Er nimmt seinen Job sehr ernst. Sie überreichte mir noch einen Umschlag. Der Beratungsschein, erklärte Gerber. Den hätte ich ebenfalls vergessen, gab ich zu, und auch Nina war peinlich berührt, dass sie nicht mehr an den Schein gedacht hatte, obwohl sie ihn unbedingt hatte haben wollen.

Zwanzig Minuten später standen wir vor einem kugelrunden Mann mit geröteten Wangen und weißen Stoppelhaaren. »Für Sie verschiebe ich auch mein Schnitzel!«, begrüßte uns Dr. Matei mit einem breiten Grinsen. Er führte uns durch das Krankenhaus, als hätten wir einen längeren Aufenthalt in einem Luxushotel gebucht und er wäre der

Hoteldirektor. Nur sein Äußeres passte nicht zu diesem Job. Er trug Jeans und Turnschuhe. Sein weißer Arztkittel war am Ärmel eingerissen, was ihn nicht weiter zu stören schien. Sie bekommen, sagte er, das größte und schönste Zimmer. Sehen Sie mal, die Aussicht! Tatsächlich konnte man gut über die Stadt sehen. Matei schloss die Tür hinter sich und wurde sehr ernst: Ich habe mit Herrn Dr. Langenfeld und Frau Dr. Gerber gesprochen. Ich werde alles tun, um Ihnen zu helfen. Alles? fragte Nina ungläubig. Sie bringen mir auch eine Schokoladentorte ans Bett? Ich werde sehen, was sich machen lässt, versprach er und schmunzelte. Wann kann ich das Krankenhaus wieder verlassen? fragte Nina. Das kann man schwer sagen, antwortete Matei zurückhaltend. Sie sind in der 19. Schwangerschaftswoche, nicht wahr? Da verläuft der Abbruch mehr oder weniger wie eine normale Geburt. Und die ist, wie Sie wissen, nicht in allen Einzelheiten planbar. Am besten nehmen Sie sich ein Woche lang nichts vor, sagte er. Nina fasste sich an den Kopf. Am Donnerstag ist die Beerdigung geplant, stöhnte sie. Könnte klappen oder auch nicht, erwiderte Matei. Der Körper sei in der 19. Schwangerschaftswoche noch nicht auf eine Geburt eingestellt. Die Wehen, die künstlich eingeleitet würden, öffneten den Muttermund möglicherweise nur sehr langsam. Nina schaute mich ratlos an. Wir machen uns jetzt keinen Stress mehr, dachte ich und schlug vor, die Beerdigung und das Fest am See zu verschieben, alle Gäste noch einmal anzurufen. Die haben bestimmt Verständnis, sagte ich. Nina nickte. Kaum zu glauben, ärgerte sie sich. Da habe ich zwei Kinder geboren, und nun stelle ich mich so dämlich an! Aber Matei versuchte, sie mit sanfter Stimme zu beruhigen, und er hörte sich jetzt weniger wie ein Hoteldirektor, sondern eher wie ein Märchenerzähler an: Ich habe viele, viele Kinder auf die Welt gebracht, gesunde und kranke, lebendige und auch tote. Ich habe gedacht, mich bringt im Kreißsaal nichts aus der Ruhe. Aber dann hat meine Frau entbunden, und ich kann Ihnen sagen, ich war noch nie so nervös in meinem Leben wie in dieser Nacht. Matei blickte zu mir. Wollen Sie dabei sein? wollte er wissen. Eigentlich schon, sagte ich, aber ich weiß nicht, ob ich …, in letzter Zeit war ich … ziemlich durcheinander, wenn Sie verstehen, was ich meine. Matei nickte. Nach einer kurzen Pause wurde er grundsätzlich: Ich glaube, es ist ganz normal, wie Sie reagieren. Wenn wir nicht vollkommen abgestumpft sind, fragen wir uns, ob das, was wir tun, auch richtig ist. Nennen Sie es Verantwortung. Klar, wir haben Angst vor der Entscheidung. Wir haben Mitleid. Mit anderen Menschen und mit uns selbst. Wir suchen nach der Schuld, auch wenn es keinen Schuldigen gibt. Es gibt das Schicksal, und es liegt in unserer Verantwortung, wie wir damit umgehen. Ich höre mich jetzt schon wie ein Prediger an, der seinen Glauben verloren hat. Ich bin doch Arzt, nicht wahr? Er deutete auf eine Glastür und fragte: Wollen Sie den Kreißsaal sehen? Ich wollte. Nina zögerte. Ich sagte: Dann lassen wir das. Muss ja nicht sein, oder? Nina schien das Zittern in meiner Stimme bemerkt zu haben. Sie nahm meine Hand und bat Matei nun doch um einen kleinen Rundgang. Danke, flüsterte ich. Nina lächelte. Matei öffnete die Tür und sagte: Folgen Sie mir bitte.

Vor uns lag ein breiter Gang, der sich von den anderen Krankenhausgängen dadurch unterschied, dass die Türen neuer und das Licht freundlicher war. Wir wurden in den Kreißsaal geführt und gleich wieder von einer Hebamme hinauskomplimentiert, denn der Saal musste für eine Geburt vorbereitet werden. Ich hörte aus einem anliegenden Zimmer das Stöhnen einer Frau und hatte das Gefühl, hier nicht hinzugehören. Als die Frau im verschwitzten Nachthemd über den Gang schlich, war ich so erschrocken, dass ich sie anstarrte, statt, wie ich es eigentlich tun wollte, zur Seite zu blicken; sie konnte sich kaum auf den Beinen halten, und erst als die Hebamme auftauchte und sie stützte, erreichte die Frau den Kreißsaal. Wir verließen die Geburtsstation, und Nina flüsterte: Da heißt es immer, den Wehenschmerz würde man vergessen. Ich kann mich noch ziemlich genau daran erinnern. Mateis Magen knurrte. Das kommt davon, sagte er, wenn man aufs Schnitzel verzichtet. Wir bedankten uns bei ihm für den Rundgang. Er begleitete uns bis zum Aufzug. Also bis morgen! sagte er. Wenn ich Ihnen noch einen Tipp geben darf, gehen Sie ins Kino und schauen Sie sich eine Komödie an, bloß kein Drama! Lachen Sie so viel wie möglich, das entspannt und verkürzt Ihren Aufenthalt in unserem Hause vielleicht um ein paar Stunden. Sie glauben mir nicht? Doch, doch, probieren Sie es aus, Sie werden schon sehen. Er lachte und die Aufzugstür schloss sich. Als wir die Klinik verließen, fragte ich Nina, was sie von dem Vorschlag halte, ins Kino zu gehen. Ich möchte weder lachen noch weinen, entgegnete sie. Ich habe weder Lust auf eine Komödie noch auf ein Drama. Ich möchte mit dir daheim zusammensitzen und … gar nichts tun.

Der entscheidende Tag begann mit den Morgennachrichten am Frühstückstisch. Es gebe deutliche Anzeichen für einen wirtschaftlichen Aufschwung, vermeldete der Radiosprecher. Wie jetzt? meckerte Leonie. Gestern hat der Typ noch gesagt, dass alles ganz schlecht aussieht. Ich glaube denen kein Wort mehr! Und Grete sagte: Ich glaube *dir* nichts mehr, Leonie! Wir lachten, und Grete fühlte sich ermuntert, noch eins draufzusetzen: Mama, ich glaube dir auch nichts mehr! Nina nahm ihre Tochter in den Arm und zwinkerte mir zu: Musst du auch nicht, sagte sie. Solange das für Papa nicht gilt! Ich gab das Kommando zum Aufbruch: Los jetzt, Zähneputzen und Anziehen! Und die Kinder brüllten gemeinsam: Nö, wir wollen noch etwas essen. Aber die beiden hatten schon zwei Scheiben Brot mit Marmelade, ein Ei und eine kleine Schale Müsli verdrückt. Sie schienen das Familienfrühstück an diesem Morgen ganz besonders zu genießen. Nina räumte das Geschirr in die Spülmaschine, ich brachte Butter und Milch zum Kühlschrank, aber Grete nahm meine Hand und die ihrer Mutter, als wolle sie uns zurückhalten. Ich schob die Kleine sanft ins Badezimmer, aber mit dem Zähneputzen ließ sie sich ganz besonders viel Zeit. Als Leonie endlich ihre Bürste in der Hand hielt, fing Grete noch einmal von vorne an. Wenn das so weitergeht, ermahnte ich die beiden, sind wir morgen noch hier. Die Kinder lächelten. Bevor wir die Wohnung verließen, rannte Grete noch einmal in ihr Zimmer und brachte mir eine Barbie. Kannst du die Puppe bitte Emma geben, wenn sie auf der Welt ist? fragte sie, aber Leonie zeigte ihr einen Vogel: Wie soll Emma denn mit der Barbie spielen, wenn sie tot ist? Grete wusste sich aber zu wehren: Die Puppe lebt ja auch nicht, sagte sie trotzig. Wahrscheinlich verstehen sich Emma und die Barbie viel besser als ich mit Leonie! Ich steckte die Puppe in meine Jackentasche und rief: Wir müssen uns beeilen! Als wir im Auto saßen, erinnerte ich die Kinder daran, dass sie heute von den Großeltern abgeholt würden. Grete beschwerte sich: Wissen wir. Hast du schon fünfmal gesagt. Leonie lästerte: Du kannst bis fünf zählen! Toll!

Nachdem ich die Kleinen abgegeben hatte, brachte ich Nina zur Klinik. Ich sah, dass sie wieder auf ihren Nägeln herumkaute, und stellte fest, dass mich ihre Nervosität nicht beunruhigte. Ich funktionierte wie eine Maschine, und ich war froh darüber. Nirgendwo dräuten Nebelwände, in meinem Kopf gab es kein Durcheinander mehr, als hätte jemand den Gedankenmüll der vergangenen Tage und Wochen abtransportiert. Wir wurden von Dr. Matei empfangen. Hätten Sie etwas dagegen, wenn ich noch einmal eine Ultraschalluntersuchung durchführe? fragte er. Bloß nicht! sagte Nina. Ich möchte die Aufnahmen, erklärte Matei, meinen Studenten und Assistenzärzten zeigen. Aber ich habe natürlich Verständnis, wenn Sie das nicht wollen. Eher nicht, gab ich zurück. Doch Nina hatte ihre Meinung bereits geändert. Wenn es jemanden schlauer macht, sagte sie nun und bat mich, beim Krankenhauskiosk ein paar Zeitschriften zu kaufen. Als ich wiederkam, war der Ultraschall schon beendet, und Matei begleitete uns in ein Geburtszimmer. Auch dort waren wir nicht lange allein. Es klopfte, und eine Hebamme trat ein. Nina! rief sie. Aylin! gab Nina zurück. Die beiden umarmten sich. Nina sagte: Aylin hat Grete und Leonie auf die Welt gebracht. Ich dachte: Was ein seltsamer Ort! Hier werden Menschen geboren und geheilt. Hier wird gestorben und das Leben, wenn die Eltern es wollen, auch vorzeitig beendet. Die Hebamme bat Nina, sich aufs Bett zu legen. Ich werde jetzt, sagte sie, ein Gel einführen, um die Wehen einzuleiten. Das kann, wie du weißt, ein paar Stunden dauern. Aber es ging alles ganz schnell. Die Wehen überwältigten Nina. Sie versuchte aufzustehen, weil sie es nicht länger ertrug, im Bett zu liegen, aber sie konnte sich nicht lange auf den Beinen halten. Die Schmerzen waren zu stark. Nina legte sich wieder hin, und Aylin gab ihr ein Schmerzmittel. Ich werde jetzt nachschauen, wie weit sich der Muttermund geöffnet hat. Du kennst das ja, sagte sie, und Nina nickte. Dauert noch, meinte die Hebamme schließlich. Nina weinte. Ob das Schmerzmittel denn nicht wirke, wollte ich wissen. Irgendwie schon, sagte Nina. Aber eben nur irgendwie. Ich setzte mich ans Bett und hielt ihre Hand. Die Zeitschriften, die ich gekauft hatte, wollte Nina nun doch nicht lesen. Die Wehen kamen regelmäßiger. Und wurden heftiger. Wieder tauchte Aylin auf. Wieder sagte sie: Das dauert noch. Sie erhöhte die Dosis des Schmerzmittels und verschwand mit der Bemerkung, sie werde Dr. Matei rufen. Doch der operierte, wie Aylin uns bald mitteilte. Wir müssten noch eine Weile warten.

Nina stöhnte, irgendwann schrie sie. Aylin überprüfte wieder den Muttermund und schüttelte den Kopf. Vielleicht bewegst du dich ein wenig, schlug sie vor. Nina raffte sich auf, ich stützte sie. Lass uns Treppensteigen, sagte sie. Das habe ich bei Grete und Leonie auch gemacht. Nina kämpfte um jeden Schritt. Wir schlichen über den Krankenhausflur und sahen Schwangere, die sich ebenfalls mit den Wehen abmühten, und Mütter, die ihren Nachwuchs in Babyschalen herumfuhren. Die Neugeborenen schliefen oder brüllten. Eine Frau rief verzweifelt: Was hast du denn? Das Baby antwortete, indem es noch lauter plärrte. Zum Treppenhaus kamen wir nicht. Nina brach zusammen. Ich rief um Hilfe, und dann ging alles sehr schnell. Nina wurde in den Operationssaal gebracht, ich musste draußen bleiben. Plötzlich war alles ganz ruhig um mich herum. Kein Baby plärrte, keine Frau stöhnte. Auch die hektischen Stimmen der Krankenschwestern waren verschwunden. Die Ruhe war unheimlich.

Ich faltete meine Hände. Und hörte mich sagen: Nina, ich liebe dich. Dann wieder Stille. Eine Krankenschwester kam aus dem Operationssaal geeilt und teilte mir mit, dass der Kaiserschnitt gut verlaufen sei. Ich dachte: Jetzt ist Emma tot. Ich sah meine Tränen auf den Boden tropfen, die einen kleinen Trauersee auf dem Linoleumboden bildeten. Der See schien sich auszudehnen, und ich stellte mir vor, wie es wohl wäre, in den eigenen Tränen zu ertrinken, aber dann störte ein weißer Schuh meine Todesfantasie, und ich blickte auf. Es war Matei. Ihrer Frau geht es so weit gut, sagte er. Sie muss nur noch aus der Narkose aufwachen. Er übergab mir ein blutverschmiertes Handtuch, in das ein ebenso blutverschmiertes Köpfchen gebettet war. Emma.

Mein erster Gedanke war: Du hast ja wirklich abstehende Ohren. Genau wie ich! Ihre Augen waren verquollen; die Nase sah aus, als hätte man sie eingedrückt. Der Mund war in zwei Hälften zerteilt. Die eine Seite schien zu lächeln, die andere wirkte traurig. Ihr kleiner Körper war fest eingewickelt, als sollte verhindert werden, dass ich ihn sah. Regungslos hielt ich Emma in meinem Arm und traute mich nicht, sie zu streicheln. Ich zog mein Hemd aus der Hose, was, mit einem Kind auf dem Arm, gar nicht so leicht war, und als ich es endlich geschafft hatte, wischte ich ihr mit meinem Hemd die Blutreste von Gesicht und Schädel. Hat Emma gelebt, als sie auf die Welt kam? fragte ich, und Matei legte mir eine Hand auf die Schulter. Sagte aber nichts. Wie ist sie gestorben? hakte ich nach, und Matei sprach von einem Herzen, das zu schwach gewesen sei, und von einer Lunge, mit der Emma nicht habe atmen können. Es fiel ihm offensichtlich schwer, mir das zu erzählen, aber ich ließ ihn nicht gehen. Ich wollte wissen, warum Emma so rote Lippen habe, als wären sie angemalt worden, und ich erkundigte mich nach den dunklen Flecken auf der Backe, die wie Blutergüsse aussahen, und tatsächlich wusste er auf jede Frage eine medizinische Antwort, wobei er sich jetzt wie ein Beerdigungsredner anhörte, der mir Trost zu spenden versuchte. Als mir keine Frage mehr einfiel, sagte ich: Danke. Er nickte. Gleich werde Aylin kommen und sich um alles Weitere kümmern. Er schaute auf die Uhr und verschwand im OP-Bereich. Ich blickte den grau-grünen Krankenhausflur entlang und begann zu frieren. Hier konnte ich nicht länger bleiben. Ich stand auf und ging mit Emma im Arm die Treppe hinauf, eilte durch die Eingangshalle in der Hoffnung, dass mich niemand sah und niemand aufhielt. Ich rannte über den riesigen Parkplatz, der rund um das Krankenhaus angelegt war. Endlich erreichte ich die umliegenden Wiesen und Felder. Völlig außer Atem ließ ich mich mit Emma unter einem Kastanienbaum nieder. Ich spürte meine trockene Kehle; seit Stunden hatte ich nichts mehr getrunken, aber das war mir gleichgültig. Schau doch! rief ich, das ist ein Zitronenfalter, und kaum hatte ich den Schmetterling erwähnt, bemerkte ich heftige Klopfgeräusche. Und hör mal, das ist ein Specht! flüsterte ich ihr ins Ohr, und es kam mir vor, als würde sie sich freuen. Sie schien jetzt nicht nur mit der einen Gesichtshälfte, sondern auch mit der anderen zu lächeln, und deshalb machte ich weiter mit meiner Welterklärung: Das ist … eine Wiese … dort hinten … der Wald … da oben … sind Wolken …, und je mehr ich aufzählte, desto trauriger wurde ich, denn ich wusste ja, dass Emma von all dem gar nichts mitbekam, was mich aber nicht davon abhielt, weiter zu beschreiben, was ich sah.

Irgendwann fand ich in meiner Umgebung nichts mehr, was ich nicht schon erwähnt hatte, also stand ich auf, lief hinauf zum nahen Wald und summte eine Melodie von The Cure, die mich auf so vielen Waldspaziergängen mit meinen Eltern begleitet hatte. Das ist meine Musik, sagte ich. Als die Laubbäume größer und dichter wurden, als kaum noch Licht durch das Blattwerk kam, begann ich zu singen. *I hear her voice / Calling my name / The sound is deep / In the dark / I hear her voice / And start to run / Into the trees. / Suddenly I stop / But I know it's too late / I´m lost in a forest.* Ich hielt an. Hörte auf zu singen. Von wegen, sagte ich. Wir haben uns nicht im Wald verirrt. Ich kehrte um, rannte in die Helligkeit des Tals, entdeckte am Wegesrand eine Bank, setzte mich erschöpft nieder und schlief ein. Regentropfen weckten mich wieder. Ein paar Sekunden lang wusste ich nicht, was geschehen war. Dann sah ich Emmas Köpfchen; ich hielt das Kind noch immer fest im Arm. Langsam erhob ich mich. Gefällt dir der Ausflug? fragte ich. In diesem Moment flog ein grauer Vogel herbei. Das Tier näherte sich und begann zu krähen. Bald schon veränderten sich die Töne, die der Vogel ausstieß. Die Rufe wurden heller, freundlicher. Als wollte das Tier etwas mitteilen. Stellvertretend für das tote Kind in meinem Arm. Ich streichelte Emmas Kopf und sagte: Ja, ja. Dann flatterte der Vogel wieder davon. Wir müssen leider auch weiter, bemerkte ich lachend. Ich habe keine Uhr dabei und weiß gar nicht, wie lange wir schon unterwegs sind. Die vermissen uns bestimmt im Krankhaus, ja, hier auf Erden gibt es ständig Hektik! Ich blieb stehen. Für dich habe ich alle Zeit der Welt, sagte ich nun und meinte zu erkennen, dass sich ihre Gesichtszüge wieder veränderten. Ihre Lippen waren jetzt blasser, und es kam mir vor, als drückten ihre verschobenen Mundwinkel ein großes Fragezeichen aus. Ich verstehe auch nicht alles, sagte ich und schlenderte zum Krankenhaus.

Als ich auf dem Gang der Neugeborenenstation stand, kam mir eine aufgebrachte Aylin entgegen. Wo ich denn gewesen sei? Sie habe mich überall gesucht. Die Firma Sauter habe sich auch schon gemeldet. Ich war zu erschöpft, um etwas zu sagen, zumal mich die Ankündigung des Bestatters verstörte. Ich wusste, dass Alfred Sauter kommen würde. Ich hatte mit ihm ein paar Tage zuvor telefoniert. Aber ich hatte nicht damit gerechnet, dass meine Zeit mit Emma so schnell vorbei sein sollte. Mit dem Bestatter begann der Weg zum Friedhof. Aber so weit war ich noch nicht. Auch Aylin schien das zu bemerken und entschuldigte sich, sie habe mich nicht anmeckern wollen. Ich wollte doch nur …, sagte ich, und sie erwiderte: Alles in Ordnung. Möchten Sie die Kleine waschen? Aylin lächelte wieder. Ich zögerte einen Moment, betrachtete noch einmal meine Tochter, deckte zum ersten Mal das Tuch auf und sah einen unwirklich schmalen Körper und Gliedmaßen, die nur aus Haut und Knochen bestanden. Ich dachte: Wie soll ich dich denn waschen, ohne dir wehzutun? So zerbrechlich wie du bist.

Aylin bot mir an, das Kind in den Waschraum zu bringen, aber ich behielt sie im Arm, bis wir den Waschraum erreichten. Als wir dort ankamen, flohen zwei Krankenschwestern aus dem kahlen Raum, als wollten sie unter keinen Umständen dabei sein, wenn Emma gewaschen wurde. Ich war so erschrocken über deren Flucht, dass ich über die Türschwelle stolperte und mir Emma aus der Hand fiel. Aylin bückte sich sofort und sagte: Alles in Ordnung. Ich stand wie angewurzelt da und hatte das Gefühl, ein Versager zu sein. Wenn Emma lebendig auf die Welt gekommen wäre, sagte ich, hätte sie mit mir als Vater nicht einen Tag überlebt. Ich zitterte, setzte mich auf einen Stuhl und Aylin begann, Emma mit einem feuchten Tuch abzureiben. Mir ist auch schon mal ein Baby vom Wickeltisch gefallen, entgegnete sie. Hätte ich danach meinen Job aufgeben sollen? Das Kind hat sich zum Glück nicht verletzt, und ich bin froh, dass ich immer noch als Hebamme arbeite. Aylin blickte zu mir. Können Sie mir mal den Seifenspender reichen, der dort drüben steht? fragte sie, und ich beeilte mich, ihr zu helfen. Sie sind ein guter Vater, sonst wären Sie nicht hier, sonst wären Sie längst abgehauen, wie die beiden Krankenschwestern, die eigentlich fürs Kinderwaschen zuständig sind. Ich schüttelte den Kopf. Doch, doch, sagte Aylin. Ich muss gleich wieder zurück in den Kreißsaal. Als ich noch einmal wiederholte, sie sei wirklich eine gute Hebamme, ich bestimmt aber kein guter Vater, fiel mein Blick auf Emmas Finger. Es waren sechs an jeder Hand. Aylin gab mir einen Schwamm und sagte: Jetzt sind Sie dran! Vorsichtig strich ich ihr über den Bauch, säuberte die winzigen Finger von einem dunkelroten Schleim. Sechs Finger, na und? dachte ich. Aylin gab mir ein Handtuch und ich trocknete den winzigen Körper, um ihr dann ein Hemdchen überzuziehen, das schon sehr klein, aber für Emma immer noch viel zu groß war. Das bekommen wir auch noch hin, sagte Aylin, zog das Hemdchen wieder aus und wickelte sie in ein Leinentuch. Dann gab sie mir ein weißes Bündel, aus dem nur eine Gesichtshälfte herausschaute. Jeder Mensch hat eine Schokoladenseite, sagte sie. Ich presste den Stoffballen, in dem Emma steckte, wieder fest an meine Brust, wiegte dieses leichte Päckchen hin und her und dachte: So fühlt sich das also an, wenn man Vater geworden ist.

Aylin verließ das Zimmer, und ich setzte mich auf einen Stuhl. Ich war in diesem Moment so glücklich, Vater zu sein, dass ich Emma wieder etwas vorsingen wollte, nur sollte es dieses Mal nicht meine, sondern ihre Musik sein, ein Kinderlied, nicht diese traurige Erwachsenenheulerei. *Hänschen klein, ging allein*, begann ich zu summen, den Text brachte ich aber nicht über die Lippen, denn er kam mir unpassend vor. Ich stimmte ein anderes Lied an. *Kommt ein Vogel geflogen*, sang ich und wunderte mich, dass ich sogar die zweite Strophe kannte: *Lieber Vogel, fliege weiter, / nimm 'nen Gruß mit und 'nen Kuss, / denn ich kann dich nicht begleiten, / weil ich hier bleiben muss!* Ich summte die Melodie weiter und merkte erst jetzt, wie traurig auch dieser Text war, was mich jetzt aber nicht davon abhielt, das Lied noch einmal vorzutragen. Dr. Matei betrat den Raum, und als hätte er sich mit seiner Hebamme abgesprochen, wiederholte er: Sie sind ein toller Vater. Ich strich Emma über den Kopf und legte sie in ein Babybettchen. Er habe, sagte Matei mit belegter Stimme, Ultraschallbilder mitgebracht, die Fehlbildungen so gut wie aller inneren Organe aufzeigen würden. Vor allem die Lunge sei schlecht entwickelt gewesen. Er reichte mir die handgroßen Fotos, aber ich wollte sie nicht ansehen. Matei nickte, steckte die Aufnahmen wieder ein und empfahl mir, zu meiner Frau zu gehen, sie liege im Aufwachraum in der ersten Etage. Ich berührte Emmas winzigen Kopf mit den Fingerspitzen. Bis gleich, sagte ich und verließ zusammen mit Matei das Zimmer. Ob er Frau Gerber anrufen solle, fragte der Arzt. Ich verließ das Zimmer mit der Bemerkung, eine Psychologin könne uns jetzt nicht helfen. Matei wies mir den Weg zum Aufwachraum und verschwand. Ich nahm den Aufzug, landete in der falschen Etage, kam aber irgendwann doch an. Aylin saß an Ninas Bett. Die Hebamme lachte, und ich dachte, wenn hier gelacht wird, kann ich wieder gehen. Dann hörte ich Ninas weiche Stimme: Wie geht es meinem Mann? wollte sie wissen, und die Art, wie sie das sagte, beschämte mich, denn Nina schien sich wirklich Sorgen um mich zu machen, obwohl nicht ich, sondern sie gerade eine Notoperation durchgestanden hatte. Ich blieb stehen. Die beiden hatten mich immer noch nicht bemerkt. Dein Mann, sagte Aylin, hat die Kleine gewaschen, gewogen und ihr Lieder vorgesungen. Nina lachte, aber dieses Mal wirkte ihr Lachen bitter. Mein Ex hat sich nach den Geburten von Grete und Leonie erst mal verkrochen! Scheiße, Emma hätte einen wunderbaren Vater bekommen, aber … und bevor Nina weiterreden konnte, unterbrach ich sie: Sag das nicht zu laut, mir ist die Kleine gerade vom Wickeltisch gefallen, und das, obwohl sie sich gar nicht bewegt hat, das muss man auch erst mal schaffen. Ich gab Nina einen Kuss. Sie sagte: Ich bin auch vom Wickeltisch gefallen. Und nicht nur einmal. Ich hab´s überlebt, und Emma hätte das auch. Darf ich sie sehen? Aylin nickte. Wir fahren dich gleich auf die Station, dort ist ein Zimmer für euch reserviert. Nina wollte keine Sekunde mehr im kalten Aufwachraum bleiben; sie konnte es kaum erwarten, endlich Emma im Arm zu halten. Aylin schob Ninas Bett so rasant durch die Krankenhausgänge, dass sie einen anderen Patienten beinahe umgefahren hätte. Endlich waren wir da! Auf dem Tisch stand eine Schokoladentorte. Auf der beiliegenden Karte war zu lesen: Alles Gute wünscht Dr. Matei! Ich nahm Emma aus dem Bettchen und übergab sie ihrer Mutter. Es sah aus, als schliefe sie. Nina streichelte Emma und begann zu weinen. Ich liebe dich, hauchte sie. Und nahm auch mich in den Arm. Jetzt weinten wir beide, und ich hatte das Gefühl, es waren Tränen des Glücks und nicht der Trauer, die mir jetzt über die Wange liefen. So lagen wir eng zusammen, bis das Mittagessen gebracht wurde.

Nina konnte den Geruch des Blumenkohls nicht ertragen, also stellte ich die Tabletts gleich wieder auf den Gang. Da nehme ich lieber zwei Stücke vom Schokoladenkuchen, sagte sie und bat mich, meine Eltern anzurufen. Die sollen so schnell wie möglich mit den Kindern vorbeikommen, wenn sie von dem Kuchen noch etwas haben wollen! Bist du sicher? fragte ich und blickte zu Emma. Sehr sicher, entgegnete Nina bestimmt. Wir haben es ihnen versprochen. Als ich mit meiner Mutter telefonierte, kam Matei herein. Mit zwei Tellern und Kuchengabeln. Vielen Dank, sagte Nina. Wollen Sie auch ein Stück? Matei lächelte. Zögerte. Sagte dann zu meiner Überraschung: Ja, gerne. Ich weiß ja, wie gut der Kuchen ist. Habe ich nämlich selbst gemacht. Da staunen Sie, nicht wahr? Backen ist mein Hobby. Meine Frau kann das meiste Süßzeug, das ich abends zusammenrühre, gar nicht essen. Diabetes. Also, ich freue mich immer über einen Abnehmer. Nina probierte ein Stück und ließ sich sofort über das Rezept informieren. Geht ganz einfach, sagte Matei, und ich dachte: Kommt darauf an, ob man sich ans Rezept hält. So plauderten wir über verschiedene Mehlsorten und den besten Schmelzpunkt für Schokolade. Irgendwann fragte ich mich, ob wir Matei nicht von wichtigeren Aufgaben abhielten, aber er schien noch eine Weile bei uns bleiben zu wollen. Ich aß ein weiteres Stück Kuchen und sah, wie sich Matei freute. Wirklich lecker, sagte Nina. Aber ich werde besser nicht mit dem Backen anfangen. Das könnte ungesund werden. Matei lachte. Ein glücklicher Esser werde seltener krank als ein Mensch, der sich zu viele Gedanken über Kalorien mache. Da gibt es wirklich ungesündere Hobbys, sagte er, und Nina erzählte, sie plane, sich eine Nähmaschine zuzulegen. Das sei ein Nullkalorienhobby, das auch noch glücklich mache. Ich schaute zu Emma und fragte mich, was sie wohl zu dieser Diskussion sagen würde, da stürmten Grete und Leonie in das Zimmer. Meine Eltern folgten den beiden mit deutlichem Abstand. Grete sah den Kuchen und sagte: Darf ich auch ein Stück haben? Matei versprach, noch weitere Teller zu organisieren. Leonie näherte sich bedächtig Emmas Bettchen. Das habe ich dir mitgebracht, sagte sie und drückte ihr ein kleines rosa Schweinchen in die leblosen Finger. Es war Susi. Leonies Lieblingskuscheltier. Nun trat auch Grete hinzu. Sie schüttelte sich, als sie Emma sah. Was ist denn mit ihrer Nase los? fragte sie, und bevor wir antworten konnten, legte sie nach: Kann ich diese hässlichen Hände auch bekommen? Wir Eltern brauchten allerdings nichts zu sagen. Das übernahm Leonie. Unsere Schwester ist nicht hässlich, erklärte sie. Nur anders. Grete suchte ausnahmsweise keinen Streit: Wenn wir dir erst mal schöne Sachen angezogen haben, meinte sie, siehst du gleich viel besser aus. Oma? rief Grete. Wo sind die Puppenkleider, die wir mitgenommen haben? Meine Mutter sagte, sie habe die Kleider im Auto vergessen, und ich hatte den Eindruck, dass sie froh war, gleich wieder zu verschwinden. Emma schien sie bislang zu ignorieren. Ganz anders mein Vater. Stumm stand er vor dem Babybett. Seine Hände zitterten so stark, dass er es nicht schaffte, sie zu falten, also legte er sie nur übereinander, und während die Kinder das Zimmer erkundeten, sprach Vater ein Gebet. Ich konnte nicht alles verstehen, was er sagte, zu leise und zu undeutlich formulierte er, aber zwei Worte wiederholte er ein paar Mal: Schuld und Vergebung. Ich nahm meinen Vater in den Arm. Erst dachte ich, er würde weinen, aber das tat er nicht, diese beiden Worte, Schuld und Vergebung, schienen eine Art innerer Schutzwall zu sein, der einen Tränenfluss verhinderte. Auf mich hatten sie eine gegenteilige Wirkung. Seit meiner Kindheit verfolgte mich die väterliche Formel, und sie begleitete mich noch heute überallhin. Im Büro, wenn ich mich nicht um das Wohlergehen der Firma kümmerte, fühlte ich mich genauso schuldig wie beim Besuch eines Hauses, das zwangsversteigert werden sollte. Schuld und Vergebung standen auch zwischen Nina und mir, wenn wir über Kleinigkeiten stritten, vor allem aber in den vergangenen Tagen und Wochen, als wir über Emmas Leben und ihren Tod zu entscheiden hatten. Meine unermesslichen Schuldgefühle hatten mich in diesen Nebel geführt, und weil ich mir keine Vergebung gestatten wollte, wäre ich, um mich zu bestrafen, in dem quälenden Dunst geblieben, in dem weinende Engel und Monsterfratzen warteten. Aber damit war jetzt Schluss. Schuld und Vergebung spielten hier, an Emmas Totenbett, keine Rolle mehr. Vater unser im Himmel, hörte ich meinen Vater sagen, und ich fragte mich, welches Wortpaar für die Kreuzwege in meinem Leben wichtig war. Was hatte Matei gesagt? Schicksal und Verantwortung. Ich überlegte kurz, ob ich meinem Vater mitteilen sollte, dass ich für Emmas Schicksal, das niemand verschuldet hatte, Verantwortung übernahm, und dass diese Entscheidung, für die keine Vergebung nötig war, mich nicht nur traurig machte, sondern auch erwachsen. Ich sagte aber nichts, wollte meinen Vater nicht kränken, stattdessen legte ich meine Hand auf Emmas Wange und dachte: Du bist meine Tochter, hier und im Himmel. Amen, sagte mein Vater, als Mutter sich mit einer Pappkiste wieder ins Zimmer schlich. Die Mädchen nahmen ihr die Kiste ab, in der die Puppenkleider waren, gelbe Blusen mit Glitzerdekor und ein rosafarbenes Röckchen. Vater hinkte zum Kuchentisch. Ich sprach ihn auf sein Knie an, aber er wollte jetzt Kuchen essen und nicht über lästige Schmerzen reden. Er nahm sich ein Stück und verschlang es. Die Schokolade war nicht ohne Wirkung, jedenfalls hörten seine Hände auf zu zittern. Darf ich Emma die Kleidchen anziehen? fragte Leonie ernst, und Grete sagte: Ja, und ich helfe dir. Meine Mutter wagte einen ersten Blick auf die kleine Emma und fragte: Wollt ihr das wirklich machen? Die Mädchen ließen sich aber nicht zurückhalten und wickelten den schmalen Körper vorsichtig aus dem weißen Leinentuch. Nina beobachtete ihre Töchter vom Bett aus und lächelte. Wir müssen Emma noch eincremen, sagte Grete. Ihre Haut ist so faltig. Meine Mutter kramte in ihrer Handtasche und fand eine Niveadose. Sie öffnete sie und reichte die Dose ihrer Enkelin. Danke Oma, sagte Leonie und verteilte die Creme auf Emmas Bauch. Sei doch vorsichtig, meckerte Grete, und als Leonie begann, die winzigen Füße zu massieren, beugte sich Oma über das Babybett und sagte: Die Plattfüße hat Emma von mir. Wir lachten, und Grete wollte wissen, was Plattfüße seien. Dann zog sie ihre Socken aus, um ihre eigenen Füße anzuschauen, und als sie einsah, dass sie keine Plattfüße hatte, sagte sie: Schade, ich hätte so gerne irgendwas, das Emma auch hat. Warum denn? wollte Leonie wissen. Wir sind doch auch total verschieden. Grete widersprach mit lauter Stimme: Schau dir mal deine Augen an, die sind so blau wie meine. Daraufhin mischte sich ihre Großmutter ein. Es gebe auch Gemeinsamkeiten, die man nicht sehen könne. Schaut euren Vater an, der sieht wirklich anders aus als ich. Und doch weiß ich, dass ganz viel von mir auch in ihm steckt. Mutter lächelte, und ich traute meinen Ohren nicht. Wie hatte sie das gemeint? War sie auch noch stolz darauf, dass sie mir ihre kranken Gene weitergegeben hatte? Grete schüttelte den Kopf. Oma, ich glaube dir kein Wort! rief sie und lachte. Grete, du Frechdachs! ging Nina dazwischen. Frechdachs, Frechdachs, wiederholte die Kleine und zog Emma den rosafarbenen Puppenrock an. Ich war erstaunt, wie geschickt sie das machte. Auch Leonie wusste, wie man ein kleines Wesen, das sich nicht bewegte, in eine enge Glitzerbluse steckte.

Als Emma angekleidet war, hatte sie sich in eine Prinzessin verwandelt. Du siehst gar nicht tot aus, sagte Leonie, und Nina erklärte ihr, Emma würde als Sternenkind weiterleben. Grete wollte jetzt wissen, was das sei, ein Sternenkind. Nina versuchte ihr beizubringen, dass Emmas Seele gleich mit der Geburt in den Nachthimmel zu den Sternen aufgestiegen sei. Die nächste Frage folgte prompt. Was denn eine Seele sei. Nina fiel es schwer, darüber zu sprechen, aber ich war froh, dass sie es tat, denn ich brachte in diesem Moment kein Wort über die Lippen. Grete schien mit der Unterscheidung zwischen Körper und Seele nicht viel anzufangen, für sie war ein Mensch nicht aufteilbar. Die Vorstellung aber, bei den Sternen zu sein, beeindruckte sie sehr: Da möchte ich auch hin! rief sie. Leonie schüttelte den Kopf, und Nina sagte, dann würde ihr bestimmt jemand fehlen. Grete nickte traurig. Aber bei Emma wäre ich auch gerne, sagte die Kleine. Ich streichelte unsere tote Tochter und legte ein buntes Stofftierchen zu ihr ins Babybett. Es war ein handgroßes Kuscheltuch mit Kopf, wobei schwer zu erkennen war, ob die Gesichtszüge einem Bärchen, einer Katze oder doch einem Menschen ähnelten. Dieses Stofftier war ein Zwischenwesen.

Grete wollte wissen, ob es auch einen Namen habe, und Leonie schlug vor, es solle Wumbi heißen. Das gefiel auch ihrer Schwester, wobei sich die beiden wiederum uneinig waren, ob Wumbi nun ein Junge oder doch ein Mädchen sei. Vater erhob sich und sagte, er habe einen Fotoapparat mitgebracht. Darf ich ein Bild von Emma machen? drängelte Grete, aber Vater bestand zunächst auf einem Familienfoto. Er zeigte den Mädchen, wie der Selbstauslöser funktionierte und gab genaue Anweisungen, wie wir uns aufzustellen hatten. Vater stellte die Kamera auf die Fensterbank. Doch wir schafften es nicht, dass Nina auch auf dem Bild zu sehen war. Sie lag im Bett und konnte nicht aufstehen. Vater gab neue Anweisungen. Die Kinder sollten vor Ninas Bett knien, die Erwachsenen hinter dem Bett stehen. Beim nächsten Durchlauf stellte Grete fest, dass Emma nicht zu erkennen war. Mama, sagte sie, du musst Emma etwas aufrichten! Aber Nina schüttelte den Kopf. Sie könne sich kaum bewegen. Wolle auch nicht länger fürs Fotoalbum lächeln. Schon das sei ihr zu anstrengend. Schließlich meldete sich meine Mutter, sie als Älteste werde die Jüngste im Arm halten. Alle waren einverstanden, und Mutter strahlte. Vater kontrollierte noch einmal den Bildausschnitt. Ja, sagte er, jetzt sind alle drauf. Grete widersprach umgehend: Du aber noch nicht, Opa! Wir lachten. Vater drückte den Auslöser und beeilte sich, um rechtzeitig aufs Bild zu kommen. Was wiederum nicht so einfach war. Er wollte unbedingt neben mir stehen. Wir rückten zusammen. Dann klickte es.

Vier

Als Grete, Leonie und meine Eltern das Krankenhauszimmer verließen, sagte Mutter, sie werde heute Abend Pfannkuchen machen. Die Kinder waren so begeistert, dass sie beinahe vergaßen, sich zu verabschieden. Ich begleitete die vier zum Aufzug. Als ich wieder bei Nina war, bat sie mich, das Neonlicht auszuschalten. Wir schwiegen, konnten die dunkle Stille aber nicht lange genießen. Der Bestatter stand vor der Tür. Alfred Sauter reichte mir die Hand. Ich machte wieder Licht, und der Mann trat ein. Das ist Emma, erklärte ich. Sauter nickte. Sie können, sagte er, die Verstorbene gerne später noch einmal sehen. Dann schob er die Wiege aus dem Zimmer. Nina bekam einen Weinkrampf. Ich rief nach einer Krankenschwester, die ihr eine Spritze zur Beruhigung gab. Nina schlief bald ein. Sie wälzte sich im Bett umher. Mal stöhnte sie, mal sagte sie etwas, was ich nicht verstand. Ich saß neben ihr auf der Bettkante, streichelte sie. Als ich müde wurde, legte ich mich hin. Einschlafen konnte ich aber nicht. Spät in der Nacht ließ ich mir auch eine Spritze geben, und kaum war ich eingenickt, träumte ich von Emma, die im Kühlraum lag: Ihre Lippen waren nicht mehr rot, sondern blau vor Kälte, ihre Augen starrten mich an, sie zitterte. Dann hörte ich mich rufen: Wo ist denn hier eine Heizung? Ich wachte auf und blickte zu Nina, die weiterhin schlief und stöhnte und Wortfetzen aus sich herauspresste. Einmal rief sie nach Emma. Schließlich wurde ihr Schlafgespräch immer präziser: Decke, Jacke und Socken nicht vergessen, sagte sie. Auch Nina schien vom Kühlraum zu träumen, und ich stellte mir vor, dass wir unsere Nächte künftig immer in dieser Traumkälte verbringen müssten. Es war eine grauenhafte Vorstellung, die mich daran hinderte, wieder einzuschlafen. Eine weitere Spritze bekam ich nicht, also beobachtete ich Nina und wünschte ihr, sie möge es schaffen, der Frosthölle zu entfliehen, bevor sie aufwachte. Tatsächlich lächelte Nina, als sie ihre Augen öffnete.

Guten Morgen, sagte ich und strich ihr übers Haar. Im Nachbarzimmer begann ein Baby zu schreien. Immer lauter und höher brüllte der Nachwuchs. Auch eine verzweifelte Mutter war wieder zu hören: Alles wird gut, rief sie, aber das Baby übertönte die Mutter. Nina drehte sich zur Seite. Bitte bring mich hier weg, sagte sie, und ich versuchte ihr zu erklären, dass wir darüber mit einem Arzt sprechen müssten, aber als hätte sie nicht zugehört, wiederholte sie ständig: Bring mich hier weg! Die Schwestern kamen, wechselten den Verband an der Kaiserschnittwunde, kontrollierten Ninas Blutdruck und fragten, wie es ihr gehe. Ihre Antwort lautete: So gut, dass mich mein Mann gleich nach Hause bringt! Die Schwestern gingen nicht darauf ein, lächelten und brachten Frühstück, aber Nina aß nichts. Ich fragte sie, ob sie aufstehen könne, und sie versuchte, sich aus dem Bett zu wuchten, aber ihre Schmerzen waren zu stark. Bring mich hier weg! schluchzte sie, als ein junger Arzt den Raum betrat, der sich nicht vorstellte und auch sonst nicht viel redete, der noch einmal die Wunde inspizierte und sich, ohne Nina anzuschauen, nach dem Wochenfluss erkundigte. Nina antwortete, es gehe ihr gut, sie wolle die Klinik noch heute verlassen. Das wird

… Dr. Matei … entscheiden, entgegnete der verunsicherte Arzt. Matei brauchte aber nichts zu entscheiden. Nina war nicht in der Lage, auch nur einen Schritt zu gehen; sie blieb im Bett. Für mich war es der Tag der Unterschriften. Es mussten so viele Formulare ausgefüllt werden, dass ich am Abend nicht mehr wusste, was ich unterschrieben hatte, aber der Papierkram belastete mich nicht, er gab mir das Gefühl, dass Emma noch nicht aus der Welt war. Ich konnte mich um sie kümmern, wie das auch der Vater tat, den ich im Aufzug traf und der mir erzählte, sein Sohn müsse ganz besonders breit gewickelt werden, weil er unter einer Hüftfehlstellung litt. Ob denn mein Kind gesund sei, wollte der Mann zum Abschied wissen, und als ich ihm sagte, meine Tochter habe die Geburt nicht überlebt, war er so geschockt, dass er mich spontan umarmte und mir, was bislang noch niemand getan hatte, ein herzliches Beileid aussprach. Verzeihen Sie, sagte er, dass ich Sie mit der Hüftgeschichte meines Jungen belästigt habe, und ich gab ihm zu verstehen, dass er sich nicht zu entschuldigen brauchte. Er ging zum Orthopäden, ich hatte einen Termin in der Pathologie. Auf dem Weg dorthin, traf ich Matei, mit dem ich vereinbarte, dass Nina, selbst wenn sie sich kaum bewegen könne, am nächsten Morgen im Krankenwagen nach Hause gebracht werden sollte. Ich fragte ihn, ob es möglich sei, mit unserer toten Emma wenigstens einen Tag in den eigenen vier Wänden zu verbringen, und ich merkte, dass ich seine Geduld strapazierte, aber er versprach mir, mit dem Bestatter zu reden. Ich saß gerade im Wartezimmer der Pathologie und überflog eine Einwilligung zur Autopsie, als Matei wieder auftauchte. Ein Tag geht in Ordnung, sagte er, und ich war so glücklich, dass ich die Unterlagen der Pathologie in den Papierkorb warf und sofort zu Nina eilte, die nicht mehr im Bett lag, sondern mich mit ersten Gehübungen überraschte. Ich erzählte von dem Gespräch mit Matei. Sie dürfe, falls es keine Infektionen gäbe, morgen nach Hause. Danke, sagte sie erschöpft. Nina setzte sich auf die Bettkante und senkte ihre Stimme: Aber Emma muss hier im Kühlhaus bleiben, nicht wahr? Ich gab ihr einen Kuss und flüsterte: Sie darf mitkommen. Und einen Tag bleiben. Wir legten uns in Ninas Bett, hielten uns fest an den Händen und rührten uns auch nicht, als das Abendessen serviert wurde. Hand in Hand schliefen wir ein und hielten einen kleinen Platz zwischen uns frei, für ein Baby, das dort nicht lag. Diese Nacht sollten wir nicht vom Kühlraum träumen. Wir schliefen so tief, dass wir auch den angekündigten Kontrollbesuch der Nachtschwester nicht bemerkten, die uns erst am nächsten Morgen weckte, indem sie Emma in unser Zimmer schob. Sie trug noch immer die Puppenkleider und lag in ihrem rollenden Babybettchen, als wäre in der Zwischenzeit nichts geschehen. Schöne Grüße von Dr. Matei, sagte sie und lächelte. Darf ich auch mal? bettelte Nina, als ich mit der Kleinen im Arm durchs Zimmer stolzierte.

Hoffentlich hält man uns hier nicht für verrückt, sagte ich und übergab Emma schließlich ihrer Mutter. Und wenn schon! murmelte Nina und erhob sich aus dem Bett, als wäre der Kaiserschnitt über Nacht verheilt. Schnell zogen wir uns an, warfen unsere Sachen in die Reisetasche, und dann gab es Streit: Mit dem jungen Assistenzarzt, der seine Unsicherheit dieses Mal mit Strenge zu überspielen versuchte. Er war nicht einverstanden, dass wir gingen. Er wollte verhindern, dass wir Emma mit nach Hause nahmen. Ich sprach von einer Sondergenehmigung. Er war nicht informiert worden. Matei hätte eine, wie der eifrige Jungdoktor betonte, schriftliche *Unbedenklichkeitserklärung*, hinterlegen müssen, denn es bestehe durchaus die Möglichkeit, dass Krankheiten übertragen würden, mit einer mündlichen Sondergenehmigung sei das nicht getan. Das ist doch bescheuert! warf ich ein, aber der Arzt ließ sich weder überzeugen noch provozieren, sondern wies mich noch einmal darauf hin, dass er sich an die Vorschriften halten müsse, die uns verbieten würden, den toten Fötus mit nach Hause zu nehmen. Die freundliche Nachtschwester kam uns zur Hilfe, wurde aber weggeschickt, als sie sich in die Diskussion einzumischen versuchte. Es ist alles mit dem Bestatter abgesprochen, sagte ich, aber auch dieses Argument schien der Mann nicht gelten zu lassen. Ein Bestatter sei kein Arzt, meinte er uns aufklären zu müssen und bemerkte nicht, dass Nina zu weinen begann. Er schien sich vielmehr zu wundern, dass wir uns, nachdem wir uns für eine Abtreibung entschieden hatten, auch noch mit dem toten und missgebildeten Körper belasteten. Er fragte uns jedenfalls, ob die Pathologie die *fehlgeborene Leibesfrucht* übernehmen dürfe, das hätten wir noch immer nicht entschieden, und als er das sagte, schaute er zum ersten Mal in das Babybett. Sie heißt übrigens Emma, sagte ich, und die Krankenschwester, die den Arzt begleitete und bislang geschwiegen hatte, schüttelte den Kopf, als wäre es vollkommen absurd, dass wir unserer Tochter einen Namen gegeben und sie in Puppenkleider gesteckt hatten. Ich bat den Arzt, er möge sich doch bei Dr. Matei informieren, aber er wies die Bitte mit der Bemerkung zurück, er wisse schon, was er zu tun habe. Die Krankenschwester wollte gerade Emma aus dem Bettchen nehmen, als ich sie etwas unsanft zur Seite drängte: Finger weg! Sie ging einen Schritt zurück, suchte Rat bei ihrem Chef, aber der wusste auch nicht, was er jetzt tun sollte. Dann werden wir wohl die Polizei rufen, sagte er nach einer Weile und verließ zusammen mit der aufgebrachten Pflegekraft das Zimmer. Nina weinte noch immer. Lass sie doch, sagte sie verzweifelt. Nein, auf keinen Fall, entgegnete ich, wir verlangen nichts Unmögliches, nur dass sie sich an die Absprachen halten. Ich zog mein Handy aus der Tasche. Rufst du Matei an? wollte Nina wissen, aber ich hatte leider seine Nummer nicht gespeichert. Ich meldete mich bei Gerber, und als ich ihr erklärte, was geschehen war, sagte sie: Ich kümmere mich darum.

Kurze Zeit später tauchte der Arzt wieder auf, der uns Emma wegnehmen wollte. Sie können jetzt gehen, teilte er uns mit. Er habe mit Dr. Matei gesprochen. Das werde für den Kollegen ein Nachspiel haben. Der Arzt war schon auf dem Flur, als ich ihn noch fluchen hörte, wir würden hier nicht in Rumänien leben und auch der Matei habe sich an die deutschen Gesetze zu halten. Ich schloss die Tür und setzte mich auf die Bettkante. Ich habe noch etwas für dich, flüsterte ich und übergab ihr ein kleines Schächtelchen. Ninas Blick schien zu sagen: Was ist das und vor allem: Wofür ist das? Sie öffnete die Schachtel. Ungläubig schaute sie sich den Ring an. Ich habe ihn gekauft, erklärte ich, als wir noch nicht wussten, dass Emma so krank sein würde. Aber du hast sie auf die Welt gebracht. Die anderen Frauen hier auf der Station bekommen auch was geschenkt, du hast den Ring zwanzigmal verdient ... Nina legte einen Finger auf meine Lippen, und ich war froh, dass sie mich zum Schweigen brachte. Vielen Dank für die Wurfprämie, murmelte sie. So ist das gar nicht gemeint, entgegnete ich. Habe gar nichts gegen eine Wurfprämie, sagte Nina. Zumal ich zur Geburt von Grete keine bekommen habe. Der

Ring ist wunderbar. Danke. Schmuck hast du mir noch nie geschenkt. Sie lachte, und als ich erklären wollte, dass der Juwelier hier Materialien verarbeitet hatte, die eigentlich gar nicht zusammen passten, nämlich Eisen und Gold, als ich begann, aus den Materialien eine Symbolik abzuleiten, unterbrach sie mich wieder, allerdings nicht mit ihrem Zeigefinger. Sie küsste mich. Es war der erste Kuss nach Emmas Tod; der Kuss war ernst und fest und schön und traurig, und er war noch viel symbolischer als der Ring. Nina nahm Emma in den Arm und sagte: Ich hoffe, es gibt dort, wo du jetzt bist, auch etwas Schmuck, den du ja hier auf der Erde nie tragen konntest. Wollen wir? fragte ich, und Nina antwortete: Ja, endlich weg von hier!

Wir schlichen uns davon, so kam es mir jedenfalls vor. Rein in den Aufzug, schnell durch die Krankenhauslobby. Ich rannte zum Auto, holte Nina und Emma vor dem Eingang ab, und dann gab ich Gas. Die Radarfallen auf dem Weg nach Hause waren mir gleichgültig, insgeheim hoffte ich sogar, dass sie uns fotografierten. Als wir angekommen waren, dachte ich: Jetzt beginnt ein neues Leben. Nina schien es ähnlich zu ergehen. Sie zog mit ihrer toten Tochter von Zimmer zu Zimmer. Das ist unsere Küche, sagte sie, hier das Bad, und dort wohnen Grete und Leonie. Sie erzählte zu den Bildern an den Wänden kleine Anekdoten über die berühmten Künstler und die stolze Besitzerin. Das Gemälde habe ich gekauft, als es noch bezahlbar war! Und dieses hier ist so gut wie wertlos, jedenfalls auf dem Markt, denn es ist eine Fälschung, aber mir gefällt es trotzdem. Das wusste ich gar nicht! rief ich dazwischen. Nina ging mit einem Lächeln in die Küche, um Emma die Einbauküche zu zeigen, die sie mit ihrem ersten Gehalt als Kunsthändlerin bezahlt hatte.

Ist schon merkwürdig, dass ausgerechnet ich mir eine Küche zugelegt habe, sagte sie. Dabei konnte ich schon damals nicht kochen.

Ninas Wohnungsführung war eine Besichtigung ihres Lebens. Sie zeigte dem Kind die vollen Kleiderschränke und dachte wieder laut darüber nach, ob es in Emmas Totenreich auch Schmuck gebe. Als Nina ins Wohnzimmer zurückkam, fragte ich, wie sie sich den Tod denn vorstelle. Nina überlegte nicht lange. Ja, sagte sie, es gibt ein Paradies, und das sieht aus, wie Jan Breughel es gemalt hat. Sie lächelte. Ich fragte achselzuckend: Wie hat er denn das Paradies gemalt? Nina beschrieb einen dichten und zugleich lichten Wald. Einen zauberhaften, weil unberührten See. In Breughels Paradies lebten afrikanische Löwen und europäisches Damwild friedlich nebeneinander; Papageien und Störche kamen darin zusammen. Gibt es Menschen in diesem Paradies? fragte ich. Nein, sagte Nina. Breughel habe dieses Motiv zwar auch mit Adam und Eva gemalt, aber ihr gefalle vor allem die Version ohne Menschen. In meinem Paradies ist Emma ein Tier unter Tieren, sagte sie. Dann ist sie ein Tuchkopfbärchen namens Wumbi, sagte ich mit einem Lächeln. Nina nickte ernst. Ich wollte wissen, warum sie ausgerechnet eine Tierwelt mit dem Paradies verbinde, und sie sagte, nichts sei schöner als die Abwesenheit von menschlichen Gefühlen und menschlichem Verstand. Wenn Emma ein Wumbi ist, hat sie keine Angst, allein zu sein, und sie wird sich auch nicht den Kopf darüber zerbrechen, wo ihre Eltern sind. Das ist das Paradies, erklärte sie. Ich war beeindruckt. Und verunsichert. Glaubst du wirklich daran? fragte ich, und dann sagte sie in einem strengen Tonfall: Ich *glaube* nicht an das Paradies, ich *weiß*, dass es genau so aussieht. Wir schwiegen eine Weile, dann hakte ich nach: Wie kannst du das wissen? Ich nahm an, sie würde meine Frage nicht beantworten, aber sie erzählte von einem Fahrradunfall in ihrer Jugend. Ein Auto habe sie vom Rad gerissen. Sie sei mit dem Kopf auf den Asphalt geknallt und habe mehrere Tage im Koma gelegen. Ich habe das Paradies schon gesehen. Ich weiß noch nicht, welches Tier ich mal werde. Aber ich weiß, dass ich mich auf das Leben nach dem Tod freuen darf. Nina brachte Emma ins Wohnzimmer und bat mich, den Fernseher von der Kommode zu nehmen. Hier darfst du jetzt liegen, sagte sie und zündete eine weiße Kerze an. Ich war sprachlos und durchaus neidisch auf ihr Paradieswissen. Wochenlang war ich im Nebel umhergeirrt, hatte weinende Engel und schlimme Fratzen gesehen, in meinem Kopf fand die Hölle statt, nein, ich hatte keine Vorstellung von einer schönen Gegenwelt. Auch wenn ich mir wünschte, Emma möge in einem wunderbaren Garten Eden fortleben, schaffte ich es nicht, aus dem Wunsch auch einen Glauben, geschweige denn ein Wissen zu machen.

Ich setzte mich auf das Sofa und blickte zu unserer toten Tochter. Meine Haut begann zu brennen, und meine Glieder schmerzten, als kämpfte mein Körper gegen Grippe. Ich wollte mir schon ein Schmerzmittel holen, als mich die Frage ablenkte, ob es doch kein Zufall sei, dass ausgerechnet Nina und ich zusammen waren. Sie hatte, was mir fehlte: Nina gab dem Leben einen Sinn. Ich quälte mich mit Vergeblichkeiten. Sie konnte sich das Paradies vorstellen, und ich war in meinem kleinen Erdenleben gefangen, in dem die Hölle stattfand. Scheiße, dachte ich. Kann ich diese verdammte Melancholie nicht abschütteln? Ich erhob mich vom Sofa, ging zum Regal mit den Kunstbüchern und suchte nach einem Band, in dem ich Breughels Paradies zu finden hoffte. Aber dann zog ich doch einen großen, schwarzen Ausstellungskatalog heraus, der mich viel mehr interessierte. Breughels Paradies der Tiere war darin nicht abgebildet, stattdessen aber Johann Heinrich Füsslis Bilderzyklus vom verlorenen Paradies. Mit dem gehässigen und auch etwas komischen Nachtmahr konnte ich viel mehr anfangen als mit der Harmonie zwischen Löwen und Antilopen, und als ich weiterblätterte, erschrak ich. Ein kleiner Kopf mit weit aufgerissenem Mund starrte mich an. Die Augen waren blutunterlaufen. Das verzerrte Gesicht umgeben von einem feinen, grau-grünen Gewirr. So hatte sich Alfred Kubin die *Seele eines Kindes* vorgestellt. Obwohl ich das Bild noch nie gesehen hatte, kam es mir bekannt vor. War das nicht die Fratze, der ich zum ersten Mal tief unten im Badesee begegnet war? Nina setzte sich zu mir und legte ihren Kopf auf meinen Schoß. Sie sah Kubins Kinderseele, schloss den Bildband und streichelte mich. Dann klingelte es.

Meine Eltern brachten Grete und Leonie. Zusammen gingen wir ins Wohnzimmer. Schweigend standen wir vor dem aufgebahrten Kind. Grete fragte, ob wir den Fernseher wieder auf die Kommode stellen würden, wenn Emma beerdigt worden sei. Ich nickte. Leonie verließ den Raum. Meine Eltern verabschiedeten sich. Bis morgen, sagte Vater ernst. Mutter war schon die Treppe hinuntergelaufen. Grete verzog sich in ihr Zimmer. Nina und ich verbrachten den Abend bei Emma. Wir redeten nicht. Es gab auch nichts zu sagen. Was machen eigentlich die Kinder? fragte Nina, als es draußen dämmerte. Leonie schlief schon. Die Schwester spielte mit ihren Kuscheltieren. Bevor Grete ins Bett ging, gab sie Emma einen Gutenachtkuss.

Nachdem Emma am nächsten Morgen abgeholt worden war, standen wir noch eine Weile im Hausflur und hielten uns an den Händen. Grete sagte, sie werde sich eine riesige Leiter bauen, um ihre tote Schwester im Himmel besuchen zu können. Da komme ich mit, sagte Leonie, die mit den Tränen kämpfte. Als unsere Nachbarin Lübbe auftauchte und sich erkundigte, warum wir denn im Flur stünden, verzogen wir uns wieder in die Wohnung. Grete brauchte nicht in den Kindergarten, Leonie nicht in die Schule zu gehen, und ich überlegte, ob wir einen Ausflug machen sollten, aber wir blieben daheim, lagen zusammen auf dem Wohnzimmerteppich, weinten und trösteten uns gegenseitig. Gegen Mittag knurrte Ninas Magen, also eilte ich in die Küche. Im Eisfach fand ich noch eine Familienportion mit gefüllten Paprikaschoten, die ich zum Mittagessen aufwärmte, und obwohl Leonie das Gericht nicht mochte, aß sie eine Paprika. Auch Grete hielt sich mit Bemerkungen zurück. Nina beendete die seltene Tischharmonie mit der Bemerkung, die Fleischfüllung in den Schoten sei ziemlich salzig. Ist mir auch schon aufgefallen, gab ich zu, obwohl ich anderer Meinung war. Ich wollte mich nicht auf eine läppische Diskussion über unterschiedliche Geschmäcker einlassen; Emma hatte gerade unsere Wohnung verlassen, es gab wichtigere Dinge als die mehr oder weniger salzigen Paprikaschoten. Ich schaute über den Tisch und sah, wie Nina im Essen herumstocherte. Darf ich ein Eis zum Nachtisch haben? fragte Grete. Nina herrschte sie an: Iss erst deinen Teller leer. Das wollte die Kleine aber nicht. Ich sagte: Vielleicht ist die Füllung wirklich etwas zu salzig. Nina schlug mit der Gabel auf den Tisch. Immer fällst du mir in den Rücken, beschwerte sie sich. Das wollte ich nicht auf mir sitzen lassen. Du mäkelst an allem herum!

hielt ich ihr entgegen. Die Stimmung war endgültig gekippt. Ausgerechnet an diesem Tag, der so traurig und harmonisch begonnen hatte, waren wir in einen sinnlosen Streit geraten. Die Paprikaschoten hatten als Brechmittel gewirkt für den Frust, der aus unseren Körpern gekotzt werden musste. Nach dem Essen flüchtete ich in die Küche, denn ich wollte ein paar Minuten allein sein. Hier war mein Rückzugsraum, den ich mir erobert hatte, indem ich freiwillig die Spülmaschine ausräumte und wieder befüllte. Nina tauchte kurz auf, warf mir einen abschätzigen Blick zu, und ich dachte: Sei doch froh, dass sich jemand um den Dreck kümmert. Nina sagte, sie werde den Briefkasten leeren, und die Kinder wollten mitkommen. Grete und Leonie klammerten sich an ihrer Mutter fest, und ich war froh, dass sich Nina nicht auch noch darüber aufregte.

Als sie zurückkamen, hielt Nina einen Brief in der Hand und rief: Frau Kühn hat gekündigt! Ich überflog das Schreiben und wunderte mich über den Tonfall. Sie werde ab sofort nicht mehr zur Verfügung stehen, und sie wolle sich auch nicht zu den Gründen äußern, stand in dem Brief geschrieben, in einer zittrigen Handschrift, die verriet, dass es der Frau nicht leicht gefallen war, die Kündigung zu schreiben. Nina griff sofort zum Telefon und rief Frau Kühn an. Aber sie wollte nicht reden. Für Frau Kühn war das Arbeitsverhältnis beendet, und obwohl Nina mehrfach um eine Erklärung bat, blieb sie stur. Nina legte auf und brüllte: Gerade jetzt! Das kann doch kein Zufall sein. Das ist doch eine Unverschämtheit! Leonie meinte, sie sei eigentlich froh, dass Frau Kühn nicht mehr komme, sie sei in letzter Zeit so unfreundlich gewesen. Meine Kuscheltiere, ergänzte Grete, hat sie immer ins Regal geräumt, obwohl sie doch in mein Bett gehören.

Vielleicht verdient Frau Kühn in einem anderen Haushalt etwas mehr, sagte ich, aber Nina war anderer Meinung. Die Frau, mutmaßte sie, wolle uns etwas mitteilen, es gehe nicht ums Geld, sondern um uns. Was haben wir ihr denn angetan? fragte ich erstaunt, und Nina schaute mich an, als hätte ich sie beleidigt. Du meinst wohl, fauchte sie, was habe *ich* ihr angetan? Ich schüttelte den Kopf, und obwohl ich zu erklären versuchte, dass ich ihr gar nichts unterstellte, war sie davon überzeugt, einen Vorwurf aus meiner Frage herausgehört zu haben. Ich erschrak, als sich ihre Gesichtszüge verhärteten, denn ich wusste, dass es nun unmöglich war, mit Nina vernünftig zu reden. Sie schrie: Du kümmerst dich in diesem Haushalt sowieso um *nichts*, da wirst du der Dame auch *nichts* angetan haben, nein, dafür bin ich zuständig! Ich überlegte, sie darauf hinzuweisen, wie unfair ihre Behauptung war, denn ihr konnte ja nicht entgangen sein, dass ich mich nicht nur um die Küche, sondern auch um die Kinder kümmerte, während sie sich von unserem Familienleben, vor allem während der Schwangerschaft, zunehmend distanzierte. Aber ich hatte keine Lust, einen solchen Streit zu beginnen, der zwangsläufig in einer Eskalation enden musste. Wobei auch meine Zurückhaltung nicht dazu beitrug, die Situation zu entspannen. Ich verräumte das saubere Besteck, und Nina herrschte mich an, ob ich denn nicht mit ihr reden wolle. Frau Kühn, sagte ich ruhig, hat gekündigt. Das ist ihr gutes Recht. Sie möchte einen neuen Job, genau wie ich mir einen neuen Job suchen werde. Das nennt man Arbeitsmarkt. Wir werden eine neue Putzkraft finden, und dann ist das Thema erledigt. *Für dich*, ging Nina dazwischen, ist das Thema erledigt. Weil du alles so schön analysieren kannst. Das nennt man Arbeitsmarkt, wiederholte sie verächtlich, und ich dachte, ja, auf diesen Satz hätte ich verzichten sollen. Du bist wirklich ein Schlauberger! lästerte sie. Ich verließ die Küche, weil ich befürchtete, dass jetzt die schlimmen Kraftausdrücke kommen würden. Ich ging in Gretes Zimmer, in das sich auch Leonie zurückgezogen hatte, als der Wutausbruch ihrer Mutter abzusehen war, und hoffte, dass Nina sich zumindest hier mäßigen würde, aber meine Flucht schien sie weiter anzustacheln. Einen elenden Feigling nannte sie mich, und kaum war die Beleidigung im Raum, begann Grete zu weinen. Jetzt hör schon auf zu flennen, meckerte Leonie, was wiederum Grete zum Anlass nahm, ihrer Schwester einen Tritt zu verpassen. Schluss jetzt, rief ich, aber die beiden gingen gleich wieder aufeinander los, kaum hatte ich sie getrennt. Ich forderte Leonie auf, sofort in ihr Zimmer zu gehen, aber sie ignorierte meine Ansage mit der Bemerkung, sie lasse sich nicht von mir herumkommandieren, ich sei nicht mal ihr *richtiger Vater*. Leonie schien zu wissen, wie sie mich verletzen konnte, jedenfalls bildete ich mir das jetzt ein, denn sie hatte für diesen einen Satz den hohen und aggressiven Tonfall ihrer Mutter übernommen. Ich hoffte, nun würde Nina einsehen, was sie angerichtet hatte, aber sie lächelte süffisant, als sei sie stolz auf ihre Tochter. Immerhin verließen die beiden Gretes Zimmer, und ich blieb mit der Kleinen zurück, die sich in meinen Armen einkuschelte. Du bleibst mein Papi, wimmerte sie, und auch mir kamen die Tränen, denn es war nicht auszuhalten, was geschehen war. Ich fragte mich, was wohl Emma, wenn sie uns vom Himmel zusähe, zu dieser Familie sagen würde, und ob sie vielleicht sogar froh wäre, nicht mit uns leben zu müssen. Das kann doch nicht so weiter gehen, murmelte ich, während Grete mich streichelte, als wolle sie mich trösten. Du bist ein tolles Kind, dachte ich, und ich möchte dein Vater sein, aber ich werde nicht zulassen, dass Mutter und Schwester sich von dir absondern. Komm mit! sagte ich, und wir gingen ins Wohnzimmer, wo Leonie und Nina auf dem Boden lagen, erschöpft und traurig. Grete legte sich zu ihnen, und ich freute mich, dass Leonie ihre kleine Schwester umarmte. Einen Augenblick lang kam es mir vor, als würde ich stören, als gehörte ich tatsächlich nicht in diese Familie. Ich wusste nicht, wohin ich schauen sollte, denn der Anblick der drei, die mich nicht zu brauchen schienen, schmerzte mich. Als ich aus dem Fenster blickte und einen Raben entdeckte, der wohl auf der Suche nach Beute war, sagte ich mir wieder, nein, so kann das nicht weitergehen, und ich versuchte mir vorzustellen, die Koffer zu packen und ein neues Leben zu beginnen. War das überhaupt möglich? Warum nicht? Die Fragen quälten mich. Ich konnte doch jetzt keine Kündigung schreiben, wie es Frau Kühn getan hatte. Den Job zu wechseln, war das eine, aber eine Familie aufzugeben, weil eine Siebenjährige noch in der Trotzphase steckte und die Eltern so unterschiedlich mit Trauer und Enttäuschung umgingen? Nein, ich konnte unmöglich abhauen, das wäre wirklich feige, wobei mir diese Erkenntnis auch nicht half. Ich hatte immer noch keine Ahnung, welchen Platz ich in der Familie, die mir so wichtig war, einnehmen konnte.

Leonie machte den ersten Schritt. Sie zog an meiner Hand, sodass ich mich auch auf den Teppich niederließ. Wir lagen da, wie wir am Vormittag dagelegen hatten. Die Kinder rückten zur Seite, damit auch die Eltern sich berühren konnten, und als Nina meine Hand ergriff, sie mehrfach drückte, als wolle sie sich entschuldigen, brüllte Grete plötzlich: Ich muss Pipi! Wir lachten, und sie rannte zur Toilette. Was ist denn so komisch? fragte Grete, als sie wieder bei uns war und wir immer noch lachten. Früh am Abend schliefen wir auf dem Teppich ein; so friedlich wir aber auf dem Boden ruhten, so missgelaunt begann der nächste Tag. Leonie wollte die Schule schwänzen, und auch Grete hatte, wie sie sagte, gar keine Lust auf den Kindergarten. Beide meckerten, dass es Obst und Müsli gab, statt Brötchen und Marmelade wie bei Oma und Opa. Das ist doch Vogelfutter, sagte Leonie. Grete gab ihrer Schwester ausnahmsweise recht und meinte, sie sei bestimmt kein Piepmatz. Brot und Marmelade, die ich ihnen schließlich genehmigte, gefiel ihnen zunächst auch nicht. So schlecht die Stimmung wieder war, mich ereilten dieses Mal keine Fluchtgedanken. Ja, das war mein zu Hause, und zum dem gehörte es, dass Nina wortlos ihre Haferflocken verschlang. Sie vergaß auch, den Kindern einen schönen Tag zu wünschen, was Grete und Leonie sofort bemerkten. Mami, ich will noch einen Kuss von dir! beschwerte sich Grete. Was ist bloß wieder mit Mami los? sagte Leonie, als wir die Wohnung verließen.

Im Auto wurde die Stimmung deutlich besser. Eigentlich freue ich mich auf die Schule, sagte Leonie, und Grete fragte: Papi, was heißt: eigentlich? Und Leonie unterrichtete ihre Schwester: Wenn ein Hund laut bellt, denkst du vielleicht, dass der Hund böse ist, aber eigentlich ist er ganz lieb und will nur mit dir spielen. Eigentlich ist die Wahrheit. Grete nickte zufrieden. Dann freue ich mich eigentlich auch auf den Kindergarten, sagte sie. Und so war es dann auch. Zuerst fuhren wir zur Schule. Leonie sprang aus dem Auto und lief über den Schulhof; sie wollte auf keinen Fall zum Eingangsportal begleitet werden. Bin doch nicht mehr in der ersten Klasse! erklärte sie. Nun wollte auch Grete vor dem Kindergartentor abgesetzt werden, aber das kleine Jacke-auszieh-Hausschuhe-anzieh-Ritual in der Garderobe ließ ich mir nicht nehmen. Danke Papi, sagte Grete zu meiner Überraschung, bevor sie in ihre Kindergartengruppe eintauchte, und sie schien zu merken, dass ich mich freute. Kaum hatte ich die Kinder versorgt, fuhr ich in den Erlenweg, und dieses Mal nahm ich den Aufzug. Ich traf Ruth schon im Hausflur. Wo kommst du denn her? begrüßte sie mich. Neben ihr stand ein Paketbote. Von da unten, sagte ich lächelnd. Ruth quittierte den Erhalt eines Päckchens, und der Zusteller verabschiedete sich mit den Worten: Passen Sie bloß auf, dass Sie nicht den Falschen beißen! Auf dem Karton stand geschrieben: *Spitze Zähne für alle Fälle – Der Vampirversand*. Ruth bat mich in ihre Wohnung, und noch auf dem kurzen Weg zum Wohnzimmer hatte sie das Päckchen geöffnet, in dem tatsächlich spitze Zähne lagen. Ist eine Spezialanfertigung, sagte sie und steckte die Vampirhauer an ihre Eckzähne. Sie grinste. Die neuen Zähne fügten sich erschreckend perfekt ein. Farbliche Unterschiede waren nicht zu erkennen. Ruth näherte sich und lächelte verwegen. Ihre Augen schienen zu leuchten. Ich trat einen Schritt zurück und begann, von Emmas Tod und der anstehenden Beerdigung zu erzählen. Sie legte die Vampirzähne auf die Kommode. Ruth schien meine Erzählung sehr mitzunehmen. Sie schaute auf ein gerahmtes Foto, das mir bei meinem ersten Besuch nicht aufgefallen war. Auf dem Bild war ein Mann mit schmalem Gesicht zu sehen, der mich an Timo erinnerte. Wir schwiegen eine Zeitlang. Nachdem du mich neulich bekocht hattest, wechselte ich das Thema, bin ich etwas abrupt aufgebrochen. Das war nicht gerade die feine Art. Ruth lachte. Doch, doch, widersprach sie. Das war genau richtig. Stell dir vor, du wärst geblieben und ich hätte dich doch noch gebissen. Jetzt setzte sie wieder ihre Vampirzähne ein, und ich begab mich zum Ausgang.

Schöne Grüße an deinen netten Kollegen, sagte sie und gab mir die Hand. Stefan? rief ich erstaunt durch den Hausflur. Ja, er habe ihr bei den ganzen Formalitäten mit der Bank geholfen und außerdem dafür gesorgt, dass das Haus am Flughafen einen ordentlichen Preis erzielt hat. Wirklich ein netter Kollege, wiederholte sie, und als ich im Aufzug war, fragte ich mich, ob zwischen den beiden etwas lief, aber die Antwort interessierte mich eigentlich nicht. Und eigentlich war die Wahrheit. Das wussten jetzt auch Grete und Leonie. Was mich jetzt viel mehr interessierte, waren alltägliche Kleinigkeiten. Einkaufen und Tanken zum Beispiel. Im Supermarkt ließ ich mir so viel Zeit, als ginge ich durch ein Museum, und nachdem ich Benzin nachgefüllt hatte, blätterte ich eine Weile in den Zeitschriften. Ich fuhr auf die Autobahn, raste bis zur nächsten Ausfahrt und kehrte in Höchstgeschwindigkeit wieder zurück. Ich besuchte Dr. Matei im Krankenhaus, um mich noch einmal bei ihm zu bedanken, und er reagierte eher zurückhaltend: Bedanken, für was denn? Auch einen Abstecher ins Büro machte ich, und als ich Stefan nicht antraf, rief ich ihn auf dem Handy an. Gut, dass du dich meldest, sagte er. Wir müssen uns unbedingt treffen! Stefan war erst schlecht zu verstehen, dann brach die Verbindung ab. Er werde heute nicht mehr ins Büro kommen, schrieb er wenig später per SMS. Ob wir uns am Abend sehen könnten. Ich versprach, mich zu melden, nachdem ich mit Nina geredet hatte. Alles klar, sagte sie nur, als ich anrief, und so verabredete ich mich seit Wochen mal wieder zu einem Kneipenbesuch. Ich freute mich sehr auf das Treffen mit Stefan. Den Rest des Tages verbrachte ich damit, das Büro aufzuräumen und den Müll der vergangenen Wochen zu entsorgen. Eine Putzfrau konnten wir uns schon lange nicht mehr leisten.

Der Laden war gut besucht. Stefan saß am Tresen und bestellte gerade ein Pils, als ich mich dazusetzte. Auch ich nahm ein Bier. Schon komisch, sagte ich, dass Männer, wenn sie miteinander reden wollen, sich zum Saufen verabreden. Stefan lachte. Und Frauen? fragte er. Da scheinst du dich besser auszukennen. Ich überlegte eine Weile. Frauen, sagte ich, saufen auch. Aber wenn sie reden wollen, sind sie meistens nüchtern. Stefan glaubte mir nicht: Seitdem ich dich kenne, warst du noch nie betrunken. Du hast immer aufgehört, wenn es hätte böse werden können. Ich leerte mein Glas in einem Zug. Stimmt, sagte ich. Es soll ja auch Männer geben, die sich wie Frauen verhalten. Stefan bestellte mir noch ein Bier. Was sagt denn deine Frau dazu, dass ihr Mann so wenig männlich ist? frotzelte er. Das kommt darauf an, gab ich zurück und merkte, wie ernst mein Tonfall inzwischen war. Nina, sagte ich, ist der Mann in unserer Familie. Meistens jedenfalls. Wenn es um wichtige Entscheidungen geht. Wenn es darauf ankommt, nach vorne zu schauen. Ich zögere, sie plant. Es war Ninas Idee, fuhr ich fort, eine Beerdigung für Emma und das Fest am See zu organisieren. Ohne sie hätte ich mich, als wir aus dem Krankenhaus kamen, vermutlich in eine Ecke gehockt und wäre auch nicht in der Lage gewesen, mich um Leonie und Grete zu kümmern. Leider. Ich spürte, wie Tränen über meine Wangen liefen, und der Barkeeper schaute mich an, als hätte er in seiner Kneipe noch nie einen heulenden Mann gesehen. Er bot uns einen Schnaps an. Stefan nahm Tequila. Ich wischte mir die Tränen aus den

Augen und entschied mich für einen Birnenschnaps, der in meiner Kehle brannte, aber seine Wirkung völlig verfehlte, denn ich fühlte mich nach dem Schluck nüchterner als zuvor.

Noch einen? fragte der Wirt. Wir schüttelten beide den Kopf. Dann erzählte ich von den Streitereien zwischen Nina und mir. Ich habe keine Ahnung, gab ich zu, wie ich mit ihren Stimmungsschwankungen und Beschimpfungen umgehen soll. Kaum hatte ich das gesagt, kam es mir wiederum völlig lächerlich vor, in einer Kneipe über meine Frau herzuziehen, die ich eigentlich liebte. Aber ich hörte nicht auf und berichtete von unterschiedlichen Auffassungen in der Kindererziehung und verschiedenen kulinarischen Vorlieben, vor allem wenn es um Paprikaschoten ging. Ich lachte, auch wenn mir nicht zum Lachen zumute war. Ich bin so ratlos, sagte ich, dass ich mich beinahe in eine andere Frau verguckt habe. Ich meine, das ist doch grotesk: Nina ist schwanger, das Kind ist sterbenskrank, wir lassen das Kind abtreiben, und ich treffe mich mit einer Witwe, die mit falschen Vampirzähnen auf Männerjagd ist. Stefan rutschte nervös auf dem Sitz herum. Erst dachte ich, der Kerl muss mal, will mich aber nicht unterbrechen. Als ich mich dann zur Toilette verabschiedete, blieb er am Tresen und bestellte einen weiteren Tequila. Als ich wiederkam und ihm sagte, ich wolle ihn nicht den ganzen Abend mit meinen Problemen belästigen, versicherte er mir, ich solle bloß nicht aufhören zu reden, denn das sei wohl das Mindeste, dass ein Freund zuhören könne. Stefan starrte ins Schnapsglas und fragte: Heißt die Vampirfrau etwa Ruth und wohnt jetzt im Erlenweg? Also doch, dachte ich und konterte mit einer Gegenfrage: Du scheinst Ruths neue Wohnung auch zu kennen? Stefan nickte. Ja, ich habe mich beißen lassen, gab er zu. Ich spürte einen kleinen Stich in der

Magengegend, der aber gleich wieder verschwand, denn ich freute mich tatsächlich für ihn. Am Anfang, sagte Stefan, war ich noch der böse Partner des guten Jan. Aber bald haben wir uns besser verstanden. Selbst Timo scheint mich inzwischen zu mögen. Er lachte, und ich gratulierte ihm. Ziehst du jetzt auch in den Erlenweg? fragte ich, aber Stefan seufzte und schaute mit müden Augen durch die Kneipe. Er könne die Zeit leider gar nicht so genießen, wie er wolle. Er schleppe eine Menge Scheiße mit sich herum. Ich vermutete, er würde auf die Erfahrungen in seiner Jugend, auf das abgetriebene Kind anspielen. Das wird schon, sagte ich. Ruth ist eine tolle Frau. Sieht man von ihrem blutrünstigen Hobby ab. Aber was soll´s? Nina möchte mit dem Nähen anfangen. Das ist auch nicht viel besser. Wir lachten und schwiegen eine Weile. Wir hätten uns schon viel früher auf einen Kneipenabend treffen sollen, dachte ich. Unser Schweigen fühlte sich gut an, denn ich hatte den Eindruck, dass wir einander trösteten, indem wir den Mund hielten; es war ein freundschaftliches Schweigen, ganz anders als die Stille zwischen Nina und mir, die mich oft gequält hatte, weil sie ein Vorwurf war, Unverständnis ausdrückte. Als sich Stefan mit der Frage zurückmeldete, ob er mir etwas sagen dürfe, das ihn sehr belaste, war ich zunächst enttäuscht, weil ich am liebsten noch länger schweigend dagesessen wäre. Aber ich wiederholte Stefans Bemerkung vom Zuhören in einer Freundschaft, und dann redete er auch schon, allerdings weder von Ruth noch von der Abtreibung, die ihn bis heute verfolgte, sondern vom Büro und von der schlechten Auftragslage, und ich dachte, lass uns jetzt nicht darüber sprechen. Stefan beugte sich zu mir rüber und senkte die Stimme. Ich habe Scheiße gebaut, sagte er. Ich fragte ihn, was los sei, und in diesem Moment wusste ich tatsächlich nicht, was er meinte. Nichts war so weit weg wie der Job, den ich ohnehin aufgeben wollte. Erst als er den Banker Scholz erwähnte und über ein Geheimkonto berichtete, das für Schmiergelder verwendet worden sei, kamen mir die mysteriösen Geldsummen auf unserem Konto wieder in den Sinn.

Das lief ganz einfach, erklärte Stefan. Die Sparkasse führt ein Konto in Singapur, das es im Grunde gar nicht gibt. Die Gelder, die dort liegen, werden für Kunden ausgegeben, die überlegen, größere Summen bei der Sparkasse anzulegen, und damit sie das auch wirklich tun, kümmert man sich um kleinere und größere Annehmlichkeiten, du weißt schon, Restaurantbesuche und Hotelaufenthalte und so etwas. Ich schüttelte den Kopf und rief: Was hat das mit uns zu tun? Stefan machte eine beruhigende Geste, damit ich bloß nicht noch lauter wurde. Das wollte ich dir gerade erklären, flüsterte er. Scholz verwaltet das Konto in Singapur und lässt einige Buchungen über unser Firmenkonto laufen. Damit die Überweisungen nicht im Zusammenhang mit Geschäften der Sparkasse gebracht werden können. Scholz verwendet einen Teil der Kohle auch im Geschäft mit den Zwangsversteigerungen. Davon bekommt die Bank aber nichts mit, weil es für die Vorgänge ohnehin keine korrekten Abrechnungen gibt. Du schaust mich an, als würde ich dir ein Schauermärchen erzählen. Aber es geht hier um eine gute Geschichte: Wir lassen Leuten, die pleite sind und ihr Haus versteigern lassen müssen, genügend Bargeld zukommen, damit sie ein neues Leben anfangen können. Nicht jeder hat so viel Glück wie Ruth und findet einen neuen Käufer, der immer schon mal am Flughafen wohnen wollte. Stefan sah aus, als hielte er das, was er mir vortrug, wirklich für einen *fairen Deal*. Was hat die Bank von der noblen Spende? fragte ich scharf.

Stefan antwortete in einem ähnlichen Tonfall: Die Bude wird sofort geräumt und der Schuldenplan wird akzeptiert. Das ist ja nicht selbstverständlich. Der Scholz hat mit Leuten zu tun, die beim Auszug erst mal die ganze Elektrik schrotten oder einen Wasserschaden verursachen. Sozusagen als Rache. Kann ich verstehen, ging ich dazwischen. Stefan schüttelte den Kopf. Was kann der neue Besitzer dafür, dass der alte keine Tilgung mehr zahlen konnte? Niemand wird gezwungen, sich ein Haus zu kaufen. Hör zu, rief er, ich will jetzt hier keine Grundsatzdiskussionen anfangen, ich will dir nur mitteilen, dass der Scholz in letzter Zeit ziemlich viel Geld für sich abzweigt. Nach dem Motto: Warum ins Immobiliengeschäft investieren, wenn man sich viel leichter bereichern kann. Welche Summen das sind, überblicke ich nicht genau. Was ich weiß: Ohne Scholz wären wir heute pleite. Wir bekommen Kohle dafür, dass wir unser Konto zur Verfügung stellen und die Klappe halten. Ich fasste mir an den Kopf. Was ist das? herrschte ich Stefan an. Bestechung? Untreue? Steuerhinterziehung? Alles zusammen? Und wir machen da mit? Bist du verrückt?

Stefan wollte sich verteidigen und mir erklären, wie das Geschäft im Detail funktionierte, aber ich ließ ihn nicht zu Wort kommen und kündigte an, gleich morgen zur Polizei zu gehen. Hast du dir mal überlegt, was das für mich bedeutet? rief ich, und jetzt kam der Wirt wieder vorbei. Die Schnapsflasche hielt er in der Hand. Ich nickte. Er schenkte mir einen Doppelten ein. Als ich den Obstler runterspülte, stellte ich mir vor, ich stünde an Emmas Grab und mein Kopf wäre verstopft von Schreckenswörtern wie Untreue oder Steuerhinterziehung. Verdammt, sagte ich. Was hätte ich denn tun sollen? stöhnte Stefan. Dieses Angebot ablehnen, lautete meine schroffe Antwort. Besser pleite als kriminell! Stefan schaute mich verständnislos an und beschwerte sich, ich solle jetzt mal bloß nicht den Moralisten spielen. Wie war das mit der Abtreibung? giftete er, und dass er Emmas Tod mit seinen miesen Geschäften verglich, verletzte und empörte mich, sodass ich ihn jetzt anschrie: du Arschloch! Aber die Beleidigung reichte mir nicht, um Stefan zu zeigen, wie sehr ich ihn dafür hasste, was er gesagt hatte. Ich schubste ihn vom Barhocker, er stürzte zu Boden und knallte mit dem Kopf auf die Fliesen. Verdammte Scheiße! brüllte der Wirt. Stefan blutete aus einer Platzwunde an der Stirn. Eine Frau schrie nach einem Krankenwagen. Stefan kam auf die Beine und versetzte mir einen Kinnhaken. Ich krachte mit dem Rücken gegen den Tresen, konnte mich aber gerade noch auf dem Hocker halten. Raus hier! befahl der Wirt. Alle beide! Wir verließen die Kneipe, und als wir vor der Tür waren, schlug Stefan sofort zu. Dieses Mal traf er mich in den Magen. Der Schmerz machte mich benommen, und ich hatte Mühe, einem Fußtritt auszuweichen. Ich stolperte und fiel auf die Straße. Stefan kam näher. Er sah aus wie ein wildes Tier, das darauf wartete, seine Beute zu erlegen. Er zögerte. Was ist los? rief ich. Aber er ließ sich nicht provozieren. Stattdessen reichte er mir die Hand, und weil ich mich nicht rührte, sagte er: Komm, wir lassen den Scheiß! Ich erhob mich, allerdings ohne Stefans Hilfe. Wir standen mitten auf der Straße, was ich erst realisierte, als ein Auto scharf bremste. Die Fahrerin hupte, aber da wir nicht von der Stelle wichen, rollte sie auf dem Gehweg an uns vorbei. Wollen wir noch einen trinken? fragte ich. Stefan antwortete: Nur wenn du die Rechnung übernimmst. Ich werde ja bald einen teuren Anwalt bezahlen müssen.

Als wir die Kneipe wieder betraten, kam mir die Frau entgegen, die einen Krankenwagen hatte rufen wollen. Gut, dass ich jetzt nach Hause gehe, sagte sie und wurde von dem Gelächter der übrigen Gäste verabschiedet. Ich legte dem Wirt fünfzig Euro auf den Tisch und sagte: Wir haben unsere Rechnung noch nicht bezahlt. Der Wirt steckte den Schein ein, gab Stefan ein Pflaster und fragte: Noch einen Schnaps? Stefan und ich leerten die Flasche. Wir waren die letzten Gäste. Der Wirt drohte, er würde uns auch ein zweites Mal rausschmeißen, wenn wir nicht freiwillig gingen. Wir machten uns auf den Weg. Arm in Arm torkelten wir durch die Nacht. Dort drüben … ein Taxi, sagte Stefan, als wir schon eine Weile unterwegs waren, aber bevor wir uns bemerkbar machen konnten, war der Wagen davongefahren. Als wir an einer kleinen Grünanlage vorbeikamen, legten wir uns auf den Rasen. Stefan wollte etwas erzählen. Diese Ruth ist …, nuschelte er, doch weiter kam er nicht. Er war eingenickt, und auch mir fielen die Augen bald zu. Als ich am nächsten Morgen vom Rattern eines Rasenmähers geweckt wurde, war Stefan nicht mehr da. Ich kam mir wie eine Liebhaberin vor, die nach der gemeinsamen Nacht den Tag nicht allein beginnen wollte. Dementsprechend beleidigt war ich, dass Stefan mich im Park zurückgelassen hatte. Als ich mich vom Rasen erhob, spürte ich heftige Katerkopfschmerzen. Ich lief zur nächsten Bäckerei, versorgte mich mit Cappuccino und Croissant, kehrte zurück in den Park, tauchte das Hörnchen in das Heißgetränk und genoss mein Frühstück. Auf der anderen Seite des kleinen Parks saß ein alter Mann mit grauen, schmutzigen Haaren, der mich zu beobachten schien. Auch er blieb stundenlang auf seiner Bank sitzen. Ich dachte an Emma, an die Geburt und den Tod meiner Tochter.

Morgen schon würde sie beerdigt werden. Mein Leben hatte sich verändert. Der Nebel war verzogen, ich sah keine Fratzen mehr und hörte keine weinenden Engel. Die Trauer, die mich im Park einholte, war ein kaltes Gefühl der Leere. Spät am Nachmittag brach ich auf und ging nach Hause.

Nina saß mit den Kindern vor dem Fernseher. Ach, du bist es, sagte sie, ohne mich anzuschauen, und die Mädchen schienen mich gar nicht zu bemerken. Das Comicprogramm war wichtiger. Wie war der Tag? fragte ich. Aber sie wollten nicht antworten. Ich kann den Hasen nicht verstehen, wenn du andauernd quatschst, beschwerte sich Leonie. Andauernd, wiederholte Grete. Als der Hasencomic vorbei war, hoppelten die Mädchen in ihre Zimmer, und ich setzte mich zu Nina aufs Sofa. Sie bemerkte die Schrammen in meinem Gesicht. Was hast du denn angestellt? fragte sie, schien sich aber nicht wirklich für die Antwort zu interessieren. Ich hatte, sagte ich, eine etwas längere Besprechung mit Stefan. Aha, gab sie zurück und blätterte in einem Magazin, das die neueste Nähmaschinentechnik besprach und Schnittmuster enthielt. Ich erkundigte mich, ob sie sich für ein Gerät entschieden habe, aber sie gab keine Antwort. Sie hielt das Magazin vor dem Gesicht, als wolle sie sich dahinter verstecken. Bist du sauer? fragte ich. Wie kommst du darauf? entgegnete sie. Sollte ich denn sauer sein? Weil du dich mit Stefan verabredest, dann über Nacht wegbleibst und dich auch am nächsten Tag nicht meldest?

Nina blieb, während sie sprach, hinter der Zeitschrift versteckt, auf deren Titelbild eine Nähmaschine gedruckt war, die wie ein kleines Raumschiff aussah. Tut mir leid, sagte ich. Das war nicht in Ordnung. Nina schwieg. Ich nahm mir ein

Stück Zeitung; es waren die Stellenanzeigen. Ein Architekturbüro suchte nach einem neuen Mitarbeiter. Ich dachte an die Häuser aus Sand, die ich mit Timo am Badesee gebaut hatte, und ärgerte mich, dass dieser Spaß bestimmt nicht als *langjährige Berufserfahrung* durchgehen würde, trotzdem riss ich die Anzeige heraus und steckte sie in mein Portemonnaie. Was war denn so wichtig, dass du die Zeitung zerstückelst? meldete sich Nina zurück. Ob sie den Artikel auch noch lesen dürfe. Ist kein Artikel, sondern eine Anzeige, antwortete ich, was sie zu der Bemerkung verleitete, sie sei durchaus einverstanden, wenn ich mich nach einer Frau umsehe, die nicht mit Wochenfluss und Milch in den Brüsten zu kämpfen habe. Ich gab ihr zu verstehen, dass es sich nicht um eine Kontaktanzeige, sondern um eine Stellenanzeige handeln würde, aber sie schien mir nicht zuzuhören. Ihr Frust machte mich ratlos. Ja, ich hätte mich spätestens heute Morgen melden sollen, aber wir waren doch keine Kinder mehr. Worum ging es hier überhaupt? Um ein Stück Freiheit in unserer Ehe? Oder um unsere Unfähigkeit, gemeinsam zu trauern? Ich dachte an unsere Schwüre, auch nach Emmas Tod zusammenzuhalten. Ja, wir mussten durchhalten. Wir durften nicht aufgeben. Dann würde auch die Freiheit wiederkommen.

Ich möchte das Fest am See noch einmal verschieben, sagte Nina plötzlich. Ich glaube, ich kann nicht auf Knopfdruck fröhlich sein. Wir holen das nach, vielleicht in einem Jahr oder in zwei, aber jetzt geht das nicht. Ich war anderer Meinung. Mir gefiel die Vorstellung, der Friedhofstrauer ein eher fröhliches Miteinander folgen zu lassen. Aber ich wollte nicht streiten. Beerdigung und fertig, sagte Nina. Ich versprach, mich darum zu kümmern, die Gäste, den Getränkehändler und den Pommesbudenbesitzer erneut zu informieren.

Wahrscheinlich hatten alle für die Absage Verständnis, aber dass Nina auch unsere symbolische Hochzeitsfeier verschob, ärgerte mich schon. Sie schien an diese Idee, die uns ein paar Tage zuvor begeistert hatte, gar nicht mehr zu denken.

Ich nahm wieder die Zeitung zur Hand. Mein Blick fiel auf den Fortsetzungsroman, den ich bislang ignoriert hatte. Es war eine Vampirgeschichte. Ich schmunzelte über den Zufall, der eigentlich keiner war, denn man stieß ja überall auf den Kult der Untoten, im Kino und im Kinderzimmer. Auch Leonie war begeistert von den Geschichten des kleinen Vampirs, und Nina hatte vor Jahren schon von einem Künstler erzählt, der mit großformatigen Draculabildern viel Geld verdiente. Sie hatte die Arbeiten trotzdem nicht vermitteln wollen, und ich hatte ihr vorgeworfen, etwas humorlos zu sein, doch damals hatten mich meine Ängste noch nicht in den Nebel geschickt, in ein diffuses Reich zwischen Leben und Tod, in dem der Horror kein schaurig-schönes Vergnügen war, sondern trostloser Ernst. In weiter Ferne hörte ich das Klagelied meines weinenden Engels, und ich befürchtete schon, wieder hineingezogen zu werden in seine Welt, aber das Rascheln des Zeitungspapiers ließ den Engel verstummen. In dem Kapitel des Vampirromans, den ich zu lesen begann, erklärte die Heldin ihrem noch ungebissenen Geliebten, wie wunderbar das Totenreich doch sei. Kennst du einen Vampir, fragte die Blutsaugerin, der wieder Mensch und damit sterblich werden will? Das Schicksal des Mannes war besiegelt. Freiwillig bot er seinen Hals zum Biss. Ich lachte. Steht was Komisches in der Zeitung? wollte Nina wissen. Der Immobilienbranche, behauptete ich, soll es bald wieder besser gehen. Auch Nina lachte. Ich legte das Blatt zur Seite. Leider wurde sie gleich wieder ernst. Ich würde mich freuen, sagte sie, wenn du heute Nacht nicht um die Häuser ziehst. Ich meine, morgen ist die Beerdigung. Ich möchte heute nicht allein einschlafen. Ich nickte und sagte, sie könne sich auf mich verlassen. Außerdem wollte ich nicht allein aufstehen, so wie an diesem Morgen im Park. Hast du einen wirklich guten Freund? fragte Nina. Ich weiß es nicht, antwortete ich. Dich vielleicht. Nina lächelte. Ich habe keine Freundin mehr. Barbara hat mir gestern mitgeteilt, sie wäre nicht zur Abtreibung gegangen. Vor drei Wochen hat sie noch gesagt: Nina, treib ab. Gut. Sie hat ihre Meinung geändert. Soll vorkommen. Aber warum muss sie ausgerechnet mit mir darüber reden? Die Frau hat keine Ahnung, wie man sich fühlt, wenn man so eine Entscheidung *tatsächlich* zu treffen hat. Die Frau war nicht ein einziges Mal schwanger, aber nach einem Milchkaffee fühlt sie sich berufen, mir diesen Scheiß zu sagen, und das war nicht mal alles. Als sie mit ihrer tollen neuen Meinung ankam, habe ich sie labern lassen, jedenfalls bis es mir zu bunt wurde. Dann habe ich ihr mitgeteilt, dass ich das Fest am See verschieben möchte, und was sagt die doofe Kuh? Das sei eine sehr gute Idee! Sie würde sich auch überlegen, auf die Beerdigung zu verzichten, denn solche Fälle, ja, das hat sie wirklich gesagt, *solche Fälle* würde sowieso niemand bestatten. Wie sie auf diesen Schwachsinn käme, wollte ich wissen, und dann erzählte sie mir, wie sie sich im Internet informiert habe. Das muss man sich mal vorstellen! Barbara weiß gerade mal, wie man einen Computer anstellt, aber wenn ihre Freundin ein totes Kind zur Welt bringt, dann lädt sie sich irgendwelche Gesetzestexte herunter, in denen steht, dass ein Fötus, der weniger als 500 Gramm wiegt, gar keine Person ist, und ein toter Fötus, der so wenig auf die Waage bringt, gar keine Leiche, für die es eine

Bestattungspflicht gibt. Das hat mir Barbara gesagt, während sie sich ein Croissant in den Mund geschoben hat. Wenn für mich jemand gestorben ist, dann ist das diese Frau. Ich habe sie dann noch gefragt, was sie denn mit Emma gemacht hätte, ob sie den Restkörper, diese Nichtleiche, vielleicht auf den Müll geschmissen hätte. Da wurde Barbara richtig patzig. Nee, hat sie gesagt, sie wäre aber auch nicht zur Abtreibung gegangen. Die Frau hat gar nicht gemerkt, dass ich keine Lust auf solche Scheißdiskussionen habe. Null Empathie. Null. Sie hat gar nicht mitbekommen, was sie in mir ausgelöst hat. Du wolltest doch auf Emmas Beerdigung singen? habe ich sie schließlich gefragt. Aber sie hat nur mit den Achseln gezuckt und sich gewundert, dass ich aufgestanden und heulend aus dem Café gerannt bin. Nina fasste sich an den Kopf, als durchlebte sie die Situation noch einmal. Weißt du, schluchzte sie, dass man aus den Leichen von Sternenkindern auch schon mal Straßenbelag gemacht hat? Nein, sagte ich, nie davon gehört. Kann ich mir auch nicht vorstellen. Doch, doch, unterbrach mich Nina gleich wieder. Diese Scheiße haben sich nicht mal die Nazis ausgedacht. Das war die Idee einer hochmodernen Müllverwertungsfirma. Und für Leute wie Barbara ist es ja auch in Ordnung, dass eine wie ich, die zur Abtreibung geht, damit einverstanden sein muss, wenn aus dem abgetriebenen Zellklumpen schließlich Straßenbelang gemacht wird. Strafe muss sein. Müllverwertung sowieso. Wo leben wir eigentlich? Ich wollte etwas sagen, aber ich bekam kein Wort über meine Lippen. Ich bin dann, fuhr Nina fort, sofort nach Hause gegangen, aber da war niemand. Ich nahm an, du würdest im Büro deinen Rausch ausschlafen, aber da war nur ein verkaterter Stefan, der meinte, ihr hättet auf einer Wiese gepennt. Das kam mir ziemlich merkwürdig vor, du bist ja nicht der Pfadfindertyp. Aber was mich besonders gewundert hat, Stefan war genauso verheult wie ich. Er hat irgendwelche Sachen zusammengepackt und behauptet, das Büro sei Geschichte, und er müsse ins Gefängnis. Ich habe ihn gefragt, was ihr angestellt habt, aber er sagte, du hättest damit nichts zu tun.

Nina holte Luft, und ich wollte ihr erklären, was geschehen war, aber sie bat mich, ausreden zu dürfen, auch wenn sie schon seit einer halben Stunde sprach. Stefan, sagte sie, hatte wirklich eine schlimme Alkoholfahne, und er sackte auch immer wieder zusammen, als er die Regale ausräumte. Aber er wollte sich nicht helfen lassen, wobei ich ihm wahrscheinlich auch keine große Hilfe gewesen wäre, also bin ich weiter, habe mich stundenlang durch die Stadt treiben lassen und gehofft, dich vielleicht irgendwo zu sehen, na ja, wäre großer Zufall gewesen. Ich habe mir eine Zeitung gekauft, aber keinen Artikel zu Ende gelesen, ich konnte nicht ertragen, dass die Welt auf mich einströmte. Ich habe gedacht: Mein Kind ist tot, da interessieren mich weder steigende Staatsschulden noch irgendwelche Kriege in der Ferne. Ich hätte mich am liebsten irgendwo eingeschlossen, aber nach Hause wollte ich auch nicht gehen, also bin ich die Fußgängerzone zigmal abgelaufen. Meine Kaiserschnittnarbe hat mir wehgetan, was mich aber nicht daran gehindert hat, weiter durch die Stadt zu laufen. Wie eine Bekloppte. Irgendwann war es drei, ich musste zur Pietsch, wegen der Nachsorgeuntersuchung. Und was sagt die Sprechstundenhilfe? Ich müsse mich etwas gedulden, da seien noch Mütter mit ihren Babys, die kämen zuerst dran. Ich hatte das Gefühl, geächtet zu werden. Auch meine Frauenärztin war distanzierter als sonst, sie hat kaum mit mir geredet. Blutungen, okay. Narbe, okay. Milcheinschuss, etwas heftig. Sie hat mir einen Laktationshemmer verschrieben und mich wieder hinauskomplimentiert. Wahrscheinlich kann ich mir auch eine neue Frauenärztin suchen. Oder ich gehe zum Langenfeld, der nimmt sich wenigstens Zeit für einen. Ach, Jan, ich will gar nicht mit dir über Barbara oder meine Frauenärztin reden, eigentlich will ich nur meine Ruhe. Wahrscheinlich ist es besser, wenn du auch heute Nacht mit Stefan saufen gehst. Der ist bestimmt nicht so blöd wie die olle Barbara. Du musst raus hier, na klar! Sich gegenseitig etwas vorzujammern, ist doch grausam, das macht alles noch viel schlimmer. Aber wenn du mir einen Gefallen tun könntest: Bring bitte die Kinder ins Bett, lies ihnen eine schöne Geschichte vor, ich schaffe das heute nicht, danach kannst du gerne abhauen! Ich nahm sie in den Arm und sagte: Ich will weder saufen noch abhauen. Nina atmete so schwer, dass ich annahm, sie würde noch etwas auf dem Herzen haben und nur auf den richtigen Moment warten, mit mir darüber zu sprechen. Und was ist mit dieser Frau vom Badesee? fragte Nina schließlich mit müder Stimme. Nichts ist mit ihr, versprach ich umso energischer. Wirklich? flüsterte sie und begann wieder zu weinen. Ich konnte sie beruhigen, indem ich erzählte, wie ich Ruth kennengelernt, wie sie mich bekocht und dann mit Vampirzähnen in die Flucht geschlagen hatte. Warum hast du dich überhaupt mit dieser Blutsaugerin abgegeben? wollte Nina wissen. Das könne ich nicht in einem Satz beantworten, sagte ich, und weil sie sich mit dieser Erklärung nicht zufrieden gab, erinnerte ich sie daran, wie wir am Badesee gesessen, sie mir von dem Termin beim Pränataldiagnostiker erzählt und mich damit überrumpelt hatte. Ich beschrieb, wie ich die vergangenen Wochen erlebt, wie isoliert und missverstanden ich mich gefühlt hatte, und auch Nina sprach von ihren Gefühlen und Enttäuschungen. Plötzlich aber beendete sie unsere quälende Rückschau. Fällt dir überhaupt auf, fragte sie, dass wir uns wiederholen? Dass wir dieses Gespräch nicht zum ersten Mal führen? Ich nickte und sagte, es ist wohl unvermeidlich, dass Paare immer wieder denselben Kram besprechen, wenn sie zusammenbleiben wollen. Nina lächelte. Weil Menschen immer wieder dieselben Fehler machen? Das heißt also, sagte sie, ich darf annehmen, dass die nächste Frau, in die du dich verguckst, wieder mit Vampirzähnen auftritt? Weil ich nicht gleich antwortete, legte sie nach: Wärst du denn bei der Frau geblieben, wenn sie einem anderen Hobby nachginge? Nein, sagte ich. Irgendwelche Verrücktheiten tragen wir alle herum. Die spitzen Zähne waren nicht entscheidend. Ich bin gegangen, weil ich dich liebe. Gut zu wissen, sagte Nina und rang sich ein Lächeln ab. Wir umarmten uns. Ich hörte ihren schweren Atem. Kannst du mir morgen, wenn wir Emma beerdigen, noch mal sagen, dass du mich liebst? flüsterte sie. Ich versprach es. Eng umschlungen standen wir im Wohnzimmer. Draußen schlug eine Kirchenglocke. Grete und Leonie putzten sich die Zähne.

Früh am Morgen wachte ich auf. Heute also Friedhof, dachte ich und wünschte mir vergeblich, wieder einzuschlafen. Bald krochen auch Grete und Leonie unter die Bettdecke ihrer Mutter, die aber noch zu müde war, um mit ihnen zu kuscheln. Ihr seid ja nackt! rief Leonie. Kannst du mich noch etwas schlafen lassen? bat Nina. Uns war warm, erklärte ich und zog schnell meinen Schlafanzug über. Kommt zu mir, sagte ich, aber der Vorschlag wurde abgelehnt. Vor allem Leonie blieb hartnäckig, streichelte und kitzelte ihre Mutter, aber Nina öffnete die Augen trotzdem nicht. Leonie schmiegte sich schließlich an die schlafende Mama. Grete war das zu langweilig. Sie gab mir eine Puppe und sagte: Lass uns Sterben und Beerdigung spielen! Das taten wir, obwohl mir dieses Spiel nicht gefiel. Aber Grete konnte sehr nachdrücklich sein, und ich wollte verhindern, dass sie zu plärren begann und Nina weckte. Das Beerdigungstheater glich unserem morgendlichen Rollenspiel, in dem Gretes Kuschelhase ein weinendes Kind war, das von der Mutter, einer Katze aus grauem Flanell, getröstet werden wollte. Jetzt spielte der Hase ein totes Kind. Und die Mamakatze suchte Trost. Weil wir für das Beerdigungsspiel weitere Figuren brauchten, schleppte Grete alle Kuscheltiere herbei, die sie in ihrem Zimmer fand. Unsere kleine Bestattungsfeier für Kuscheltiere wurde von einem alten Koalabär eröffnet, mit dem ich in meiner Kindheit gespielt und den ich Grete geschenkt hatte. Wir sangen mit den Tieren zwar keine Trauerlieder, sondern *Alle Vögel sind schon da,* aber Grete wusste die Zeilen so langsam und tief vorzutragen, dass sie zum gespielten Anlass passten. Wir bildeten auch einen Plüschtier-Trauerzug zur Grabstelle; Grete bettete ihren Hasen in eine Kuhle, die sie aus meinem Kissen geformt hatte. Schließlich ging es zum Leichenschmaus. Grete wollte wissen, ob dabei die Leiche aufgegessen werde. Leonie fiel vor lauter Lachen beinahe aus dem Bett, und damit war auch Nina wach.

Raus aus den Federn! rief sie. Ich habe Hunger. Wir gingen in die Küche und frühstückten im Schlafanzug. Das Müsli schmeckt mir nicht, sagte Grete. Nina bot ihr an, ein Spiegelei zu machen. Als die Butter in der Pfanne schmolz, schaltete sie das Radio ein. Es liefen die Nachrichten, und ich freute mich über die vertraute Stimme des Sprechers, auch wenn ich nicht verfolgte, was er vorlas. Der Inhalt der Nachrichten war mir gleichgültig. Die Art, wie der Mann sprach, mochte ich: Da gab es keine Ausrufezeichen, keine Empörung, keine Trauer in der Stimme. Die Sachlichkeit des Sprechers empfand ich als ein kleines Geschenk an diesem Morgen, an dem wir alle aufgewühlt waren. Wann haben wir hier zum letzten Mal gesessen und zusammen die Nachrichten gehört? fragte ich mich und hatte die Hoffnung, nach Emmas Beerdigung werde wieder ein Stück Normalität in unsere Familie einziehen. Nina schaltete das Radio aus und schlug das Ei in die Pfanne. Mama, bist du nervös? fragte Leonie, als wolle sie mit dieser Frage von ihrer eigenen Nervosität ablenken. Nina gab keine Antwort und tat, als müsse sie sich jetzt aufs Spiegelei konzentrieren. Das Ei schmeckt mir auch nicht, sagte Grete, kaum hatte sie eine kleine Ecke probiert, was Nina veranlasste, den Frühstückstisch zu verlassen. Sie sagte nichts. Auch wenn sie die Kleine am liebsten angebrüllt hätte. Ihr Gesichtsausdruck verriet, wie schwer es ihr fiel, Verständnis für Gretes Appetitlosigkeit aufzubringen. Leonie übernahm das Spiegelei. Sie verschlang auch das Müsli, das für ihre Schwester angerichtet war. Leonie aß so viel wie noch nie. Grete war längst in ihrem Zimmer und zog sich noch einmal um. Das graue Kleid, das Nina ausgewählt hatte, gefiel ihr nicht. Sie bestand darauf, im weißen Sommerkleid mit Blümchenmuster zur Beerdigung zu gehen, und zwar mit dem Argument, das bunte Kleid würde Emma viel besser gefallen als dieses, wie sie sagte, doofe graue Ding. Nina ging nur deshalb nicht darauf ein, weil sie selbst ratlos vor dem Kleiderschrank stand. Leonie entschied sich für eine schwarze Hose und eine schwarze Bluse, für schwarze Schuhe und ein schwarzes Tuch, mit dem sie ihre Haare zusammenband. In einem ähnlichen Traueraufzug stellte sich auch Nina vor den Spiegel. Sie schien den Anblick nicht zu mögen. Unzufrieden zupfte sie an der schwarzen Bluse herum, blieb aber bei ihrer Wahl. Stilistisch folgte ich Grete und zwängte mich in eine weiße Hose, die mir im vergangenen Sommer noch gepasst hatte. Mich ärgerte, dass ich zugenommen hatte, und war froh, dass das gelbe Hemd mit den roten Kreisen, das ich von Nina zum Geburtstag geschenkt bekommen hatte, großzügiger geschnitten war. Nina schüttelte den Kopf, als sie mich sah, sagte aber nichts.

Als Leonie sich auf der Fahrt zum Friedhof beklagte, ihr sei übel, meinte Grete, sie müsse, wenn Leonie nicht den Mund hielte, auch spucken, und als ich sah, wie Nina auf den Fingernägeln biss, die im Grunde nicht mehr vorhanden waren, überlegte ich, ob ich vielleicht auch etwas tat, das ich nicht bemerkte. War ich überhaupt traurig? Du hast die Abzweigung verpasst! rief Nina, aber ich wollte ohnehin nicht den schnellsten, sondern den schönsten Weg zum Friedhof nehmen, der auf einer Anhöhe am Rande der Altstadt lag. Wir fuhren durch eine kleine Parklandschaft, und als wir uns dem Friedhofshügel näherten, rief Leonie: Schaut mal, der Nebel! Tatsächlich steuerten wir in ein Wolkenband, das sich um den Friedhof gelegt hatte. Vor der Kapelle trafen wir Ninas Vater. Er umarmte seine Tochter, mir gab er die Hand. Meine Eltern tauchten auch bald auf. Stumm standen wir beisammen, eingehüllt von dem Wolkennebel. Worüber hätten wir auch reden sollen? Nach einer Weile, die mir endlos erschien, gingen wir in die Kapelle, die zu meiner Überraschung gut besucht war. Da saßen Barbara und Stefan, aber auch Menschen, die ich nicht kannte. Ich blickte zu dem kleinen, schlichten Holzsarg im Altarraum. Ein Strauß mit gelben, roten, weißen und violetten Chrysanthemen lag darauf. Die Orgel begann *Hänschen klein* zu spielen. Leonie und Grete wollten dieses Lied auf Emmas Beerdigung singen, und meine Mutter hatte ihnen versprochen, sich darum zu kümmern. Anfänglich war sie eher zurückhaltend, als ich sie um etwas Unterstützung bat, doch nachdem sie Emma im Krankenhaus zum ersten Mal gesehen hatte, schien sie ihre Großmutterrolle voll anzunehmen. Sie war wirklich eine gute Organisatorin und hatte uns viel Arbeit abgenommen. So lag ein kleines Programmheft auf den Stühlen, das sie gestaltet hatte und in dem auch der Text des Kinderliedes abgedruckt war. *Hänschen klein, ging allein*, trällerten die Kinder, die keine Texthilfe brauchten; vor allem Grete war immer lauter zu hören: *Doch die Mutter weinet sehr, hat ja nun kein Hänschen mehr!* Plötzlich hielt Grete inne. Wir singen ganz falsch, beschwerte sie sich. Das müsse doch heißen: *Da besinnt sich das Kind, kehrt nach Haus geschwind!* Alle außer Grete wiederholten die letzten Zeilen: *Wünsch dir Glück! Sagt ihr Blick. Kehr nur bald zurück!* Als die Orgel auf einem tiefen C endete, rief Grete trotzig in die Kapelle: *Kehrt nach Haus geschwind!* Und ich dachte: Das wird Mutters Idee gewesen sein, den Originaltext singen zu lassen, der natürlich viel besser zu einer Trauerfeier passt, weil er noch von einer Hoffnung erzählt, die in Gretes Lieblingsversion schon eingelöst ist. Ich blickte zu Mutter, die, als sie sich eine Träne von der Wange wischte, stolz in sich hineinlächelte. Sie hatte auch dafür gesorgt, dass ihr Mann eine kleine Ansprache hielt. Wenn ihr schon keinen Pfarrer habt, hatte sie gesagt, dann wird Georg zu uns sprechen. Ich hatte ihr diesen Plan ausreden wollen, aber als Vater vor uns stand und seine Gefühle beschrieb, nahm ich zum ersten Mal an diesem Tag meine eigene Trauer wahr.

Seine ruhige Stimme erinnerte mich an die des Radiosprechers, und ich konnte kaum glauben, dass ausgerechnet mein Vater die richtigen Worte für das fand, was ich fühlte. Schließlich zog er eine kleine Flasche mit Seifenschaum aus seinem Sakko und blies eine fußballgroße Blase, die schimmernd durch die Kapelle schwebte. Grete verfolgte die Seifenblase mit offenem Mund, so beeindruckt war sie. Leonie hielt sich den Bauch, als kämpfe sie immer noch mit dem üppigen Frühstück. Meine Hoffnung, sagte Vater, ist zerplatzt. Wie diese Seifenblase. Grete forderte, Opa solle noch mehr Seifenblase blasen, und ich überlegte, warum mir Vaters Formulierungen so bekannt vorkamen. Es dauerte nicht lange, und mir fiel wieder ein, wo ich den Text mit den Seifenblasen schon mal gelesen hatte. Vater hatte eine Formulierungshilfe aus dem Internet übernommen, den ein Pfarrer anbot für Trauerfeiern von Sternenkindern. Erst dachte ich, da hätte er sich auch mal selber was ausdenken können. Dann war ich froh, dass er sich nicht verkünstelt hatte. Irgendwie zeigte er damit auch, wie nahe ihm Emmas Tod wirklich ging. Vater räusperte sich und fuhr fort: Wir trauern um das Geschwisterchen, um die Tochter und das Enkelkind. Angesichts dieses Todes verstehe ich die Welt nicht mehr. Die Orgel setzte wieder ein, und ein Tränenstrom lief mir übers Gesicht. Grete legte ihre Hand auf mein Bein und flüsterte: Papi, nicht weinen! Ich nickte. Versuchte die Tränen zurückzuhalten. Alles kam mir jetzt unwirklich und fremdartig vor. Meine Trauer, Emmas Tod, diese Trauerfeier. Vater forderte uns auf, nach vorne zu treten und einen Kreis um den Sarg zu bilden, und alle machten mit. Ich wäre am liebsten sitzen geblieben. Lasst uns der kleinen Emma viele gute Wünsche auf den Weg geben, sagte Vater, aber mir fiel nichts ein, was ich ihr hätte wünschen können: Ein ewiges Leben? Im Paradies? Ich dachte an Grete, die so gerne mit ihrer Schwester zu den Sternen aufgestiegen wäre, und auch ich verspürte jetzt diese Sehnsucht. Ja, ich wollte ihr Vater im Himmel sein. Wenn nicht jetzt, dann später einmal. Die Orgel setzte ein, und Barbara sang Humperdincks Wiegenlied: *Abends will ich schlafen gehn, / vierzehn Engel um mich stehn: / zwei zu meinen Häupten, / zwei zu meinen Füßen, …* Mir kam es vor, als würde sich Barbara ganz besonders viel Mühe geben. Für mich jedenfalls hörte sich ihr Gesang wie eine Entschuldigung an. Ich nahm Ninas Hand und flüsterte ihr ins Ohr: Ich liebe dich. Dann wurde Emmas kleiner Sarg von den Bestatterzwillingen aus der Kapelle getragen, die in ihrer schwarz-weißen Friedhofsmontur nicht mehr zu unterscheiden waren. Wir gingen einen Schotterweg entlang und aus der Ferne hörte ich Barbaras Stimme: *Zweie, die mich weisen, / zu Himmels Paradeisen.* Wir kamen an eine Weggabelung. Ich wäre links abgebogen, aber die Sauters kannten sich offensichtlich besser aus auf dem Friedhof. Ich erinnerte mich an frühere Beerdigungen, die ich erlebt hatte: Patentante Annemarie, Krebs. Schulfreund Till, Unfall. Opa Richard, Altersschwäche. Oma Thekla, auch Krebs. Ganz unterschiedliche Beerdigungen waren das, aber mich hatte immer das Gefühl beschlichen, ich würde gar nicht anwesend sein, physisch schon, mehr aber nicht. Albrecht und Alfred Sauter waren die idealen Bestatter, denn sie wirkten auf beruhigende Art vollkommen unwirklich. Fast wie Boten, die zwischen Himmel und Erde standen, zwischen Leben und Tod, der für uns Erdenbewohner nicht zu begreifen war.

Nina und ich hatten den Tod unserer Tochter beschlossen, wir hatten verhindert, dass Emma wenigstens für kurze Zeit, wie es so schön hieß, das Licht der Welt erblickt hatte. Ich schaute in den Himmel. Eine Wolke bedeckte die Sonne. Warum suchen wir immer nach Zeichen? fragte ich mich und wischte mir eine Träne aus dem Gesicht. Wie ferngesteuert nahm ich Grete und Leonie an die Hand und folgte den Bestatterzwillingen hinaus auf den Friedhof. Wir waren schon ein paar Schritte auf dem Sandweg gegangen, als ich bemerkte, dass wir Nina zurückgelassen hatten. Ich hielt an. Wir blickten zurück. Nina und Heinrich liefen am Ende des Trauerzuges. Die Kinder rannten zu ihrer Mutter. Ich stellte mich an den Wegesrand, und als die drei aufgeschlossen hatten, griff Leonie nach meiner Hand. Wir kamen an einem kleinen und verwilderten Grab vorbei. Ich schaute auf die Lebensdaten der Toten, die auf einem roten Stein eingraviert waren. Hier war ein Kind beerdigt worden, das fünf Tage gelebt hatte. Aber was war mit dem Grab los? Warum entfernte niemand das Gestrüpp? Ich blieb stehen, aber Leonie zog an mir. Nach wenigen Schritten erreichten wir Emmas Grabstelle. Hand in Hand standen wir vier vor dem ausgehobenen Erdloch. Ich hörte, wie Nina schluchzte und traute mich nicht, den Kopf zu senken. Ich wollte den Sarg, der in der Tiefe lag, nicht sehen. Da sich der Wolkennebel verzogen hatte, konnte ich vom Friedhofshügel über die Dächer der Stadt schauen. Ruths Hochhaus war gut zu erkennen. Und auch der Badesee, der jetzt ein kleiner dunkler Fleck war. In der Ferne stieg ein Flugzeug in den Himmel. Dann hörte ich ein Rascheln im Gebüsch, das sich seitlings der Grabstelle den Hügel hinaufzog. Hatte sich dort jemand versteckt?

Leonie zog an meiner Hand. Komm, Papa! sagte sie. Aber ich blieb stehen, betrachtete die kleine Schaufel, mit der Nina etwas Erde auf den Sarg geworfen hatte. Warum machst du das? flüsterte Grete. Sie bekam keine Antwort. Ich dachte: Nein, Emma, ich werde dir keinen Dreck hinterherwerfen! Ich habe Wumbi mitgebracht. Als das Kuscheltier auf dem Sargdeckel landete, hörte ich einen trockenen Husten im Gebüsch. Nina und ich traten zur Seite. Weil Grete weinte, nahm ich sie auf den Arm. Barbara stellte sich ans Grab und trug ihr lustiges Pinguingedicht vor. Als Grete zu weinen aufhörte, begann Leonie, nur heulte sie viel heftiger, als käme jetzt alles heraus, was sie seit Tagen zurückgehalten hatte. Nina strich ihr übers Haar und legte den Arm auf ihre Schulter. Lass mich! sagte sie und ging einen Schritt nach vorne. Langsam näherte sie sich noch einmal dem Grab. Heulend schaute sie hinab. Sie sah aus wie mein weinender Engel. Nur dass Leonie nicht im Nebel stand. Als meine Mutter sich näherte, trat Leonie sofort zurück, stellte sich an die Seite ihrer Schwester und lächelte ihr zu. Wieder raschelte es im Gebüsch. Dann lugten aus dem Blätterwerk zwei Augen hervor. Die Wanderschuhe mit den Leuchtpunkten in der Sohle verrieten Elke. Sie war tatsächlich gekommen. Und ich freute mich darüber. Selbst wenn sie im Gebüsch blieb. Viel unangenehmer waren die Beileidsbekundungen der Leute, die ich nicht kannte. Waren das Ninas Kollegen? Auch Nachbarin Lübbe gab mir die Hand. Herzliches Beileid, sagte sie und verabschiedete sich mit einem Selbstgespräch, von dem ich nicht viel mitbekam, aber dass sie sich über *Gottes Wille* ausließ, war dann doch nicht zu überhören. Als Barbara zu uns trat, zögerte Nina. Danke, sagte sie schließlich. Dann umarmten sich die beiden. Stefan gab mir die

Hand, ohne etwas zu sagen. Das war angenehm, auch wenn ich den Eindruck hatte, er sei gekommen, um sich von mir zu verabschieden. Stefan eilte sogleich davon, und hätte ich ihm nicht nachgeschaut, wäre mir nicht aufgefallen, dass er in der Nähe des Friedhofeingangs eine Frau begrüßte, die kurz zu uns schaute, dann aber den Weg zu einem anderen Gräberfeld einschlug. War das Ruth? Sie verschwand hinter Tannenbäumen. Ich schloss die Augen und sah, was mich umgab, in einem anderen, viel helleren Licht. Über der Grube schwebten unsere Kinder. Grete, Leonie und Emma. Sie hielten sich an den Händen und tanzten im Kreis.

Am Tag nach Emmas Bestattung begann ich die Therapie bei Gerber. Warum sind Sie allein gekommen? fragte sie mich zur Begrüßung. Weil unsere Ehe und mein Wahnsinn nichts miteinander zu tun haben, antwortete ich. Gerber schaute mich skeptisch an. Noch vor ein paar Tagen sei ich gegen eine Therapie gewesen. Was meine Meinung geändert habe, wollte Gerber wissen. Ob ich wieder vom Nebel verschluckt worden sei. Sie lächelte provozierend. Ich schüttelte den Kopf. Möchten Sie von der Beerdigung erzählen? fragte sie ernst. Ich wollte nicht. Gerbers Tonfall wurde etwas schärfer: Worüber wollen Sie dann sprechen? Ich weiß es nicht, antwortete ich. Sagen Sie es mir! Gerber zögerte eine Weile. Trauer, sagte sie dann, sei eine Kraft, die heilen, aber auch zerstören könne. Wenn ich Ihnen helfen soll, müssen Sie mit mir reden. Ich holte tief Luft und erzählte von Wumbi, der jetzt mit Emma in der Erde lag. Gerber schlug vor, meiner toten Tochter einen langen Brief zu schreiben oder ihr in einem Tagebuch zu erzählen, wie ich die vergangenen Monate erlebt hatte. Sie können auch einen

Roman verfassen, sagte Gerber und lachte. Schreiben? Das sollen andere, erwiderte ich. Gerber stand auf, ging durch den hellen Raum und schaute auf die vielen Bücher in der Regalwand. Lesen Sie gerade ein Buch? fragte sie. Ich dachte an den Fortsetzungsroman aus der Zeitung, aber die Vampirgeschichte wollte ich nicht erwähnen. Gerber gab nicht auf: Sie haben doch, als Sie mit Ihrer Frau hier saßen, von The Cure erzählt. Dann unterhielten wir uns über Punk, Pop und die vielen dunklen Lieder der Band. Gerber kannte sich besser aus, als ich es vermutet hatte. *Seventeen Seconds* habe ich mir damals im Studium gekauft, erzählte sie, und immer wenn ich mich gar nicht motivieren konnte, habe ich das kleine Zweiminutenstück gehört, womit die Platte beginnt. *A reflection* heißt es doch, nicht wahr? Und wissen Sie was? Kaum hatte ich dieses seltsame Gitarrenstück aufgelegt, konnte ich weiterlernen. The Cure schien uns zu verbinden, und so kamen wir endlich ins Gespräch. Wir kamen auf die Nebelfiktionen zurück und landeten bei meinen Ängsten. Ich beschrieb ihr das Bild von der Seele eines Kindes, das Alfred Kubin gemalt hatte, und sagte, dass mich eine ähnliche Fratze verfolgt habe. Gerber sprach mich auf den weinenden Engel an, und ich war erstaunt, dass sie sich auch daran erinnerte. Sie wollte nun genau wissen, wann die Fratze und wann der Engel aufgetaucht war und ob ich in letzter Zeit noch eine Begegnung mit diesen Gestalten gehabt hatte. Nein, sagte ich, seit Emmas Tod bin ich sie los. Der Nebel ist weg. Der Horror verschwunden.

Gerber lächelte. Das ist gut, sagte sie. Sehr gut. Jetzt bat sie mich noch einmal, Emma einen langen Brief zu schreiben. Probieren Sie es wenigstens aus. Ich werde es versuchen, versprach ich, und die Sitzung war beendet. Tatsächlich setzte ich mich, kaum war ich wieder daheim, an den Computer und loggte mich in ein Forum ein, in dem Eltern über den frühen Tod ihrer Kinder schrieben. Die Texte ähnelten einander. Manche Sätze klangen so austauschbar, als stammten sie aus einem Trauerbaukasten. Ob das an den Autoren lag? Oder fühlten sich Trauer und Schmerz, so unterschiedlich die Menschen waren, doch sehr ähnlich an? Ich dachte an die Trauerrede meines Vaters aus dem Internet. Aber ich sollte ja jetzt keine Rede halten, sondern meine eigenen Gefühle aufarbeiten. Ich tippte ein paar Sätze. Es fiel mir schwer, etwas zu schreiben, was ich nicht schon gelesen hatte. Obwohl ich die Zeilen oft umformulierte, blieben sie austauschbar. Ich löschte alles wieder. Wenn ich etwas schreibe, sagte ich mir, dann eine Bewerbung. Ich begann auch gleich mit dem Anschreiben, und dieser Text ging mir schnell von der Hand. Auch weil es über meinen Werdegang nicht viel zu berichten gab. Ich übertrieb ein wenig, als ich auf meine exzellenten Kontakte zur Immobilienbranche hinwies, aber als ich in meinen Studienunterlagen blätterte und die Modellzeichnungen aus den Abschlusskursen fand, wusste ich, dass ich mich für den richtigen Weg entschieden hatte, selbst wenn ich den Job nicht bekäme. Statt zu schreiben, möchte ich wieder bauen, sagte ich dann auch beim nächsten Therapiegespräch, was Gerber nicht überzeugte: Wollen Sie ihre Trauergefühle bearbeiten, indem Sie Reihenhäuser entwerfen? fragte sie, und ich antwortete schroff: Warum denn nicht? Gerber kam auf meine Eltern zu sprechen, ein ergiebiges Thema. Jeden Donnerstag zwischen zehn und elf Uhr redete ich nun über meine Eltern. Die zeitliche Begrenzung kam mir genauso merkwürdig vor wie die Rolle meiner Therapeutin. Zwischendurch meldete sie sich mit der

Bemerkung: Das sei bestimmt nicht leicht für mich gewesen. Ein andermal wurde sie wieder grundsätzlich: Trauer sei wie eine Wunde, aus der Eiter fließe. Damit die Wunde heilen kann, müssen wir sie pflegen. Als ich das hörte, zuckte ich zusammen, und meine Therapeutin schien mein Unbehagen nicht nur zu bemerken, sondern auch zu respektieren. Fortan verzichtete sie auf Vergleiche mit eiternden Wunden. Wir sprachen über den Gentest, den ich hatte anfertigen lassen. Über meine Schuldgefühle. Ich bekam eine gewisse Übung darin, über mich zu erzählen. Gerber behauptete, wir würden Fortschritte machen. Ob ich das auch spüre? Schwer zu sagen, antwortete ich, und statt es dabei zu belassen, versuchte sie, mich zu überzeugen: Wenn Sie das, was sie mir erzählt haben, aufgeschrieben hätten, könnten Sie die Fortschritte nachlesen. Ich ging nicht darauf ein, sondern berichtete von einem anderen Erfolgserlebnis, dass ich nämlich den Job in dem Architekturbüro bekommen hatte. Freut mich, sagte sie. An die heilende Kraft des Reihenhausbaus wolle sie aber immer noch nicht glauben. Ich lachte und berichtete von einer Garage, die ich entwerfen sollte. Die Arbeit, flachste ich, wirkt sich bestimmt nicht nachteilig auf meine Psyche aus. Scherz beiseite, sagte sie streng. Wenn ich schon nicht schreiben wolle, solle ich mal versuchen, meine Gefühle aufzumalen. Meine Begeisterung blieb aus. Stattdessen erkundigte ich mich, wie viele Sitzungen noch geplant seien. Wir können jederzeit aufhören, erklärte sie gereizt. Ich verstand mich selbst nicht. Warum weigerte ich mich, ein paar Blätter zu bepinseln? Einen Schreibversuch hatte ich schon hinter mir. Was sprach dagegen, es mit dem Malen zu versuchen?

Kaum saß ich wieder im Büro, nahm ich einen Stift zur Hand und legte ein weißes Blatt Papier auf den Schreibtisch.

Aber mir fiel nichts ein, was ich hätte malen wollen, da floss nichts aus meinen Wunden, also überflog ich die Gesprächsnotizen von dem letzten Telefonat mit dem Bauherrn, der sich eine *irgendwie moderne Garage* im Vorgarten seiner Jugendstilvilla wünschte, aber darauf bestanden hatte, dass weder Stahl noch Glas verwendet werde. Damit konnte ich etwas anfangen, dieser Auftrag löste in mir etwas aus, zumal es mein erstes Projekt war, das ich allein betreute. Der Mann fuhr einen Sportwagen, wenn er nicht in seinem Dienstwagen chauffiert wurde. Meistens stand der Sportwagen also in der Garage. Ich skizzierte ein eiförmiges Gebilde aus gebogenen Holzplanken. Mit jedem Detail, das ich festlegte, fiel mir ein neues ein. Mein Garagen-Ei sah irgendwann so filigran aus, dass der kraftvolle Wagen, der darin eingeschlossen sein würde, notfalls auch durch die dünne Schale brettern konnte, ohne Schaden zu nehmen. Ich dachte wieder an Gerbers Wundenformulierung und sagte mir: Jetzt sind bestimmt ein paar Tropfen Eiter abgeflossen. Ich übergab den Entwurf meinen neuen Kollegen. Sie waren begeistert. Als ich am Abend Nina von der Garage erzählte, freute sie sich mit mir. Ich reichte ihr die Skizze, und sie lächelte mich an, als stünde ein geheimnisvoller, fremder Mann vor ihr, den sie gerne kennenlernen wollte. Sie legte die Zeichnung zur Seite, nahm meine Hand und sagte: Eins, zwei, drei. Wir tanzten wieder durch die Wohnung, nur dass ich dieses Mal die Führung übernahm. Bis zu einer Rechtsdrehung im Flur jedenfalls, dann wollte sie eine Schrittfolge vorgeben. Wir umkreisten gerade den Wohnzimmertisch, als Nina plötzlich anhielt. Sie wolle mir auch etwas zeigen. Sie holte ein großes Paket aus der Abstellkammer. Darin waren die unterschiedlichsten Stoffe verpackt: Flanell und Cord, Leinen und Plüsch, Tüll und Chiffon. Einfache Baumwolle, seltsame Synthetikware. In weiß und schwarz, kariert und bunt gemustert. Jetzt brauche ich endlich eine Nähmaschine, sagte sie, und ich dachte, darum werde ich mich kümmern. Nina schlug vor, eine Kleinigkeit zu kochen. Spaghetti mit Tomatensauce. Das schaffe ich auch ohne Rezept, flüsterte sie. Ich machte einen Rotwein auf, und als wir am Tisch saßen, sagte Nina: Ich kann machen, was ich will, die Tomatensauce wird nie mehr so schmecken wie damals. Weißt du noch, als du mich zum ersten Mal besucht hast? Da gab es auch Spaghetti mit Tomatensauce. Weil das Gericht, das ich eigentlich vorbereitet hatte, vollkommen danebenging. Irgendein Auflauf mit Fisch, der verbrannt im Ofen stand. Nina lächelte. Habe ich die Sauce nicht zusammengerührt? entgegnete ich, und sie meinte, das könne die Erklärung sein. Verrätst du mir das Rezept? fragte sie, und ich versuchte sie daran zu erinnern, dass ich ihr die Zutatenliste schon mehrfach gegeben hatte. Du musst nur daran denken, erklärte ich, neben den frischen Tomaten auch ein paar getrocknete hinzuzufügen. Es vergingen keine zwei Minuten, als sie wiederholte: Und? Verrätst du mir das Rezept jetzt oder nicht? Nina sah nicht aus, als würde sie einen Scherz machen. Ich hatte vielmehr den Eindruck, dass sie sich für frische und getrocknete Tomaten nicht interessierte. Es gab wichtigere Dinge, die ihre Aufmerksamkeit abzogen, und als die Flasche Rotwein leer war, obwohl ich erst ein halbes Glas getrunken hatte, sagte sie: Ich habe etwas getan, was ich nie hätte tun dürfen. Ich habe … ich habe …, wiederholte sie, und ich vermutete, sie würde die Abtreibung meinen, aber darum ging es nicht, jedenfalls nicht direkt. Ich war noch mal bei Langenfeld, sagte sie, und als ich sie fragend anschaute, behauptete Nina, sie sei davon ausgegangen, dass ich mich mit dem Arzt schon unterhalten hatte. Worüber denn? fragte ich. Meine kranken Gene sind mir bekannt.

Nina schüttelte den Kopf. Es würde nicht um mich gehen. Du hast doch nicht …, sagte ich. Doch habe ich, entgegnete sie. Und nicht nur das. Sie habe auch die Gene der Kinder untersuchen lassen. *All it takes is just a little bit of a spit.* Ich hatte den Werbespruch des Labors nicht vergessen. Warum? brach es aus mir heraus. Nach allem, was wir erlebt haben? Hattest du Langenfeld nicht gesagt, du würdest deine Gene *niemals* untersuchen lassen? Nina schlug die Hände vors Gesicht. Ich … ja, auch ich … wollte meine Angst loswerden, sagte sie. Ständig habe sie gedacht, mit den Genen von Grete und Leonie sei etwas nicht in Ordnung. *All it takes is just a little bit of a spit.* Mit diesem Satz kam alles wieder. Die Untersuchungen bei Langenfeld. Die Diagnose. Unsere Streitereien. Die ständigen Meinungsumschwünge. Emmas Tod. Die Beerdigung. Alles war sofort wieder da. Ich hatte das nicht für möglich gehalten. Irgendwas, sagte ich mit leiser Stimme, ist immer nicht in Ordnung. Ich schleppe meine Translokation mit mir herum, und du hast vielleicht ein Gen, in dem die Information gespeichert ist, dass du nicht kochen kannst. Na und? Ja, ich habe meine Erbanlagen auch analysieren lassen, aber das war ein Fehler! Ich war verzweifelt. Ich wollte nicht schuld sein an dieser schlimmen Trisomie. Aber Grete und Leonie sind gesund. Warum hast du das getan? Nina versuchte sich zu verteidigen: Ich will einfach wissen, was auf mich und die Kinder zukommt. Wenn ich heute weiß, dass ich in zehn Jahren wahrscheinlich Darmkrebs bekomme, dann werde ich … Nina hielt inne. Dann wirst du, sagte ich, ganz bestimmt nicht aufhören, Rotwein zu trinken, und du wirst dein Leben auch nicht ändern, das hoffe ich jedenfalls für dich, denn andernfalls werden dich die Informationen verrückt machen. Du wirst nicht mehr leben, du wirst nur noch an die Zukunft denken, von der du gar nicht weißt, wie sie aussieht. Das ist die Hölle, verstehst du, und du wirst deinen Kindern die Hölle auf Erden bereiten, wenn du ihnen zum Abitur oder kurz vor ihrer Hochzeit oder wann auch immer mitteilst, sie hätten eine Veranlagung, an Diabetes zu erkranken. Vielleicht verrätst du ihnen auch, dass ihre Kinder, deine Enkelkinder, mit einer Wahrscheinlichkeit von 1:10 unter … dem schlimmen Glubschaugensyndrom leiden werden. Nina! Jetzt schrie ich. Dann stand Grete im Wohnzimmer. Ob wir nicht leiser streiten könnten, beschwerte sie sich. Nachdem ich ihr versprochen hatte, wir würden sie bestimmt nicht mehr stören, ging sie wieder ins Bett. Ich rückte meinen Stuhl ganz nah an Ninas. Sind die Ergebnisse schon angekommen? fragte ich im Flüsterton. Nina nickte, versicherte mir aber, sie habe den Umschlag mit den Daten bislang nicht geöffnet. Ich glaubte ihr nicht. Wo sind die Unterlagen? Nina deutete auf die rechte Schublade des alten Buffetschranks, den sie von ihrer Oma geerbt hatte. Ich zog das überfüllte Fach so ruckartig auf, dass mir eine weiße Tablettenschachtel mit grünem Schriftzug entgegenkam. Ich legte die Schachtel auf die Anrichte. Als ich den tatsächlich verschlossenen Brief des Labors in den Händen hielt, überlegte ich kurz, was ich mit dem Umschlag tun sollte. Öffnen? Nein. Auch Nina hatte das bislang nicht gemacht. Vernichten? Die Daten waren gespeichert. Wie neugierig wären wir morgen, was würden wir in ein paar Jahren wissen wollen? Vielleicht gehörten Genkontrollen bald zur Volljährigkeit, wie der Führerschein und das Abitur? Grete, dachte ich, würde sich bestimmt eine solche Auskunft einholen, so neugierig wie sie ist. Allmählich beruhigte ich mich wieder; ich strich Nina über die Haare und bemerkte, dass sie beim Friseur gewesen war. Ich will dich nicht anbrüllen, sagte ich. Ich habe gar kein Recht dazu. Entschuldige. Du hast getan, was ich auch getan habe. Du bist genauso neugierig wie ich. Wir streiten wahrscheinlich auch nur, weil wir uns so ähnlich sind. Ja, sagte Nina. Sie fasste sich an den Kopf, und ich legte den Brief zurück in die Schublade, die sich nicht so leicht schließen ließ. Ich drückte etwas heftiger gegen die Front, als es irgendwann laut knackste, allerdings nicht im Schrank, sondern in meiner Hand. Ich trat mit dem Fuß gegen die Schublade, und es knackste wieder. Dem Fuß war nichts passiert, die Schublade war aber endlich geschlossen. Und ich wusste, worüber ich am nächsten Donnerstag mit meiner Therapeutin sprechen wollte. Verzeih mir, wiederholte Nina. Habe ich längst, sagte ich. Wenn ich dir nicht verzeihen würde, könnte ich selbst nicht mehr vor einen Spiegel treten. Jetzt kam Grete wieder und sagte: Mama, ich kann nicht schlafen. Warum denn? wollte Nina wissen. Ich habe von Emma geträumt, sagte sie.

Die Träume verschwanden wieder. Auch die dunklen Trauergefühle, die ganz plötzlich und in merkwürdigen Situationen auftreten konnten, etwa beim Tanken oder auch beim Friseur, verblassten mit jedem Tag. Während sich unser Familienleben endlich aufhellte, verabschiedete sich der Sommer mit einem heftigen Sturm. Danach lagen abgerissene Äste und ein paar Dachziegel auf der Straße, und dieses Bild passte gut zu dem, womit ich mich auch zu beschäftigen hatte: Stefan kam in Untersuchungshaft, und wenn ich ihn besuchte, redete er ausschließlich von Ruth, die jetzt darunter zu leiden habe, dass er im Gefängnis sitze. Er wurde nach zwei Monaten Haft wieder freigelassen; Anklage und Verteidigung einigten sich auf eine Geldstrafe, und ich beglich einen Teil der Schuld mit meinem Garagenhonorar, was Stefan erst akzeptierte, als ich drohte, ihm die Freundschaft zu kündigen. Ich trug, schon wegen meines jahrelangen Desinteresses an der Firma, eine Mitschuld, das war mir bewusst, und ich wollte darüber nicht länger diskutieren. Ruth und ich holten ihn ab, als er die Haftanstalt verließ, und wir verbrachten in den nächsten Wochen und Monaten viel Zeit miteinander. Weihnachten und Silvester kamen die zwei zu uns, und zum Karnevalsumzug traten wir, ganz zur Freude von Grete und Leonie, als große Vampirfamilie auf. Im Frühling sahen wir Ruth und Stefan etwas seltener, weil beide neue Jobs hatten. Ruth war im Büro einer Spedition untergekommen, und Stefan arbeitete im Außendienst einer Versicherungsgesellschaft. Einmal traf ich Stefan auf ein Feierabendbier. Dieses Mal prügelten wir uns nicht. Wir sprachen über vergangene Zeiten und verabredeten, uns wieder regelmäßig zum Rinderschmorbratenessen zu treffen. Als wir die Kneipe vergnügt verließen, wehte uns ein milder Wind ins Gesicht. Endlich war wieder Sommer, auf den ich mich ganz besonders freute, denn unser Fest am See sollte ein Jahr nach Emmas Beerdigung doch noch stattfinden. Der Besitzer der Pommesbude befürchtete zwar, wir würden wieder absagen, aber als wir zum verabredeten Termin, einem sonnigen Freitagnachmittag, vor ihm standen, freute er sich mit uns und legte die Hühnerbrüste und Maiskolben auf den Grill. Silke und Frank Kastan waren die ersten Gäste. Kaum hatten wir sie begrüßt, erzählten sie auch schon, dass sie bald ein Kind zur Pflege aufnehmen würden. Nina und ich gratulierten. Und wie geht es euch? erkundigte sich Silke. Bevor wir antworten konnten, kamen die nächsten Gäste. Barbara. Meine Eltern. Ninas Vater. Stefan, Ruth und Timo. Aylin überraschte uns, indem sie Hand in Hand mit Dr. Matei auftauchte. War er nicht verheiratet? Auch Elke wurde gesichtet, obwohl sie Nina zuvor am Telefon mitgeteilt hatte, so etwas könne man doch nicht machen, dieses Fest sei, und wir konnten kaum glauben, dass sie ausgerechnet dieses Wort gewählt hatte: ein Frevel. Willst du etwa feiern, dass ihr Emma umgebracht habt? hatte sie in den Hörer gebrüllt, und jetzt hockte sie wieder stumm im Gebüsch, als mein Vater das Fest mit einer kleinen Ansprache eröffnete. Er hatte uns gebeten, etwas sagen zu dürfen, sozusagen als Fortsetzung seiner Rede auf Emmas Beerdigung. Weil Nina und ich die Begrüßung nicht übernehmen wollten, sprach er nun über das Glück des Lebens, aber auch über das Leiden, das, wie er betonte, niemand ertragen wolle. Ohne Elke beim Namen zu nennen, ging er auf ihren Frevelvorwurf ein, indem er einen kleinen Vortrag über die Geschichte dieses Begriffs hielt und damit schloss, im Frevel stecke auch ein Stück Freiheit, nämlich die Kühnheit des Menschen, sich gegen die blinde Naturgewalt aufzulehnen.

Was meint Opa damit? flüsterte Grete ihrer Schwester ins Ohr, und Leonie antwortete: Er redet von Emma. Das verstehe ich nicht, entgegnete Grete, und damit war sie nicht allein. Ich war mir jedenfalls sicher, dass er dieses Mal keine Formulierungshilfe aus dem Internet übernommen hatte. Während mein Vater sich mit einem Lächeln über den irdischen Tod ausließ, der nur dann traurig mache, wenn ihm das Versprechen auf ein Stück Menschlichkeit fehle, hüpfte

Timo durch die Reihen und quakte wie ein Frosch. Ruth war das peinlich, sie versuchte, ihn davon abzuhalten, aber er entwischte ihr. Sowohl das Gequake als auch Vaters schwere Worte wurden eine Zeitlang vom Düsenlärm eines startenden Flugzeugs übertönt. Wir schauten dem Flieger hinterher, und als er nicht mehr zu sehen war, sagte Vater: Ich freue mich, dass wir heute zusammen feiern. Er senkte seine Stimme, schaute zu Boden und dann in den Himmel, dieser Satz ging ihm nicht so leicht über die Lippen wie sein Lächeln, das nicht aufzuhören schien. Dürfen wir jetzt endlich Kuchen essen? fragte Grete, und als Nina die Erlaubnis gab, stürzten sich nicht nur die Kinder auf die Schokotorte, mit der uns Matei nun zum zweiten Mal überrascht hatte. Ich nahm mir ein Stück Marmorkuchen, den Ruth mitgebracht hatte. Vater blieb noch eine Weile am Ufer des Sees, wo wir ihm zugehört hatten. Ich trat zu ihm, legte meinen Arm auf seine Schulter und sagte, er hätte wohl Pfarrer werden sollen. Er lachte und meinte, in gewisser Weise sei er das auch gewesen. Ich dachte an die vielen Reden, die er gehalten und für die ich mich so oft geschämt hatte. Konfirmation. Abitur. Geburtstage. Vater grinste, als wüsste er Bescheid. Ich habe, sagte ich, wirklich gelitten, als du auf meiner Abifeier das Wort ergriffen und den stolzen Papi gegeben hast. Auch Vater erinnerte sich. Ich war Sprecher des Elternbeirates, sagte er. Die Schulleitung habe ihn um eine Rede gebeten. Du wolltest gar nicht mehr aufhören zu reden, behauptete ich. Er schüttelte den Kopf. Es seien höchstens fünf Minuten gewesen. Wenn du möchtest, bot er mir an, kannst du die Rede noch mal lesen. Ich habe den Text aufbewahrt. Als er jetzt den Arm auf meine Schulter legte, kam ich mir wie ein kleiner Junge vor, und Vater schien das auch zu bemerken, denn er zog seinen Arm gleich wieder zurück und schubste mich von der Uferkante. Ich wäre ins Wasser gefallen, wenn er mich nicht im letzten Moment festgehalten hätte. Ich dachte: Wenn sich hier jemand wie ein kleiner Junge benimmt, dann mein Vater. Deinem Knie scheint es besser zu gehen, sagte ich und er nickte. Vater schlug vor, den Kuchen nicht den Kindern zu überlassen, und als er sich ein riesiges Stück Marmorkuchen auf den Pappteller hievte, musste man annehmen, er hätte seit Tagen nichts zu essen bekommen. Immer diese Pfannkuchen von Hertha! rief er. Weißt du, der Marmorkuchen erinnert mich an deine Kindergeburtstage. Ach, waren das damals schöne Zeiten. Wobei dieser Kuchen ganz besonders lecker ist. Da kann Hertha nicht mithalten! Vater lachte, und ich versprach, Ruth auszurichten, wie gut ihr Kuchen ankam. Ruth? stutzte er, und ich deutete auf den Jungen, der noch immer wie ein Frosch herumhüpfte und sagte: Die Mutter von Timo. Stefans Freundin. Ich hatte überlegt, ob wir in einer Begrüßungsrunde alle Anwesenden hätten vorstellen sollen, aber ich war schnell davon abgekommen. Ich wollte nicht sagen: Das ist Dr. Langenfeld, unser Pränataldiagnostiker. Er hat die Trisomie unserer Tochter entdeckt. Und das ist Dr. Matei, der Mann, der Emma ins Jenseits befördert hat. Ich wunderte mich, dass die beiden der Einladung überhaupt gefolgt waren.

Silke und Frank Kastan näherten sich den Ärzten; sie stellten einander vor und begannen ein Gespräch, von dem ich gerne gewusst hätte, wovon es handelte. Mein Vater gesellte sich zu Heinrich, der sich zu freuen schien, nicht länger allein an der Kuchentafel zu sitzen. Die beiden, die sich bei Emmas Beerdigung kennengelernt hatten, kamen sofort ins Gespräch. Ein kühler Wind wehte über das Wasser, das Seegras bog sich und die letzten Badegäste verließen die Liegewiese. Ich sammelte ein paar Pappteller auf, die auf den Rasen geflogen waren, beobachtete, wie Barbara sich um die Kinder kümmerte, und ging zu Nina: Ich bin froh, sagte ich, dass du dich mit Barbara wieder vertragen hast. Nina schüttelte den Kopf. Die Verletzung bleibt. Ist es leichter, dem Ehemann oder einer Freundin zu verzeihen? fragte ich. Nina lächelte. Kommt auf den Mann an, sagte sie, nahm meine Hand und küsste mich. Dann tauchte Gerber auf. Sie hatte eine alte Schallplatte in der Hand, die mit einem roten Geschenkband verschnürt war. Das schwarz-rot karierte Cover verriet mir gleich, dass es sich um eine ganz besondere Schwarzpressung handelte, nämlich um die Aufnahme einer nächtlichen Jazzsession, bei der The Cure Ende der achtziger Jahre auf einer Amerikatournee mitgemacht hatte. Eine Rarität. Ich wollte das Geschenk nicht annehmen, aber Gerber bestand darauf. In diesem Moment hüpfte Timo wieder vor meine Füße und quakte laut. Möchtest du noch etwas essen? fragte ich. Maiskolben? Hühnchen? Oder eine Portion Pommes? Wobei ich gehört habe, dass Frösche eigentlich keine Pommes essen. Schnell richtete er sich auf. Lecker Pommes, sagte Timo, der jetzt kein Frosch mehr sein wollte. Er lachte. Hell und laut. Timo bekam seine Pommes, Gerber nahm einen Maiskolben. Und ich ließ mir ein gegrilltes Hühnchenfilet reichen. Wir aßen, tranken und lachten. Es war schon erstaunlich, wie gut die Gäste miteinander auskamen. Kommt Kinder, wir spielen Verstecken! rief Barbara, was Leonie sofort als Aufforderung verstand, einen Abzählreim über den See zu schreien. Timo verschwand in einer Umkleidekabine, Barbara stellte sich hinter einen breiten Eichenbaum, und Grete suchte sich ein Versteck aus, das schon besetzt war. Sie verschwand hinter einem Busch und rief: Oma! Du bist ja auch da! Weil Elke sich aber nicht bewegte, wurde ihre Enkeltochter noch lauter: Oma, komm doch mal raus, hier möchte ich mich jetzt verstecken! Es half nichts. Timo entdeckte Grete auf Anhieb, und Elke rannte zum angrenzenden Parkplatz. Nina brachte ihr das letzte Stück der Torte. Elke saß im Auto, wollte die Tür aber nicht öffnen, also stellte Nina den Kuchen auf die Motorhaube. Ich hörte, wie Gerber, Matei und Langenfeld diskutierten. Sie schienen gar nicht einer Meinung zu sein, aber sie bemühten sich, nicht zu laut zu werden. Es ging wohl um den Bluttest, den immer mehr Schwangere verlangten. Als ich zu ihnen kam, war das Gespräch beendet. Langenfeld bedankte sich für die Einladung. Er müsse los, habe noch einen Termin. Schade, fügte er noch an, dass wir nicht die Zeit gefunden haben, etwas länger miteinander zu reden. Worüber denn? fragte ich mich, gab ihm aber zu verstehen, dass ich mich über sein Kommen gefreut hatte.

Als Langenfeld gegangen war, sah ich, wie Nina allein am Ufer des Sees entlang spazierte. Ich rannte hinterher und holte sie bald ein. Ich nahm ihre Hand und blickte auf den Ring, den Nina *Wurfprämie* genannt hatte. Ich schenke dir viel zu selten etwas, sagte ich und holte aus meiner Geldbörse eine goldene Nadel hervor, die in einem weißen Seidentuch eingewickelt war. Nina schaute mich verwundert an. Daheim steht die passende Nähmaschine. Ich hoffe, es ist die richtige. Ich habe immer auf eine gute Gelegenheit gewartet. Erstaunlich, dass du dir nicht längst selbst eine Maschine zugelegt hast. Die Stoffe liegen ja seit Monaten bei uns in der Abstellkammer. Kannst du dich noch daran erinnern, als du mich aus dem Wasser gezogen und mir noch einmal einen Antrag gemacht hast? Nina nickte. Ist noch nicht so lange her, sagte sie. Ich habe nicht vergessen, dass wir mit dem Fest nicht nur Emma, sondern auch uns feiern wollten. Zur zweiten Hochzeit mit demselben Kerl bekomme ich also eine goldene Nadel! rief Nina und lachte. Wenn das mal nicht doppeldeutig ist. Nina nahm meine Hand und führte die Nadel zum Zeigefinger. Das piekt, sagte ich, und schon kam ein kleiner Blutstropfen aus der Haut. Nina nahm den Finger in den Mund. Wer hätte das gedacht? flüsterte sie. Jetzt werde ich doch noch zum Blutsauger. Wir schüttelten beide die Köpfe, kicherten wie die Kinder und küssten uns. Als wir zurück zu unseren Gästen gingen, kam mir Stefan entgegen. Er schien auf uns gewartet zu haben. Damit ich es nicht vergesse, begann er. Ruth und ich werden demnächst heiraten. Nina fragte, ob Ruth schwanger sei. Stefan zögerte, aber damit hatte er die Antwort schon gegeben. Welcher Monat? wollte Nina sofort wissen. Dritter, antwortete er und bat uns, Ruth nicht zu verraten, dass er etwas erzählt habe. Wir wollen noch etwas warten, sagte er und entfernte sich lächelnd. Was meinst du, wird Ruth den Bluttest machen? frage Nina. Weiß ich nicht, sagte ich und schaute zum Parkplatz.

Elke saß noch immer im Auto, das Steuer fest umklammert. Aber sie fuhr nicht los. Sie starrte zu uns, als säße sie im Autokino und wir wären die Schauspieler in einem seltsamen Spielfilm. Jetzt kam Dr. Gerber ins Bild. Sie sah aus, wie man sich eine Psychologin vorstellte: Freundlich, nachdenklich und auf eine zurückhaltende Art selbstbewusst. Sie trug ein luftiges, hellgelbes Sommerkleid, das nicht wirklich zum kühlen Wind passte. Sie habe, sagte sie, in der Zeitung über die Garage gelesen. Sie werde sich das Ei bestimmt mal ansehen. Ich lächelte freundlich und ging davon aus, Gerber würde vielleicht mit mir darüber reden wollen, was mich zu diesem Entwurf inspiriert hatte, aber sie wollte wissen, ob ich doch noch angefangen hätte, irgendetwas aufzuschreiben, und als ich antwortete, in die Garage sei alles eingeflossen, was ich jemals hätte aufschreiben wollen, verlangte sie, ich solle ihr das bitte mal erklären. Sie sprach mit mir, als wäre ich noch ihr Patient. Das müssen Sie schon selber herausfinden, entgegnete ich lächelnd, als Stefan zum Saxofon griff und Parkers *Yardbird Suite* anstimmte. Die Gespräche verstummten. Die Kinder setzten sich vor Stefan auf die Wiese, und dann änderte Stefan die Melodie, und als ich erkannte, was er spielte, begann ich leise mitzusingen. *I don't care if Monday's blue / Tuesday's grey and Wednesday, too / Thursday I don't care about you / It's Friday I'm in love.* Vater verteilte Zettel, auf dem der Liedtext gedruckt war. Und dann sangen alle. *Monday you can hold your head / Tuesday, Wednesday stay in bed / Or Thursday watch the walls instead / It's Friday I'm in love.* Grete und Leonie hüpften umher, und als wir den Refrain zum fünften Mal wiederholt hatten und auch die Kinder mitbrüllten, beendete Stefan das Lied mit einem kleinen Solo, das wieder an die *Yardbird Suite* erinnerte. Ich dachte an unser letztes Gespräch im Gefängnis, als wir in einem kahlen Besucherraum gesessen und noch einmal über unseren Plan geredet hatten, gemeinsam nach Indien zu reisen. Jetzt würden wir erst einmal nirgendwohin fliegen. Jetzt war Ruth schwanger. Über uns rauschte ein Flugzeug, und ich hatte den Eindruck, dass Stefan den Lärm der Turbinen in die Musik einbaute. Ich blickte auf den See und bekam Lust, ins Wasser zu gehen. Als Stefan das Saxofon zur Seite legte, zog ich mich aus. Ist das nicht zu kalt? fragte Nina besorgt. Ich schwimme, so schnell ich kann, sagte ich. Dann werde ich bestimmt nicht frieren. Sie strich mit dem Seidentuch, in das die goldene Nadel eingepackt war, über meinen Arm, und ich bekam eine Gänsehaut, die verschwand, als ich mich durch den See kämpfte. Bald war ich so weit vom Ufer entfernt, dass ich unsere Festgesellschaft nicht mehr hörte. Ich stellte mir vor, in die Tiefe zu sinken. Aber ich blieb über Wasser.

Das Land Schleswig-Holstein hat die Arbeit an diesem Buch mit einem dreimonatigen Stipendium im Künstlerhaus Eckernförde unterstützt.

Außerdem dankt der Autor:
Regine Bielefeldt, Matthias Bischoff, Annegret Braun, Dagmar Fiebich, Klaus Schäfer, Dr. Hubert Schindler, Sabine Techel, Leona e.V., Pro Familia Karlsruhe, PUA Stuttgart, Sternenkinder.de.

ISBN 978-3-86351-078-7

Lektorat: Petra Wägenbaur, Tübingen.
Umschlaggestaltung: Christiane Hemmerich
Konzeption und Gestaltung, Tübingen.
Herstellung: Horst Schmid, Mössingen.
Satz: Alexander Frank, Ammerbuch.
Druck und Einband: Pustet, Regensburg.

Mehr über das Verlagsprogramm von Klöpfer & Meyer
finden Sie unter: *www.kloepfer-meyer.de*